# 유월이 타고 남은 것

2002 월드컵 축구소설

# 유월이 타고 남은 것

### 4강으로 간 23연어들의 붉은 이야기

## 김수남

차례

- 작가의 말   내 가슴의 유월엔 육이오와 4강이 있다 • 7

머리 풀기   세 번째 네덜란드 • 13

제1장   황새는 언제나 초록빛 꿈을 꾼다 • 19
제2장   도깨비가 된 티노 • 52
제3장   강 강 무슨 강, 넘고 넘어 16강 • 95
★장    48년만의 퀴즈 • 124
제4장   따라가서 앞지르라 • 140
제5장   로마로 가는 길 • 201
제6장   모두 모두 'Be the Reds' • 226
제7장   저곳에 스페인의 2.195가 있다 • 250
제8장   뜨거운 안녕 • 283

꼬리내리기   벤치는 말이 없다 • 295

● 작가의 말

내 가슴의 유월엔
## 육이오와 4강이 있다

  황영조가 바르셀로나 올림픽 마라톤에서 우승하던 날, 나는 하나의 예감을 가지고 있었다. 그 예감은 막연한 것이 아니었다. 이런저런 스포츠에 관심이 있던 나는 언제나 마라톤의 기록 변화를 유심히 보곤 했다. 예감은 적어도 최소한의 기록을 바탕에 둔 것이었고 결코 터무니없는 망상 따위는 아니었다.
  텔레비전의 중계 화면 앞에 정좌하고 앉아서 바르셀로나 마라톤의 그 날, 나는 황영조와 함께 뛰었다.
  마라톤은 싫증날 정도로, 그저 변화 없이 달리기만 하는 밋밋한 질주가 아니다. 밋밋한 질주처럼 보이는, 그 밋밋함 속에 숨어있는 선수의 육체와 영혼의 갈등을 포착하기란 쉽지 않다. 그러나 그러하기에 마라톤은 결코 밋밋하지가 않다. 축구의 격렬성이나 야구의 예민성보다도 훨씬 더 머리칼이 곤두설 만큼 무섭고 흥미롭다.

마지막 2.195km도 점점 줄어드는 시점, 몬주익 언덕에서 황영조가 모리시타를 제치고 앞서던 광경, 내 예감이 예감으로 끝나지 않고 하나의 사실로 다가오던 그 장면은 세월이 오래 지났는데도 아직 생생하다.

그 날 이후로 오랜만에 스포츠가 주는 감동을 다시 얻었다. 말할 것도 없이 이번 2002 월드컵이었다.

무지막지한 정치와 남북 문제와 미군 장갑차 사건과 부정 부패와 등등, 한국의 사바 세상이 드러내는 탐욕과 비리를 생각하면 한숨이 절로 나오는 판이었지만 그랬으므로 사람들은, 역설적으로 더 월드컵에 탐닉했는지도 모른다.

2002 월드컵은 아름답고도 기이한 추억으로 남았다.

소설의 이름을 빌려 2002 월드컵을 보면서 느꼈던 내 생각의 일부를 적었다. 내 생애에 있었던 이 4강의 기록을 남기는 것도 내가 살다가는 의미라고 생각했기 때문이다.

많은 사실을 바탕으로 한 것이지만 여기에 등장한 인물들의 생각과 행위는 내 상상력이 만들어낸 것이므로 그걸 전제로 읽어 주시길 바란다.

아우구스티노가 둘로 나뉘어 한 사람은 늙은이로 한 사람은 젊은이로 뛰어다닌 소설적 상징도 이번 월드컵의 공동체성을 나타내기 위한 구조에 지나지 않는다.

4강의 감동보다 나는 첫 승의 감동에 더 무게를 둔다.

아니 붉은 악마들의 쓰레기 뒤처리가 더 감동을 준다.

뒷사람의 시야를 가릴까 싶어 우산을 쓰지 않고 굵은 비를 맞던 붉은 악마들, 그 배려가 더 감동을 준다. 배려 속에 살아 숨쉬는 싱그러운 영혼이 더 감동적이다.

붉은 악마들이 모쪼록 투표에도 '대~한민국'의 함성처럼 뜨겁게 권리를 행사하여 정치 개혁의 밑거름이 된다면, 그리하여 위대한 변화가 일어난다면 나는 감동의 연속성으로 꽤 오래 즐거울 것 같다.

한국과 한국인의 문화를 어느 정도 알아야만 한국 선수를 효율적으로 지도할 수 있다는 점에서 히딩크가 한국의 문화를 이해하려고 애쓴 것은 너무나 자연스러운 일이다.

그러나 히딩크는 가슴에 한恨을 품고 살아가는 한국인들의 그 한 자체가 그야말로 얼마나 한스러운 응어리인가를 깨닫지는 못한 것 같다. 누군가가 그것을 귀띔해주었어야 했는데. 한국인의 한은 그 정서적 연원이 깊고도 멀다는 것을.

한 번도 뛰지 못하고 벤치만 지킨 선수들의 한이 자꾸만 어른거린다.

23명 선수를 모두 가동하는 것이 오히려 더 히딩크적이지 않았을까?

모험을 즐기면서도 냉정을 잃지 않으려는 히딩크의 자아를 알 듯하면서도 벤치의 선수들을 생각하면 어쩔 수 없이 짠하기만 하다.

23명을 모두 기용하지 않은 까닭은 어쩌면 히딩크의 인간적 약점에서 비롯한 것인지도 모른다. 예컨대 감독으로서 월드컵 최고의 성적을 내겠다는 집착 같은 것은 아니었을까? 그가 감독이었던 네덜란드팀도 4강에 올랐지만 3-4위 전에서 결국 4위를 했다. '이번에야말로,'하고 히딩크는 별렀을지도 모른다. 아니다. 23명 모두를 기용하지 않은 까닭은 히딩크 축구의 어떤 전문성에서 나온 것이라고 믿고 싶다.

나는, FIFA도 3-4위 전 따위는 없애야 한다고 생각한다. 세계바둑 선수권전이라면 모를까, 월드컵 3-4위 전은 어쩐지 김이 샌 맥주 맛 같다. 4강의 감동이 너무 강렬해서였을 것이다. 그래도 바둑에선, 3-4위 전도 재미있기만 하던데. 아무래도 축구와 바둑의 색깔차이 때문에 그런 느낌이 오리라 생각한다.

히딩크는 엄청난 일을 해냈다.

의도적이든 아니든 어퍼컷과 흡사한 골인 뒤풀이 몸짓, 시적인 표현, 유머, 벤치에서 만들어내는 매력적인 연출은 태극선수들의 승리가 쌓여갈 때마다 서로 상승작용을 낳아 나중에는 열광 그 자체가 되었다.

4강 달성은 히딩크의 능력과 대한민국의 2002 월드컵 팔자와 붉은 악마들, 태극 선수들의 순수한 열정, 아마도 그 4박자가 어우러져 이룬 드라마일 것이다. 그건 인정한다.

그러나 이제 히딩크는 대한민국에 오지 않아야 한다. 관광하기 위해서라거나 그 밖의 다른 사삿일로 오는 것은 몰라도 적어도 축구 대표팀의 감독으로는 안 왔으면 좋겠다.

첫사랑은 시간의 추억으로 끝나는 게 좋다. 우리나라 축구 지도자들이 히딩크가 되면 될 게 아닌가. 그가 남겨놓고 간 철학과 축구의 자취가 뚜렷할진대 히딩크식이 결코 넘지 못할 태산준령인 것은 아니지 않은가.
 내 주장은, 우리가 히딩크가 되고 히딩크를 극복할 때 한국 축구의 미래가 있다는 것이다.
 나는 가만히 히딩크에게 손수건을 흔든다.
 히딩크여, 그대에게 뜨거운 안녕을!

 세네갈이여, 태극선수들이여, 붉은 악마들이여.

 괴롭고 즐거웠던, 이 여름의 집필을 선물한 월드컵은 잊지 못할 것이다.
 아름답고 정확한 우리 글 우리말 쓰고 싶었는데 축구 용어를 우리말로 제대로 옮기지도 못한 채 어느 새 내 손에도 오염된 어법들이 많이 묻었다는 것을 새삼 느꼈다. 소름이 끼친다.

 내 땅 내 겨레가 물려주신 모국어를 모국어답게 쓰지 못한 죄.
 주여, 무릎 꿇고 비오니 부디 용서하소서.
 제것도 제대로 갈무리 못하고 쓰지 못한 죄를 거두어 주소서.

 소금 넣고 백반 넣고 콩콩 찧어 손톱을 물들이는 꽃, 봉숭아. 그래서 나는 봉숭아를 손톱꽃이라고 부른다.
 봉숭아 꽃물이 든 손톱도 하루 이틀 자꾸 지나면 자란다. 처녀들은 긴 손톱을 자른다. 이윽고 8월이 가고 9월이 오면 봉숭아 꽃물이 들었던 손톱은 세월에 밀려 사라지고 없다. 그러나 여름내 물들였던 봉숭아의 꽃물을 잊은 처녀는 아직 없다.

유월의 월드컵 꽃물도 봉숭아의 손톱처럼 사라지려 한다.

2002 월드컵이 스포츠 이상의 의미를 우리에게 주었다면 그것은 무엇일까?. 그 해답을 곰곰이 생각하면서 뜰에 나서면 귀뚜라미는 가을을 데리고 귀뚤뚤 귀뚤뚤 다가올 것이다.

*'제노베파와 안셀모,*
*2002년 12월 14일의 김다울 클레멘스를 생각하며'*

2002년 8월  글보네 마당에서.

## 머리 풀기　세 번째 네덜란드

　1627년, 일본으로 향하던 네덜란드 배 홀란디아호가 풍랑을 만나 조선의 해안에서 표류했다.
　선장은 벨테브레, 게라즈, 피에테레츠 세 사람에게 작은 배를 타고 상륙하여 물을 구해오라고 명령했다. 뭍에 오른 세 사람은 조선 백성들에게 잡혔다.
　병자호란의 치욕을 씻기 위하여 북벌을 준비하던 효종의 뜻에 따라 벨테브레는 조선 여자와 혼인하고 정착했다.
　벨테브레는 훈련도감에 소속하여 총포의 제작과 사용을 연구했다.
　Jan Jansen Weltevree. 그의 한국 이름을 박연朴燕이라 한다.

　1653년 1월 10일, 한 척의 배가 네덜란드 북부의 섬 텍셀을 떠나 인도네시아의 자카르타를 향하여 항해를 시작했다. 몇 가지 항해의도를 이루고 이 배는 다시 타이완에서 일본을 향하여 항해했다. 스파르웨르가 이 배의 이름이다.

스파르웨르는 타이완으로부터 일본의 나카사키를 향하여 출항했다. 그러나 스파르웨르는 나카사키에 도착하지 못했다. 스파르웨르는 격랑을 만나 표류했다. 밤은 칠흑같이 어둡고 비는 퍼붓듯이 쏟아졌다. 세 번의 파도가 부딪히자 배에 구멍이 뚫렸다.

1653년 8월 15일에 스파르웨르는 북위 33° 32'에 위치한 코리아의 제주도에 겨우 닿았다.

효종실록은 제주목사 이원진의 보고를 이렇게 기록했다.

> 배 한 척이 고을 남쪽에서 깨져 해안에 닿았기에 대정 현감 권극중과 판관 노정을 시켜 군사를 거느리고 가서 보았더니, 어느 나라 사람인지는 모르겠으나 배가 바다에서 뒤집혀 살아 남은 자는 38인이며 말이 통하지 않고 문자도 다릅니다. 배 안에는 약재藥材, 녹비鹿皮 따위 물건을 많이 실었는데 목향(木香; 여러해살이풀. 한방에서는 그 뿌리를 건위제 발한제로 쓴다) 94포包, 용뇌(龍腦; 늘푸른큰키나무. 식중독, 곽란, 흉복통 등의 약재로 쓴다) 4항缸, 녹비(鹿皮; 사슴 가죽) 2만 7천 장이었습니다. 파란 눈에 코가 높고 노란 머리에 수염이 짧았는데, 혹 구레나룻은 깎고 콧수염을 남긴 자도 있었습니다. 그 옷은 넓적다리까지 내려오고 옷자락이 넷으로 갈라졌으며 옷깃 옆과 소매 밑에서 다 이어 묶는 끈이 있었으며 바지는 주름이 잡혀 치마 같았습니다.
> ― (신복룡 역주 『하멜 표류기』에서 일부 인용)

한국에 온 두 번째 네덜란드 사람 헨드리크 하멜은 이들 38명 중의 한 사람이었다.

억류된 생활을 하다가 일행 7명과 함께 탈출하여 하멜은 1668년 7월 18일, 13년 28일만에 조국 네덜란드의 암스테르담에 도착했다.

벨테브레의 375년, 하멜의 350년 세월이 흐른, 2001년 1월 10일, 김포 공항 트랩에 한 사람의 사나이가 다시 나타났다.

사나이라고 하기보다는 초로의 할아버지였다. 아니 차라리 마음씨 좋은 이웃집 아저씨 같다고나 해야 옳을 것이다.

앞머리 칼이며 귀밑의 해묵은 서리 그 희끗희끗한 눈발. 번뜩이는 영감과 날카로운 예측을 사랑하는 듯한, 크지만 화려한 눈. 이마에서부터 미간을 향해 패인 세로 주름살은 수많은 고뇌의 시간이 모여 만든 하나의 세월일 것이다.

끝에서 치켜 올라간 코는 비록 높지는 않았지만 자신을 사랑하는 자존심으로 빚어져 뭉뚝하면서도 투명한 느낌을 준다.

연인을 갈망하는 듯한 복주구형(覆舟口型; 입꼬리가 양 옆 아래쪽으로 흘러내려 배를 엎어놓은 모양과 비슷한 입술) 입술. 얄팍했지만 습격처럼 달려들어 쪽쪽 맞추고 싶은 갈매기 모양의 입술. 어쩐지 소주 한 잔의 안줏감(?)으로 삼고 싶을 만큼 입술은 다감했지만 그래서 더더욱 저 중국 춘추전국시대의 세객(능숙한 말솜씨로 유세하러 다니는 사람)이었던 소진과 장의처럼 이제라도 달변을 쏟아낼 것 같았다.

턱 끝엔 지독한 고집과 참을성, 견딜성이 숨어있었다.

저 멀리 누워 있는, 봄날의 언덕배기처럼 둥글게 부드럽게 흐르는 얼굴선.

결코 비만은 아니었지만 조금만 더 살을 붙이면 그라운드에 굴려도 굴렁쇠나 축구공처럼 잘 구를 듯한 몸매. 그래서 그런지 그

몸매는 보는 이에게 따스한 유머로 다가온다.

그러나 뜻밖에도, 때때로 그의 눈매는 날카로웠다. 그의 눈매가 뿜어내는 검기劍氣를 뽑아내어 운검雲劍이나 패검佩劍을 만든다면 저 마사무네 니혼토(일본도)처럼 아니 이탈리아의 베네치아 도검처럼 사람의 살과 생각을 베고도 남을 듯하다.

나이는 55세. 국적은 네덜란드.

바다보다 땅이 낮아 제방을 쌓았다는 나라, 스피노자의 나라, 자유와 열정의 화가 반 고흐의 나라, 들녘에 수십 억 송이의 튤립이 피는 나라, 풍차의 나라 네덜란드. 그 네덜란드에서 날아온 사람.

2002년 한일 월드컵 한국 대표팀을 맡을 감독, 그는 거스 히딩크였다.

총포 제작과 사용을 연구했던 박연, 벨테브레.

하멜 표류기를 써서 조선을 유럽에 알린 하멜.

한국과 네덜란드의 의미 있는 만남, 거스 히딩크는 그 세 번째 사람이었다.


2000년 11월, 히딩크는 대한축구협회 가삼현 부장을 처음으로 만났다. 가삼현 부장은 한국의 월드컵 대표팀 감독을 맡아달라고 요청했다.

그때 히딩크는 가삼현 부장에게 물었다.

"한국 선수들에게 아무 이유 없이, 지금 당장 나무에 올라가라고 지시한다면 한국 선수들은 그렇게 하겠는가?"

그때 가삼현 부장은 망설이지 않고 즉시 똑 부러지게 대답했다.

"합니다.".

히딩크는 문득, 가삼현 부장에게 던졌던 그 질문을 떠올렸다. 그 대답은 단순한 긍정의 의미를 넘어 살을 데일 만큼 매우 뜨거운 것이었다.

코리아를 가리켜 흔히 '고요한 아침의 나라'라 부른다.

트랩에서 내려와 몇 걸음 걷다 말고 히딩크는 차가운 겨울 하늘을 바라보았다. 바라보면서 이번엔 자신에게 다시 질문했다.

"코리아는, 나에게도 고요한 아침의 나라로 다가올 것인가?"

히딩크는 한국인에게 박연 벨테브레처럼 총포 제작과 사용법을 가르쳐주려는 것이 아니었다. 히딩크는 축구공의 제작과 사용법을 전하러 온 것이 아니었다. 히딩크는 하멜처럼 표류해서 제주도에 온 것도 아니었다.

한국에 온 것은 어디까지나 히딩크의 선택이었다.

그가 한국을 세계에 알린다면 아마도 표류기를 저술해서가 아니라 '한국의 월드컵 승전보'를 통해서일 것이다.

히딩크는 다시 한 번 자신의 선택을 생각하면서 김포공항 저 멀리에 펼쳐진 한국을 바라보았다.

# 제1장  황새는 언제나 초록빛 꿈을 꾼다

세상에 둥글지 않은 것은 없다.

봄내 태탕한 춘삼월 호시절이 오면 피기 시작하는 금낭화에 목련에 능금꽃이며 터질 듯한 이 꽃 저 꽃 꽃봉오리는 말할 것도 없고 달콤한 복숭아며 새콤한 살구며 물 많고 시원한 배가 그렇고 밤송이도 그렇고 검붉은 포도알과 청포도알도 둥글고, 탁배기 따라 먹는 막사발에 소주병 아가리도 둥글고 눈부신 해님 고즈녁한 달님, 별 별 별 샛별도 둥글다. 개중에 튀고 싶은 것들이 더러 있어 길죽한 고추는 매운 맛을 품었으나 배춧잎과 어우러져 국물이 익으면 결국 둥근 맛을 삼삼히 낸다.

뿔 달린 도깨비의 뿔은 뾰쪽할지 몰라도 그 뾰쪽이란 것도 둥근 대갈통을 근원으로 삼아 뻗어 나온 것이며 블랙홀인지 핑크홀인지 홀이란 홀에 구멍이란 게 있다면 구멍 역시 그것은 모두 둥근 것이다.

산다는 것도 둥글게 사느냐 뾰쪽하게 사느냐의 두 갈래 길에서 선택의 문제로 좁혀지는 것이지만 그 좁혀진 것의 본질을 숨은 그림처럼 찾아 들어가면 귀결은 역시 둥글둥글한 원형, 그런 인생의 마침표에 이르고 만다.

둥근 지구의 둥근 속에서 둥근 공을 차면 둥근 눈동자로 보면서 둥근 입으로 기쁨의 탄성을 내지르게 마련인데 '아아, 오오' 그 소리조차도 둥근 입술소리일 따름이다.

야구공은 둥글다. 탁구공도 둥글다. 배구공 농구공 모든 가죽공은 둥글다. 골프공도 둥글다. 골프공이 홀인하는 구멍도 둥글다. 바퀴도 둥글고 선풍기 바람도 둥글다. 굴러가는 것도 둥글고 매달린 호박도 둥글고 녹두 지짐이도 둥글고 김치전도 둥글다.

강강수월래도 둥글고 어딜 갔다가 빙 돌아오는 것도 그 궤적은 둥글. 귀고리 팔찌 수갑에 반지가 둥글고 시간과 변화의 발자취가 둥글게 흘러 이르고 사발통문이 둥글고 천동설, 지동설, 온갖 담론이 티격태격하지만 그 논리는 언제나 돌고 돌아 먹이사슬처럼 둥글다.

그렇게 생각해서 그럴싸한 것인지 삶 자체가 둥근 것이다.

동양의 생각과 서양의 생각이 시공을 사이에 두고 따로따로 논 것 같아도 한 바퀴 돌고 돌면 그 생각의 띠는 오늘날에도 둥글게 둥글게 만나고 있다.

역사가 둥근 것이고 '적당히'라는 낱말이 둥근 뜻을 품은 것이고 인격 또한 그 이르고자 하는 꼭지점은 조약돌처럼 둥근 데 있다.

좁은 넥타이가 넓은 넥타이를 거쳐 다시 좁아지는 유행이며 패션이며 입맛이며 산마루에 걸친 무지개며 정치판 노름판, 사랑하는 법까지도 아아, 결국 둥글고 마는 것.
　그 중에 축구공은 오오라, 역시 둥글다.
　공 하나가 정치와 조직과 이념과 경쟁의 시간이 달라붙은, 둥글다는 것의 의미를 살라먹으며 잔디 위에서 구르고 있다.

　아우구스티노는 텔레비전에 눈을 꽂았다.
　아우구스티노는 먹던 소줏잔을 금주하듯 내려놓고 폴란드팀을 그윽이 또는 째려보기 시작했다.

　　　피를 다오 피를
　　　뜨거운 피를 다오
　　　밍밍한 맹물로는 조팝나무 눈조차 트질 않느니
　　　가슴을 데워 몸 비트는 버들 호드기처럼
　　　피를 다오 피를
　　　펄펄 끓는 피를 다오
　　　사랑을 위해서라면
　　　섣달 그믐날 중둥에
　　　한평생 꼰 새끼줄 걸어
　　　하, 나는 목매달고 죽어도 좋아
　　　피를 다오 피를
　　　수미산 산자락 열반의 정토
　　　못 가도 좋으니 산 것의 피를 다오

2002년 6월 4일 항도 부산, 아시아드 주경기장.
　재깍재깍, 시계 바늘은 저녁 여덟시 30분을 향해 쉴새없이 가고 있다.

끼룩 끼우룩, 갈매기의 울음이 어디선가 하늘을 찢듯 새어나오고 부우웅, 뱃고동 소리는 먼 길 떠나는 나그네의 심란한 작별 인사 목청처럼 쉬어 터졌다.

용두산 벤치는 오늘도 암 말 안 카면서 늙은이 엉덩쪼가리 잘 데펴주고 있능교? 국제시잘 이바구들은 머라꼬 지껄이능교?

올 봄에는 뭔 새가 왔다 갔능가? 올 가을 겨울 을숙도엔 뭔 나그네새가 날아올라나. 고니하고 청둥오리가 올랑가. 큰기러기 쇠기러기, 흑기러기가 올랑가. 가마우지 떼거리들의 저공비행은 올해도 여전할랑가? 휘이힉 휘—익 울며 나르던 홍머리오리들의 분홍빛은 그 색깔이 아즉도 맑은 기고?

야, 임마 그길 말이라 카나. 콱 쥑이뿌릴라. 이 새 저 새 왼갖 놈으 잡새가 안 오믄 우이 부산이라 카노?

저녁 노을 어린 하늘 저쪽으로 하늘의 길을 따라 기러기가 날면 갈대밭 갈대는 꺼청히 서서 나 몰라라, 무심히 바람에 몸을 맡긴다. 매정한 것. 잡것. 같이 놀던 동무가 이별차로 날아가는데 멀건히 바라만 보는 기가?

오늘도 시모노세키로 칙칙한 사연 실은 연락선은 시도 때도 없이 떠난다 카노?

오륙도는 시방 워떻게 잘 있능교?


잘 가세요 잘 있어요, 이별 슬픈 부산 정거장.

정거장은 어떠하신가. 아직도 안녕하신가?

타향살이 피난민들은 많이들 돌아가셨겠고. 자갈치 시장의 비린내는 여전하겠지.

경기장으로 들어서며 황새황선홍는 피를 달라고 소리 없이 절규했다.

피를 다오 피를/ 뜨거운 피를 다오/ 산 것의 피를 다오.

내 사랑의 과거는 축구였고 내 사랑의 현재도 축구다.
90년 이탈리아에서도 94년 미국에서도 98년 프랑스에서도 나는 대한민국 월드컵 대표팀의 한 기둥이고 대들보였다. 내 가슴의 태극마크는 언제나 가슴패기의 그럴 듯한 인테리어였다. 더구나 나는 최전방 공격수 스트라이커였다. 그러므로 나는 상대편의 골문을 유린하는 속사 총잡이여야 했다.
그러나, 그러나, 과연, 나는, 그랬던가?
90년 이탈리아 대회는 생각하기도 싫을 만큼 무참했다.
첫 경기 벨기에전에서는 후반에 연속 두 골을 먹고 기어이 졌다.
두 번째 스페인전에서는 3-1로 졌고 세 번째 우루과이전에서는 끝나기 직전에 한 골을 먹고 또 졌다.

94년 미국 대회는 어떠했던가?
2-0으로 뒤지던 스페인전. 후반 들어 홍명보가 한 골, 서정원이 한 골, 잇달아 골을 넣어 비겼을 때만 해도 우리는 16강을 꿈꾸지 않았던가. 그러나 볼리비아와 비겼을 때 산마루에 걸렸던 무지개는 허무하게 사라지고 없었다.

3-0으로 지다가 3-2까지 따라붙어 독일의 간담을 서늘케 한 것은 추억으로선 제법 그럴 듯할지도 모른다.

추억? 그런 추억이라면 엿 먹어라. 패배의 연속은 추억이 아니다. 그건 말라비틀어진 개뼈다귀 같은 것이다.

98년 프랑스 대회는 또 어떠했던가? 그건, 떠올리기조차 싫은, 늦은 밤 불을 켰을 때 느닷없이 맞닥뜨린 바퀴벌레처럼 다시는 만나고 싶지 않은 몇날 며칠의 악몽이었다.

대 멕시코 1차전에서 하석주는 월드컵 사상 처음으로 전반 21분에 프리킥으로 선제골을 넣었다. 그러나 그 엄청난 환희는 손에 쥔 것 하나 없는, 허무한 2분의 찰나에 지나지 않았다. 반짝 환희와 함께 하석주는 곧바로 퇴장 당했고 결국 1-3으로 지고 말았다.

2차전에서는 또 노오란 오렌지 군단 네덜란드에게 5-0으로 대패한 끝에 오렌지에 물들었는지 모두들 누렇게 뜨고 말았다.

3차전에선 벨기에와 겨우 1-1로 비겼다. 그러나 그것은 '귀국하시지요, 다음에나 뵐까요. 친구여, 안녕!' 그런 이별의 손수건이나 다름없었다.

얼굴이 확확 달아올라도 시원찮을 그 프랑스 대회.

중국과 치른 평가전에서 당한 무릎 십자인대 부상으로 세 경기 모두 벤치 신세를 졌던 대회. 네덜란드에게 한 골 한 골 또 한 골, 다섯 골까지 내주는 광경을 물끄러미 바라만 볼 수밖에 없었던 아아, 그 프랑스 대회. 그 절망감은 무덤에 가서도 결코 잊을 수가 없으리라!

세 번의 월드컵 대회에 태극마크를 달고 국가대표팀으로 출전한 것은 영광이 아니다. 나 황선홍에게는 영원히 씻을 수 없는 오점이고 불명예이다.

나는 스트라이커도 아니고 킬러도 아니었다. 골 못 넣는 공격수를 스트라이커라 할 수 있으랴. 벤치에만 앉아있는 선수를 무슨 똥배짱으로 킬러라 할 수 있으랴. 그래, 당신이라면 그렇게 입질하겠는가?

나, 황선홍은 그렇게 말할 수도 없고 까무러쳤다가 다시 깨어난다 해도 나는, 나를 용서할 수 없다.

2002 한일 월드컵은 내가 대한민국 월드컵 대표팀의 태극마크를 다는 네 번째 대회다.

마지막이다.

이번 월드컵이 끝나면, 한국 대표팀에서 나를 찾을 수는 없을 것이다. 나는 이미 대표팀 은퇴 선언을 했다.

선언은 나 자신에 대한 사랑의 맹세다.

나, 황새는 발길질로 사랑해온 이 축구공 앞에서, 자랑스런 2002년 월드컵 국가대표 선수로 잃어버린 자존심을 위하여 몸과 마음을 다 살라 한 줌의 재가되고 싶다.

황새황선홍는 아랫입술을 깨물며 먼 듯 가까이 관중석을 덮은 5만의 붉은 악마들을 바라보았다.

붉다.

저것은 사람의 물결이 아니다. 저것은 붉은 핏물이다.

월드컵 본선에서 1승도 거둔 적이 없는 한국 대표팀의 23명 엔트리에 끼어 지금 나는 첫 상대인 폴란드 선수들과 함께 그라운드에 들어선 것이다.

본부석. 왼쪽 골문 뒤 1층 스탠드에 펼쳐진 흰색 천. 그 위에 Win 3-0 이라고 새긴 카드 섹션이 시야에 들어왔다.

황새는. 다시 한 번 지그시 입술을 깨물었다.

신이여, 내가 대~한민국의 스트라이커라는 것을 증거하기 위하여
나에게 아름다운 한 골을 허락하소서.

황새 일마야, 길죽한 주둥빼리로 뽈란도 골문 시원하게 콕콕 찍그라!
황새, 더도 말고 니, 한 골만 넣그래이!
선홍이 오빠, 한 골!
황새야, 마음 푹 놓고 훨훨 날그라!
황새, 절마는(저놈은) 을숙도로 날아오는 철새가 아니데이. 황새 절마가 저리 뵈도 코리아의 순 토종 텃새인기라.

대~한민국, 짝짝짝 짝짝!

부산이었지만 부산 소리 경상도 목소리만 있는 것은 아니었다. 여기 저기에서 팔도의 소리가 꽹가리소리처럼 징소리처럼 북소리처럼, 소리는 소리를 몰고 왔고 함성은 함성을 낳았고 열기는 열기와 손잡고 흥분을 쏟아 부었다.
바람은 없고 덥다. 습도는 75% 정도라고 한다. 섭씨 23도. 선선

한 초여름 밤의 날씨다. 옛날 같으면 곳곳에서 가슴 저미는 첫사랑처럼 반딧불이 날고 있을 여름밤.

  황새는 문득 영표를 떠올렸다.

  왼쪽 장딴지를 다친 영표는 지금 대표팀 훈련 캠프 경주에서 외로움을 씹고 있으리라. 그건 무색 무취의 증류수 같은 외로움이 아니다. 열두 가지 색이 뒤범벅으로 섞이고 섞여 숯검정으로 타들어가는 고통일 것이다. 나 역시 프랑스 월드컵에서 벤치에 앉아 90분 내내 저 나락으로 추락하는 울음을 삼키지 않았던가.

  현대호텔 텔레비전 앞에서 영표는 내내 꺼억 꺽 울 것이다.

  영표야 울지 마라, 둥근 공은 울 겨를이 없단다.

  영표 대신에 이을용이 출전했다. 나는 을용이의 지원을 받아야 한다. 이 결과, 이 운명은 어느 쪽으로 흘러갈까?

  ㅎㅋㅎㅋㅎ, 대체 어느 쪽으로 흘러갈까?

  휘이익!

  마침내, 콜롬비아 변호사 출신 심판 오스카 루이스 주심의 휘슬이 길게 울렸다.

  황새가 간다
  한 맺힌 월드컵을 다시 또 울까보냐
  마지막 날개로 황새가 날아간다.

  황새는 뛰기 시작했다. 먹이를 찾아 날기 시작했다.
  그라운드는 초록빛, 스탠드는 붉은 빛.

긴장한 탓일까 흥분한 탓일까? 아마 둘 다일 것이다. 모두 다 막대 같고 말뚝 같다. 노랗게 물들인 김남일도 여드름 득득 박지성도, 송종국도 이을용도 중세기 유럽 빈민가의 아이들이 뜯는 빵처럼 딱딱하게 굳어있다.

올리사데베는 폴란드에 귀화한 나이지리아 선수다. 축구는 이제 조국을 바꿀 수도 있는 광적인 놀이가 되었다. 비록 올리사데베 한 명이긴 했지만 나이지리아와 폴란드의 연합국 팀이 한국을 덮치려 한다.

1분이 마악 지났을 것이다.

올리사데베가 미드필드를 돌파한 뒤 아크 가운데에서 찔러준 패스를 받자마자 크사노베크가 골에어리어 왼쪽으로 치고 들면서 왼발로 첫 슛을 날렸다. 감전처럼 오는 전율, 섬뜩하다.

침착해!

황새는 날개를 퍼덕이며 최진철에게, 김태영에게 부리를 내밀며 소리를 쪼아냈다.


펠레가 한국팀에게 말했다.

"모든 첫 번째 경기는 힘들다. 내가 할 수 있는 충고는 단 한 가지. 침착하라는 것이다. 관중들의 함성에 흔들리지 말 것."


펠레의 말이 아니더라도 그것은 상식이다.

황새는 본능적으로 침착해야 한다고 느꼈다.

브라질의 히바우드 이름에서 바우드를 따서 설바우드란 별명으로 불리는 설기현도 아니 야생마 상철이조차도 지금 엄청난 부담감을 가지고 있다. 보라, 그들이 짊어진 어깨 위, 월드컵 골고다의 십자가를. 그것은 월드컵 출전 사상 반드시 이루어야 한다는 첫 승, 그 사명감이었다.

열 한 명의 태극선수들은 십자가를 지고 골고다 언덕을 오르는 그리스도처럼 괴로워했다.

황새는 직감했다. 초반에 골을 먹으면 모든 것이 물거품으로 돌아갈지도 모른다.

점심 때 메리어트 호텔에서 말한 히딩크의 격려 속에도 그런 걱정이 숨어있다.

"평가전에서 했던 것처럼 하자. 월드컵 본선 첫 경기이지만 평가전 때의 기분으로 게임을 한다면 좋은 결과가 온다."

침착해!
황새의 목에서 저도 비명 같은 쉿소리가 터졌다.
크사노베크가 찬 공은 휴우, 아서라 아서, 바깥그물에 꽂혔다.
2분 무렵에 크사노베크가 찬 오른발 슛은 골대 왼쪽으로 벗어났다.
전반 4분. 아크 왼쪽에 있던 주라브스키가 오른쪽 골문으로 쇄도하는 코즈민스키에게 센터링했다. 코즈민스키는 솟구쳤으나 공은 그의 머리에 미치지 못했다.
폴란드의 초반 기습에 스탠드의 붉은 물결 가슴은 철렁 철렁 내려앉고, 폴란드의 밀물은 세차게 한국팀의 바닷가에 밀려왔다.

뽈란도 아덜이 쎄게 몰아붙이누마.

아깨부터 봉게 폴란도 축구랑 거이 동네축구는 아닌 기라.
니는 와 웃어쌌노. 지금이 웃을 때고?
치워뿌러라. 가슴이 폴쩍폴쩍 뛰다 봉게 내사 마 환장을 곱배기로 하겠데이.

폴란드는 성남 일화와 평가전을 가졌다.
평가전을 탐탁치 않게 여긴 폴란드 스포츠 기자들은 엥겔 감독에게 넌지시 걱정을 담아 질문을 던졌다.
"선수들의 컨디션이 안 좋아 보이는데요?"
예지 엥겔은 여유 만만하게 응답했다.
"기다리십시오, 6월 4일까지."
넉넉한 몸집과 콧수염, 콧수염에 편안히 떠도는 부드러운 웃음. 그 세 가지는 엥겔의 트레이드 마크 같은 것이었다.
그는 선수들에게 '스스로'를 선택하도록 했다.
짧디 짧은 무명선수 시절을 거쳐 스물 세 살 젊은 나이에 시작한 지도자의 길, 아직까지 폴란드 국내 리그에서조차도 우승을 못해 본 엥겔.
엥겔의 부드러운 웃음, 그 부드러움 속의 본질은 그의 일그러진 세월을 잉태하고 있는 고통과 극기와 달관이었다. 억새는 쓰러졌다 다시 일어날망정 부러지진 않는다. 엥겔은 부러지지 않는, 부드러움 그 자체였다.
그는 나이지리아 출신 스트라이커 에마뉴엘 올리사데베를 폴란드에 귀화토록 했다.
"올리사데베가, 꼭 필요합니다."

마침내 그는 폴란드를 16년 만에 월드컵 본선에 진출시켰다.

그러나 부드럽지 않기로 작정한 사람 같았다. 엥겔은 거친 공격을 요구했다.
그는 적당한 세련미를 원하지 않았다.
게임 시작 10분 안에 기선을 잡는 것이 무엇보다도 중요하다고 믿었다. 한국팀의 최근 평가전과 하늘을 찌를 듯한 기세를 보고 내린, 그것은 확신에 찬 결단이었다.

폴란드는 불굴의 정신을 가진 나라다.
폴란드의 동쪽은 러시아, 서쪽은 독일, 남쪽은 체코, 북쪽엔 발트해가 있다. 나치스 독일의 군화에 짓밟혔던 과거와 소련군의 탱크에 깔려 죽던 고난은 폴란드인을 단련한 무쇠처럼 더 강하게 만들었다.

엥겔은 독일을 밀어붙이는 패튼 전차군단의 뚝심처럼 시작하자마자 엄청난 화력을 쏟아 부었다.
박격포, 곡사포, 대전차포 발사!
공격, 공격!
엥겔은 지휘하고 연주하고 명령했다.
그러나 엥겔의 영웅 교향곡은 그가 원하지도 않은 시간에 어느새 잦아들고 말았다.
폴란드의 엥겔지수는 4-4-2 식구들을 먹여 살리기에 벅찼던가?

안 돼! 여기서 코리아의 명줄을 끊지 못하면 거센 반격이 있을 것이다.

엥겔이 초조해서 마음 속으로 부르짖었지만 고난의 역사로 말하면 코리아가 폴란드보다 한 수 위 형님이 아닌가.

폴란드의 소용돌이가 주춤했다.

7분이 마악 지났을 무렵 홍명보는 아크 오른쪽까지 공을 몰고 나왔다.

황새는 홍명보의 노회한 의도를 알아차렸다. 명보는 지금 분위기를 뒤바꾸는 신호탄을 쏘려는 것이다. 황새는 홍명보가 치고 나오는 오른쪽으로 재빠르게 부지런히 몸을 움직였다. 수비수 바흐도흐가 거머리처럼 달라붙었다. 명보가 슛할 수 있도록 가운데 틈새를 열어주어야 한다.

홍명보가 오른발로 강한 슛을 날렸다. 수비수의 몸을 맞고 피버노바는 비명을 지르며 금 밖으로 나갔다.

그러나 게임을 지배하려는 홍명보의 속셈은 보기 좋게 들어맞은 셈이다.

홍명보의 슛 한 방 이후로 한국팀은 기름을 끼얹은 장작불처럼 돌연히 타오르며 뜨겁게 이글거렸다.

송종국은 폴란드 페널티 에어리어 오른쪽에서 파울을 유도하여 프리킥을 얻어냈다. 그것도 말하자면 작심하고 큰불 지르려는 불씨 같은 것이었다.

폴란드는 썰물처럼 빠지기 시작했다.

물 들어올 때 배질 하는 것이다.

송종국이 오른쪽에서 코너킥을 찼다. 설기현은 골 지역 정면에서 헤딩으로 연결하고자 했지만 약했다. 골키퍼 두데크의 가슴에 공은 아주 편안히 아가처럼 안겼다.

19분쯤 되었을까? 유상철이 아크 정면에서 수비수 봉크를 앞에 두고 왼발로 강하게 때렸다. 공은 골대 오른쪽으로 휘어 아슬아슬하게 자유의 하늘 저쪽으로 벗어났다.

우리는 오늘 파스텔화처럼 아릿아릿하게 행복할 권리를 눈에다 담고 싶어.

붉은 물결, 붉은 악마 5만의 눈빛은 한 많은 월드컵 응어리로 뭉쳐 붉게 말하고 있었다.

태극은 생성의 원리였다. 태극선수들은 음양으로 갈라졌다가 뭉치고 팔괘로 나뉘었다가 다시 합일했다. 태극은 끊임없이 핵분열을 일으키면서 생성을 꾀했다.

김남일은 들개다.
김남일은 공격과 수비의 연결고리가 되고자 초원을 휘저었다.
초록빛 잔디에 김남일의 머리칼은 노오랗게 화답했다.
넌, 초록이니? 난, 노오래.
김남일은 야하고 쿨하게 그라운드를 누볐다. 동굴 벽화 사냥도에 나오는 원시인, 아니 들소 같이 뛰었다. 돌창을 든 원시의 땀방울이 뚝뚝 살아 떨어져 그라운드를 적셨다.

저러다 그라운드 몸살 나제. 땀방울 몸져 누면 누가 책임 질 끼고!

누군가가 무슨 시 같은 것을 이상한 말투로 읊어댔다. 어디서 들어본 듯한 시 같기도 했다. 아마도 가슴이 쿵쾅거려서 못 참겠다는 뜻이겠지. 오오라, 그러니까 청마 유치환의 '깃발'이란 시를 요상히 뽑는 것이었다.

>이거이 소리 없는 아우성 아니먼 머꼬?
>저어기 푸르딩딩한 해원을 향하여 흔드는
>영원이냐 머시냐, 노스탤지어의 손수건 한가진 것여
>순정이란 것도 마, 물결같이 바람에 나부끼는 거이고
>오로지 말개버리고 꼿꼿한 이념이란 거으 꽂대 끄트머리에
>애수란 거이 백로 새새끼처럼 날개쭉정이를 펴는 것이여
>오매, 거기 뉘기여
>이러꼼시로 슬프고도 애달픈 맴을
>맨 처음부터 공중에 달 줄을 안 가가…

김남일의 순정은 거센 바람에 떨어져 구르는 나뭇잎 같았다. 거센 바람에 마구 펄럭이는 빨랫줄의 빨래 같았다. 바람이 그치고 폴란드가 사라지고 휘슬이 울려야만 그는 그라운드를 요로 삼고 구름을 이불 삼아 누울 것 같았다.

김남일은 슬프고도 애달픈 마음으로, 오로지 맑고 곧은 이념을 위하여, 들개처럼 달리고 깃발처럼 펄럭였다.

공이 있는 곳엔 박지성이 있었다. 박지성을 찾기보다는 공을 찾

는 편이 빨랐다.

　오른쪽 공격수로 뛰다가도 어느 틈에 수비수로 변신하는 박지성. 약관의 나이로 둔갑술을 익힌 박지성의 뜨거운 피가 여기저기 튀었다. 박지성의 좌충우돌은 아마도 크리스마스의 겨울이 돌아와야만 식을 것이다.

　여드름이 별처럼 돋은 박지성은 펄펄 날았다. 오른쪽 윙(Wing) 박지성은 '소리 없는 아우성'이자 싱싱한 날개였다.

　전반 25분이 흘렀다. 그리고 26분이 다가왔다.

　폴란드 진영 왼쪽에서 을용은 설기현에게 던지기를 한 뒤 공을 다시 받았다. 을용은 볼을 끌다가 골 마우스 근처 골문 앞을 흘깃 쳐다보았다. 거기에 누가 있는지 을용은 보았다. 황새 한 마리가 있었다. 을용은 발이 새털처럼 가볍다고 느꼈다.

　살짜기옵서예, 을용은 삽상히 공을 띄워 보냈다.

　을용의 눈길이 왔다.

　황새는 골문 앞 빈 공간, 폴란드 수비수 봉크의 뒤로 두 걸음 더 파고들었다. 그 순간 짜르르, 온몸이 전율했다. 짜릿했다. 본능적인 예감, 골 맛을 보기 직전에 킬러에게 오는 소름, 그것이 왔다.

　을용의 공은 눈빛 약속, 그곳으로 왔다.

　논스톱, 오, 논스톱!

　논스톱은 내 열여덟 살부터의 짝사랑!

　공이 크다.

　황금색 피버노바가 반짝 빛났다. 황새는 일말의 망설임도 없이 왼발 인사이드를 갖다댔다. 왼발 축구화에 감각이 왔다. 황새는 까라지듯 느꼈다. 그것은 골이었다.

지면에 닿았다가 떴다 싶은 찰나에 공은 낮게 깔려 폴란드 왼쪽 골문을 파고들었다. 프리미어 리그 최고의 문지기, 리퍼풀의 골키퍼 두데크의 오른쪽 옆구리를 빠져 날개 달린 쥐새끼가 있다면 꼭 그렇게 파고들 듯 피버노바는 골네트를 갈랐다.

예지 두데크는 손 쓸 틈도 통곡할 새도 없었다.

못이나 강, 너른 물을 보면 누구나 한 번쯤은 '물팔매'를 하고 싶다.

납작하고 얇팍한 돌을 던지면 돌은 물위를 몇 번씩이나 튀기면서 멀리 간다.

물팔매질을 맵시 있게 하면 얇팍한 돌은 열 방도 넘게 물위를 담방담방 스쳐 지나간다. 돌이 물위를 스치며 송사리처럼 튀어갈 때마다 우리들은 '한 방, 두 방, 세 방' 하면서 스치고 튀는 횟수를 헨다.

담방담방 스쳐 지나가는 자리마다 튀는 물. 돌의 크기와 물팔매질의 솜씨에 따라 튀는 물의 생김새는 송사리가 튀는 것 같을 수도 있고 붕어가 튀는 것 같을 수도 있고 때로는 메기가 튀는 듯한 투박한 물 생김새가 나올 수도 있다. 그러나 잘 던진 물팔매의 물 생김새는 나비처럼 가볍다. 튀는 속도는 말잠자리의 비상처럼 빠르고 날렵하다.

말잠자리를 본 적이 있는가? 말잠자리는 고추잠자리나 된장잠자리가 아니다. 그놈은 늠름하고 그놈의 비상은 쏜살처럼 빠르다. 말잠자리는 역사상 수없이 명멸했던 영웅을 떠올리게 해주는 놈이다.

한여름 호수 위를 나는 말잠자리, 그 영웅적 풍모.
말잠자리로 환생하고 싶다.
말잠자리와 말잠자리의 비행을 본 사람이라면 유년 시절에 누구나 한 번쯤은 그런 생각을 했을 것이다.

물팔매에서 나오는 물 생김새, 그것이 물수제비다.
황새의 슛은 이골난 물팔매꾼의 물수제비 한 방처럼 황홀한 속도로 날아가 폴란드 골네트에서 튀었다.
잔디 위의 왼발 골수제비, 그것은 그라운드 위의 피버노바 수제비였다.

1m 83, 79kg의 탄탄한 체격. 예리한 슈팅감각, 탁월한 위치선정, 헤딩력을 갖춘 찬스 메이커. 스트라이커의 삼박자를 갖춘 황새 황선홍.

황새는 두 팔을 활짝 펴고 날아갔다.
포효하는 황선홍의 뒤를 박지성이 좇았다.

성님, 지두 날개가 있구먼유, 저랑 함께 날아유.

폴란드의 주장 15번 바흐도흐는 고개를 떨구었다.

오른 손 둘째손가락 인지의 일직선으로 14년의 한(恨)을 가리키며 황새는 어디론가 달려갔다.
그곳은 어디였을까? 월드컵 48년에 맺힌 한국팀의 세월이었을까?
국가 대표팀끼리 하는 경기 A매치에서 50골을 넣은 순간의 감격이었을까?
월드컵 첫 승을 예감하는 설렘이었을까?
그것도 아니라면 첫 달거리를 기다리며 패드를 차는, 소녀의 수줍음과 두려움 같은 것이었을까?

황새가 날아간 곳은, 달려간 곳은 히딩크가 있는 벤치였다.
황새는 히딩크에게 뜨거운 키스를 보냈다.
해냈습니다, 히딩크. 고맙습니다, 히딩크. 당신은 나에게 믿음과 기회를 주었습니다.
황새는 코치 박항서를 부둥켜안았다. 박항서의 대머리는 뜨겁고 황홀했다.

6월 4일, 폴린드와 갖는 첫 경기를 앞두고 히딩크가 기자들에게 말한 내용을 곰곰이 씹어보면 첫 단추를 끼우는 그의 고뇌가 상상 이상으로 깊다는 것을 느낄 수 있다.
히딩크 역시 슈퍼맨은 아니었다. 그러기에 그는 말 한마디 한마디에 많은 의미를 담으려고 마음을 끓이며 생각을 태웠다.
"흥분된다. 이게 얼마 만에 맛보는 느낌인가. 모든 준비는 끝났다. 이제 월드컵을 지켜보자.

우리는 그동안 열심히 했다. 경험도 많이 했다. 우리가 해온 만큼만 플레이한다면 좋은 결과가 나올 것이다. 한국 선수들은 결코 후퇴하지 않을 것이다. 선수들이 초반부터 경기의 주도권을 잡아 게임을 끌고 가면 좋은 결과가 있을 것이다.

최용수와 이영표가 부상을 당하는 바람에 약간의 차질이 생겼다. 그러나 선수가 빠질 경우를 두고 대비책을 강구했기 때문에 큰 걱정은 없다. 물론 이영표의 부상으로 지금 베스트 11에 약간의 변화도 염두에 두고 있다.

우리는 그동안 공격수와 수비수의 구분이 없는 토탈 사커를 연마해왔다.

우리 선수들이 주도권을 쥐고 경기를 컨트롤한다면 이길 수 있다.

요즘 전 국민들 사이에 월드컵에 대한 기대가 계속 높아지는 것을 알고 있다. 이게 선수들에게 상당한 부담으로 다가서고 있다는 것도 알고 있다. 오늘 선수들에게 절대로 흥분하지 말고 평소 때와 같이 플레이하라고 했다. 흥분하면 게임을 망칠 수 있다. 그리고 즐기라고 했다. 국민 여러분도 대표팀의 경기를 지켜보며 게임 자체를 즐겼으면 좋겠다. 한껏 게임을 즐기다 보면 좋은 결과를 맛볼 수 있을 것이다.

우리가 어떤 결과를 내는지와 상관없이 팬들은 대회 끝까지 우리를 성원해줄 것으로 믿는다.

우리는 그동안 열심히 훈련해왔다. 국민의 성원 속에 최선을 다해 싸우겠다.

결과는 장담하지 못하겠지만 한국선수들이 에너지로 넘쳐있다는 것만은 사실이다."

같은 말을 여기저기에서 조금씩 되풀이하고 있다. 간추려 말하는 말이 아니라 길게 늘어놓은 말이었다. 첫 경기에 나서는 히딩크의 긴장감이 엿보인다.

긴 말 속에 하고 싶은 말을 또 아끼고 있었겠지만 첫 승이란 십자가를 지고 한국인의 가슴 속, 축구의 언덕을 향하여 인고의 시간을 오르던 히딩크는 황선홍의 첫 골이 터지자 소름 끼치는 예감을 참지 못하고 마침내 주먹으로 어퍼컷 한 방을 먹였다.

히딩크 오빠, 한 방 가지고 되겠시유? 한 방 더 멕여유!

아, 얼마 만인가?
황새는 1994년 미국 월드컵 조별 리그 세 번째 경기였던 독일전에서 골을 낚았다.
0-3으로 뒤지던 후반 7분, 황새는 오른쪽 페널티 에어리어에서 박정배가 찔러준 공을 받았다. 골문 앞으로 볼을 몰고 가자 당황한 독일의 문지기 일크너가 황급히 앞으로 나왔다. 황새는 그 틈을 놓치지 않고 가볍게 오른발로 밀어넣었다. 황새의 월드컵 첫 골이자 추격의 불씨를 지핀 골이었다.
아, 얼마 만에 펴는 날개인가? 황새는 비상했다.

와아, 와아. 스탠드는 목이 쉬었다.
ㄱ, ㄲ, ㅋ. 스탠드는 숨이 막혔다.
와아, 와아, 붉은 악마들은 얼싸안았다.
ㅎㄱ, ㅎㅋ, ㅎ뻐, ㅎ프. 붉은 악마들은 울었다.

한국 축구 대표팀이 16강에 진출할 가능성에 대해서 내로라 하는 역술인들이 한마디씩 했다.

사주에 밝다는 역술인 김아무개씨의 예언이 한국인의 입맛을 팍팍 돋우었다.

"폴란드전과 포르투갈전은 승리. 미국전에선 고전.

1946년 11월 8일생 히딩크는 운에 극적인 요소가 많은 싸울아비 팔자다.

안정환은 예술가 사주. 이번 월드컵에서 화려한 기술을 보일 것임.

박지성은 선비 팔자, 작가 팔자.

이런 식으로 감독과 선수들의 사주를 조합하고 분석하면 16강 진출 가능성은 61%."

타로 카드의 점괘는 재수 없었다.

"폴란드전 무승부. 미국전 무승부, 포르투갈전 패. ∴ 16강 진출 실패."

풍수에 밝은 역술인의 예언은 수우미양가로 환산하면 '미'였다.

"폴란드전이 열리는 부산은 목마른 용이 물을 얻는 갈룡득수渴

龍得水 형국의 땅이다. 대륙계 폴란드 선수들의 컨디션은 업그레이드된다.
일진은 계묘癸卯일로 한국에 좋다. 폴란드전은 무승부.
미국전이 열리는 대구는 미국에 유리하다.
대구는 분지盆地다. 분지의 기세는 미국의 대륙 기세에 눌린다.
 일진은 기유己酉일인데 이 날은 쇠의 기운이 많은 날이고 미국은 쇠의 기운이 승한 나라이다.
 우리나라와 포르투갈은 용과 호랑이가 싸우는 용쟁호투龍爭虎鬪, 막상막하다.
종합 전적 1승 2무."

독일의 베켄바워는 5월 29일 영국 BBC 방송 인터뷰에서, 한국의 16강행을 낙관했다.
 포루투갈의 에우세비우는 한국이 폴란드와 미국 경기의 결과만으로 16강행을 결정할 것이라고 예측했다.

베켕바우하구 머시냐 에우세뷰, 갸들은 싸가지가 있구마.
말해 머하노. 갸들이 왕년엔 스따였단기라.
왕년이 머꼬? 왕년이 큰 년인교?

5월 30일, 수원 종합운동장에서 가진 기자 회견. 프랑스 에메 자케 감독의 말.
 "한국 축구는 지난 1년 동안 놀랍게 성장했다. 잉글랜드, 프랑스와 치른 평가전에서 나타난 것처럼 정신력과 전력, 기술적인 측면에서 눈부신 발전이 있었다.
16강에 오르리라고 본다."

AP통신, 스포츠일러스레이티드, LA타임스 등은 포르투갈이 무조건 1위로 올라가고 폴란드와 미국이 나머지 한 자리를 놓고 다툴 것이라 예측했다.

에뻬 통신하고 엘에이 탐즈가는 핸국 못 잡아 묵어 환장한기라. 입만 뻥끗하몬 맨 악담인기라.

유니언 잭의 도박회사 브룩스 힐의 예상.
한국의 우승 배당률은 150-1.
D조에선 포르투갈과 폴란드가 올라갈 것임.

제 논에 물대기 식의 낙관론과 해외의 싸늘한 비관론이 뒤죽박죽이었다가 비관론적인 예언, 예상, 예측들은 월드컵 개막일이 가까워지면서 조심스럽게 변하기 시작했다.
스포츠 전문 인터넷사이트 CBS 스포츠라인은 D조의 16강 진출국으로 포르투갈과 한국을 꼽았다.
"한국 축구의 색깔이 달라졌다. 힘이 생겼고 스피드가 놀랍다. 폭발적인 응원 때문에 다크호스로 등장했다. 그러나 자만은 금물이다."

그래도 폴란드전에 나서는 히딩크의 여러 말들을 간추려 점수를 준다면 히딩크는, 당당했다.
 히딩크는 말잠자리처럼 늠름하게, 탱고 리듬처럼 뜨겁게 말했다.
 "걱정 마라, 우린 잘하고 있다."
 "우린 16강에 진출한다."
 "우리도 세상을 놀라게 하겠다."
 "이제 월드컵을 즐겨보자."

 스탠드는 그야말로 ㄱㄴㄷㄹ, ㅁㅂㅅㅇㅈㅊ, ㅋㅌㅍㅎ와 ㅏㅑㅓ ㅕㅗㅛㅜㅠㅡㅣ가 범벅이 되어 서로서로 합하고 서로서로 안 합하고, 펑퍼지고 소쿠라지고 넌출지고, 폭포수처럼 이리저리로 흐르고, 말이 되고 비명이 되고, 웃음이 되고 울음이 되고, 소리가 되고 색깔이 되고 몸짓이 되고 손짓이 되고 야단법석에 왁자지껄 왁자 그르르했다.

 "워매, 양코쟁이 방송이고 영국 신문이고 간에 느그들 예측 잘 해부렀냐?"
 "성님, 그랑게 우리가 시방 한 골 넣은 거지라?"
 "아따, 니는 가죽이 모자라 눈팅이를 쨌다냐? 시방, 선홍이가 한 골 안 넣어부렀냐."
 "그라믄 16강행 안심해도 되겠지라."
 "야야, 아즉은 쪼께 일러 버린 것 같어야."
 "일르긴 머시 일르다요. 후딱 한 골 더 넣어부러. 성님 새가슴 싸가지 없게 폴딱대믄 그 꼬라질 나가 어쩨 봐야."

부산 바닥에서 어째 전라도 말만 나오나 싶었더니만 경상도 말도 석류 벌어져 알갱이 드러나듯 벌겋게 쏟아졌다.

"성님요, 선홍이가 참맬로 작품 하나 맨들었심더."
"쟈가 이번맨키로 독헌 맴 안 묵었나. 선홍이 쟈가 사나이 중의 싸나인기라."
"내사 마 명대로 몬 살것다."
"명대로 몬 살겄으면 우짜겠노. 쪼금 있다 한 골 더 넣을 긴데 그라믄 니는 그것도 몬 보고 간다는 말 아이가."
"그거사 죽어도 보고 가야제."
"니. 죽는다는 긴가, 안 죽는다는 긴가?"
"죽었다가 다시 살아날라요."

"기리니끼니 들어가는 공을 내래 어카갔시오."
 "증말여유. 폴란드 골문 거기가 출입금지 구역두 아닌데 들어가는 걸 워떻게 막는대유."

"언니 언니 나, 선홍이 오빠 사랑하고 싶어."
"얘는 어제까지만 해두 선홍이 아저씨라구 하더니."
"언니두, 그건 내가 어렸을 때잖아."
"하룻밤 새에 성숙했니?"
"언니 언니, 나, 미치고 싶어. 미쳐두 돼?"
"미친년!"

몇 살 먹었는지는 알 수 없다. 페인팅 페이스의 나이를 한눈에 척, 어찌 알 수 있겠는가? 그러나 알 수 있다. 가슴이 뾰로통히 솟았으니 일단은 여자, 소매 없는 팔에 다리 허벅지 살이 통통 탕탕 튈 듯한 것으로 보아 추정 나이는 스물 한두 살이다.

그 옆의 '페인팅 페이스'는 아마도 연인이렷다?

그보다도 사실은, 눈은 맑고 긴 머리칼은 싱그럽고 목소리는 깨끗하고 페인트를 칠하지 않은, 드러난 이목구비는 순수하다. 그러니 나이를 알기는 어렵지 않다.

연인 둘이 첫 골이 들어가자 긴 듯 짧은 듯, 얕은 듯 깊은 듯, 옅은 듯 진한 듯 밉지 않게 뽀뽀를 했다.

그것 참. 첫 골 뒤의 뽀뽀가 이렇게 예쁠 줄이야! 예전엔 김소월이두 미처 몰랐을 거다.

"워매, 쟈들 뽀뽀해부러야."
"니는 눈도 밝어야."
"눈동자가 두 개 아녀라. 그랑게 하나는 선홍이 성님 골 넣는 것 보고 나머지 하나는 심심한데 어쩌겄소. 청춘남녀 사랑놀이도 쪼매 봐야 안 쓰겄소."

와 이리 좋노, 와 이리 좋노, 와 이리 좋노오.
동지 섣달 꽃 본 듯이 머시 이리 좋노.
아리 아리랑 아리 아리랑. 아라리가 났네에.

송종국이 아크 정면에서 왼쪽으로 쪼아들던 유상철에게 짧게 패스하자 유상철은 골에어리어 오른쪽에서 오른발로 슛했다. 공은 골문 안으로 들어갔으나 선심은 날래게 오프사이드 깃발을 들었다.

김남일과 유상철은 중앙에서 장신 허리수 카우지니와 또 한 명의 허리수 시비에르체프스키를 강하게 압박하며 꽁꽁 묶었다.

이을용은 잡초다.

강원도 태백 출생 이을용. 강릉상고를 졸업한 뒤 대학 진학을 포기한 채 1년 동안 전국을 방황하던 이을용. 나이트클럽 웨이터, 막노동판 밑바닥 인생을 떠돌던 이을용.

이을용의 별명은 감자다. 또 인민군이다.

부상한 이영표 대신 출전해서 자신에게 온 섬광 같은 찰나를 기막히게 포착한 사나이다.

이을용은 잡초다.

아니다. 잡초가 아니다.

> 마늘밭을 온통 풀밭으로 바꾸어놓은 그 괘씸한 '잡초'들을 죄다 뽑아 던져 썩혀버린 후에야 그 풀들이 '잡초'가 아니라 별꽃나물과 광대나물이었다는 사실을 알고 얼마나 후회했는지 모른다. 정갈하게 거두어서 나물도 무쳐먹고 효소식품으로 바꾸어도 좋을 약이 되는 풀들을, 내 손으로 그 씨앗을 뿌리지 않았는데도 돋아났다는 이유 하나만으로 적대시하여 죄다 수고롭게 땀 흘려가며 뽑아서 버렸으니 어리석기도 하지. ……지렁이가 우글거리는, 살아있는 땅에서 저절로 자라는 풀들 가운데 대부분은 잡초가 아니다. 망초도 씀바귀도 쇠비름도 마디풀도 다 나물거리고 약초다. 마찬가지로 살기 좋은 세상에서는 '잡초 같은 인생'을 찾아보기 힘들다.  ―(윤구병 지음『잡초는 없다』에서)

이을용을 잡초라 부르지 말라. 그는 우리에게 꼭 필요한 풀이었다.

우리가 주목하지 않고 우리가 씨앗을 뿌리지 않았는데도 불구하고 스스로 돋아났다는 그 이유 하나만으로 그를 잡초라 부르지 말라. 우리는 그 동안 그가 쓸모 많은 풀이라는 걸 몰랐을 따름이다.

이을용의 패스는 황선홍에게 골을 넣게 한 첫 도움주기 이후에도 여전히 아름다웠다.

최진철과 김태영은 폴란드의 투톱 올리사데베와 주라프스키를 철저히, 효과적으로 봉쇄했다.

홍명보는 공격과 수비 위치를 지휘하면서 볼을 배급했다. 오프사이드 함정으로 폴란드의 의욕을 꺾는 등 영리하게 커버플레이를 펼쳤다.

후반전이 시작되었다.

4분 뒤에 황선홍이 나가고 안정환이 나왔다.

5분. 왼쪽 코너킥에 이은 설기현의 헤딩 패스를 박지성이 페널티 지역 오른쪽에서 오른발로 슛했다. 두데크는 선방했다. 명불허전名不虛傳, 이름은 헛되이 전하지 않는다더니 두데크는 몸을 날리고 손을 뻗어 잽싸게 막아냈다.

8분. 폴란드 미드필드 왼쪽에서 수비수의 태클로 튀어나온 공을 잡은 유상철은 수비수 한 명을 제치고 아크쪽으로 드리블했다. 아크 부근에 이르러 수비수 바우도흐를 앞에 두고 그대로 오른발슛을 날렸다.
캐넌슈터라 부르는 유상철의 슛은 통렬했다. 엄청난 위력을 품고 공은 빨랫줄처럼 뻗어나갔다. 골키퍼 두데크는 다시 몸을 날렸다. 공은 두테크의 손에 닿았다. 두테크의 손바닥은 공을 막으려 안간힘을 썼지만 공의 속력과 완력은 두테크의 손을 뿌리치고 때리며 무정하게도 골네트를 둘로 갈랐다.
프랑스 월드컵 벨기에전에서 극적으로 동점골을 넣은 유상철은 이 순간 월드컵 연속골의 주인공으로 머리칼을 날리며 떠올랐다.

2-0은 황홀한, 자지러지고 싶은 격차였다.
폴란드에게 작별의 손짓을 남기며 2-0은 저 멀리 산모퉁이로 영원히 사라지려 한다.
열한 명의 태극선수 가슴에 문신이 새겨졌다. 승리 확신의 2-0, 2-0은 찰떡 같이 든든한 차이다. 감칠맛이 있다.
이번에 히딩크는 그 누구의 명치를 겨냥한 것일까?
히딩크가 종주먹질을 해댄다.
히딩크의 어퍼컷이 두 번, 텅 빈 공간을 올려친다. 내려다보던 하느님이 주먹에 맞을까 싶어 움찔한 것 같기도 하다.

이운재는 크사노베크의 '위험한 프리킥'을 선방했고 김태영은 크리샤워비치를 무기력하게 만들었고 김남일은 김남일답게 그라운드에서 신나게 놀았고 홍명보는 카우지니의 슛을 헤딩으로 막아냈고 최진철은 든든했고 듬직했고 송종국은 그라운드가 좁아라 쏠고 다녔고 유상철은 폴란드 수비진을 헷갈리게 했고 이을용은 하이트의 슛을 몸으로 막아냈고 설기현은 좌우 측면을 번갈아 돌파하며 찬스를 생산했고 박지성은 동에 번쩍 서에 번쩍 박 '홍길동'이었고 안정환은 현란한 드리불로 시간을 벌어들이며 승리를 지켰고 후반 15분에 유상철 대신 들어온 이천수는 돌파와 슈팅으로 적진을 교란했고 후반 43분에 들어온 차두리는 2분 동안 넘치는 힘을 주체하지 못했다.

폴란드는 한국의 공세에 시달리면서 모든 것이 뜻대로 되지 않자 점점 거칠어졌다.
김태영은 다리를 채였고 김남일은 폴란드 수비수에게 강하게 부딪혔고 김남일과 유상철은 상대방의 반칙성 플레이에 맞서느라 체력을 많이 소모했다.

오스카 루이스 주심이 휘슬을 입술에 갖다댔다.
휘이익!
나타나지 않았지만 그라운드에 쓰인 글자, 그것은 '끄으―읕'이었다.
끝.

1초, 2초, 3초.
3초의 시간이 그 순간 저 '영겁'의 시간으로 숨을 멈췄다.
황새는 잠시 그라운드를 내려다보았다.
그토록 목마르게 소망하던 초록빛 꿈. 그 꿈의 열매가 드디어 영글어 똬리를 틀고 그라운드 거기에서 그를 바라보고 있었다.

  누가 첫 승을 아름답다 하는가.
  첫 승은 아름답지 않다.
  첫 승은 가슴 저미도록 아픈 것이다.

  첫사랑은 보라다
  첫날밤은 희다
  그러나 첫 승은 붉다

  아름다운 첫 승, 아우구스티노의 몸은 어느새 흥분으로 빚은 덩어리였다.
  아우구스티노는 마침내 참지 못하고 '변신'의 작가 카프카의 말을 끌어다가 내질렀다.
  "첫 승아, 너는 나를 죽여라. 아니면 너는 살인자다."

## 제2장   도깨비가 된 티노

그의 이름은 아우구스티노.
예수 그리스도의 33세를 흠숭하고 성혈의 포도주를 경외하며 축구를 사랑한다.

예순을 갓 넘었으니까 애들이 보면 영락없는 영감탱이다. 그래도 그는 마음 속으로 'not at all!' 하면서 도리도리한다. 그러나 아무래도 아닌 것 같다. 퇴근 무렵에 보면 아우구스티노의 얼굴은 피곤에 찌들어 쭈그렁쭈그렁 할아버지 그대로다. 그러니까 제주도 서귀포 월드컵 경기장 앞에 서있으면 아우구스티노가 바로 또 하나의 돌하루방일 게다.

6·25 직후 그때 그 시절, 아우구스티노는 배고픈 시절을 많이 살았다. 먹고 싶은 것도 많았다. 아니 보이는 대로 그는 뭐든지 이

빨로 씹어 삼키고 싶었다.

 그러나 아우구스티노는 먹보 따위는 되고 싶지 않았다. 아무리 생각해도 그건 개똥 아니면 썩은 땅콩 같았다.

 울고 싶은 때도 많긴 했지만 울보 따위가 되어 징징거리고 싶진 않았다. 아무리 생각해도 눈물이나 찔찔 짜면 평생 남이 깔보는 놈팽이 아니면 찌그러진 거지 깡통으로 살다 죽을 것 같았다.

 어리석었던 때가 많긴 했지만 '바'자 밑에 '보'가 붙고 싶진 않았다.

 고대소설 '소대성전'에 나오는 소대성이처럼 하고 한 날 잠이나 퍼질러 자는 잠보도 싫었고 볼때기에 심술이 수세미처럼 늘어진 심술보 따위는 더더군다나 싫었다.

 아우구스티노는 그저 순박한 백성 숫보기처럼 글 하나를 쓰며 살고 싶었다. 그래서 쉰이 되던 어느 날, 꽃 지고 연둣빛 새 잎이 돋는 썩 괜찮은 날 하루를 잡아 아우구스티노는 혼자서 남 몰래 살짝 아호雅號를 글 쓰는 바보 '글보'라 명명했다.

 그러나 글 쓰기는 아무래도 쉬운 게 아니었다. 손가락으로 죽 퍼먹기보다도 어려웠고 배 터지게 먹고 나서 숨쉴 겨를도 없이 다시 밥 한 그릇 먹는 일 그보다도 어려운 일이었다. 그러다 보니 글보라 명명하고 나서도 몇 년의 세월을 하염없이 죽이고 말았다.

 아우구스티노는 세월을 마냥 유수처럼 흘려 보냈고 드디어 예순살이의 세월을 어정어정 맞이한 것이었다.

 2002 월드컵의 북소리가 이제나저제나 슬슬 울려 퍼지려는 찰나 그 즈음, 오월의 스물 닷새 그 날쯤이었으리라. 아우구스티노는 서

랍을 뒤지다가 무심결에 젊은 날의 사진 한 장을 발견했다.

무 대가리처럼 새파란 청년, 젊은 날의 스물 몇 살이 싱싱히 찍힌 사진 한 장. 아우구스티노는 너무나 당연한 그 사진 한 장의 과거에 감전한 사람처럼 충격을 받았다.

장가 들기 전의 얼굴, 스물 몇 살의 뽀송뽀송한 사진엔 별처럼 서러운 눈동자가 있었고 축구를 하자고 누가 꼬드기면 금세라도 뛰어나갈 듯한 ↕의 에너지 & 생동감, 뭐 그런 식의 표정이 넘쳐나고 있었다.

잃어버린 시간. 흘러간 청춘.

인생은 스스로 생각하는 것처럼 슬픈 것만도 기쁜 것만도 아니라지만 아우구스티노는 망연자실했다.

늙어본 놈만이 늙음의 슬픔을 아는 일이지만 늙음은 늙음 그 자체가 이미 지랄 엠병이고 생의 마침표이며 비극이었다.

아내이거나 또는 또래들과 공원을 산책하다가 어느 날 당신은 철봉을 보았다. 늙은 당신은 문득 젊은 날의 추억이 뻗쳐올라 쪼르르 철봉으로 다가간다. 철봉은 마냥 반갑고 그리운 가로 직선이다. 직선에 매달린 당신은 가장 손쉬운 턱걸이를 시도한다. 그러나 당신은 단 3초만에 낭패하고 만다. 왜냐하면 당신이 서있는 곳은 철봉 앞이 아니라 학창 시절에 열다섯 개쯤은 너끈하던 턱걸이를 한 개도 제대로 할 수 없다는, 바로 그 엄연한 사실 앞에 서있기 때문이다.

당신의 앞에 이제 직선은 없다.

아내 앞에서 또래 앞에서 확확 달아오르는 부끄러움. 남몰래, 온 몸에 젖어드는 열패감. 무력감. 그런 뒤에 찾아드는 분노. 분노는 온몸을 활활 태우고도 남는다.

비명과 신음이 저 깊은 막창자 꼬리에서부터 목구멍으로 치밀어 오른다.
어어, 이게 아닌데. 뭔가 잘못된 거야.

철봉 이후로 철봉과 비슷한 일은 이제 연쇄살인 사건처럼 일어 난다.
그다지 무겁다고 생각지 않았던 물건을 들다가 삐끗해서 생긴 허리 통증, 입에서 입으로 전설처럼 오르내리던 오십견 증후군의 명단에서 찾아낸 자신의 이름.
오줌을 눈 뒤끝에 남은 오줌방울이 바지 가랑이를 타고 주르르 흘러내릴 때의 당혹감.
육체의 바이오 리듬도 아무래도 예전과 확연히 다르다.
자도 자도 꿀처럼 달기만 하던 젊은 날의 그 맛있던 잠은 어디 로 다 가버리고 걸핏하면 꼭두새벽에 깨어나 어정대기 일쑤다. 단 잠에 빠진 식구들에게 눈총을 받을까 싶어 마당을 거닐며 신문을 기다린다. 그리하여 꼭두새벽을 맞이하는 횟수가 잦아진 어느 날 문득 가질 수밖에 없는 것은 자괴감뿐이다.
팔 다리 허리 어깨, 곳곳마다가 일으키는 크고 작은 고통과 분쟁 들.
침침한 눈엔 유년 시절의 눈곱이 다시 끼기 시작한다. 만화에 나오는 도사처럼 눈썹도 하얗게 세기 시작한다. 눈썹은 그렇다 치더라도 불두덩의 터럭조차도 허옇게 돋았다. 그래서 불두덩의 허연 터럭도 염색을 해야 하는 것인지 말아야 하는 것인지 판단이 아리송하다.

늙음의 사상事象은 추상이 아닌 구상이었고 구체성과 사실성으로 다가오는 한 편의 멜로드라마였다.

오죽하면 흘러간 날의, 이름 석 자 짜한 시인 묵객들이 술과 '노세 노세'를 읊고 늙음을 주억거리며 눈물샘에서 흐르는 눈물을 술잔에 담았겠는가.

도연명은 푸실푸실한 살, 늘어진 살을 보고 늙음을 탄식했다.

   백발피양빈(白髮被兩鬢) 백발이 두 귀밑머리 덮고
   기부부복실(肌膚不復實) 살도 또한 실하지 못하다.

두자미는 하나 둘 저승으로 사라지는 동무들을 보고 덧없는 세월을 불렀다.

   방구반위귀(訪舊半爲鬼) 친구를 찾아보니 반수는 이미 죽은 사람
   경호열중장(驚呼熱中腸) 놀라서 이름을 부르니 창자가 더워진다.

그래서 이태백은 '마셔 마셔 술이나 마셔!' 했겠지.

   고래현달개적막(古來賢達皆寂寞) 예부터 현달했던 이들 지금은 모두 적막하거니

유유음자유기명(惟有飮者留基名)  그저 마시는 자만이 그 이름을 남길 것이다.

송지문이 읊은 것도 결국은 허무한 마음.

연년세세화상사(年年歲歲花相似)  해마다 꽃은 피어 비슷하건만
세세년년인부동(歲歲年年人不同)  해마다 사람은 같지가 않구나.

어떤 무명씨의 한 수는 그러니까 골치 썩이지 말고 '축구나 하면서 놀아!' 였던가?

생년불만백(生年不滿百)  사는 나이 백 년도 못 채우면서
상회천세우(常懷千歲憂)  가슴엔 늘 천 년의 근심을 품는다.

어쩌다 내가 이렇게 늙어버렸는가!
 90분 뛰던 내 다리는 어디로 가고 5분도 못 뛰어 주저앉는 젓가락 다리만 남았는가.
 처녀들의 속삭임만 들어도 울렁대던 내 가슴은 어디로 가고 여탕 앞에서도 뛰지 않는 '고자 가슴'만 남았는가.

그 날 저녁 쐬주 한 잔 먹고 아우구스티노는 젊은 날의 초상화를 보며 시 한 편을 끄적거렸다.

### 사진을 보며

나는 그대를 기억한다

칠흑의 한밤중에 자다 말고 일어나
잘 익은 총각김치의 육질을 마치 스무 살의 이빨인 것처럼
한 그릇의 밥과 더불어 와삭와삭 씹으며
살아있음의 짐승을 기뻐하던 그 미망迷妄을

나는 그대를 기억한다
풀잎 같은 조각배에 글을 싣고
파스텔화처럼 어린 세월을 저어가던 그대의 시간
그 60년대의 청년은 어느 강의 유역流域에 닿은 것일까
삶의 어떤 편린은 그대의 창가에서 가을처럼 흐느낀다
실존은 한 줄기 바람, 한 가닥의 생각인 것
젊은 날의 자화상은 이제
희미한 고백성사와
참담한 미학美學의 기억으로 남았다

나는 그대를 기억한다
산도 아니고 강도 아니었던 그대
반야般若도 아니고 공空도 아니었던 그대
청춘의 길섶 어디에선가
작은 이야기로 서성이다 가는 저녁, 그쯤인 것을.

  그 다음 날 저녁, 아우구스티노는 어제의 우울에서 벗어나지 못한 채 손바닥만한 뜨락에서 한 달 동안의 금연을 깨뜨리고 담배 한 대를 피워 물었다.
  끽연은 하나의 시스템이 개별자 하나 하나에게 쳐놓은 덫이었다. 덫에 걸려 몸부림치는 짐승들의 처절한 몸짓을 즐기며 의학과 사회는 금연해야 살 수 있다고 너스레를 떨며 허세를 피우며 제법 점잖게 충고한다. 충고는 위장이다.

금연 뒤의 담배는 빌어먹을, 맛이 있었다.

아우구스티노가 먹는 담배 연기가 프랑스 영화 '쉘부르의 우산'의 한 장면처럼 피어오르고 있을 때 대표팀과 프랑스팀의 평가전을 알리는 휘슬 소리가 방안에 켜놓은 텔레비전의 화면에서 들려온 것 같았다.
아우구스티노는 서둘러 담뱃불을 끈 뒤 허둥지둥 방안의 휘슬소리를 향하여 달려들었다.
아우구스티노는 종이와 볼펜을 준비하고 엎드린 채로 보았다.
중요한 경기가 있을 때마다 종이와 볼펜을 준비하는 것은 그저 버릇일 따름이었다. 마치 감독이라도 되는 것처럼 아우구스티노는 그때 그때 떠오르는 생각을 적는다. 엎드려 보다가도 필요하면 벌떡 용수철처럼 튀어 일어나 소리를 지르기도 한다, 위기 상황 아니면 절호의 순간이 왔을 때.

아프리카의 영양 톰슨 가젤이나 스프링 벅처럼 달리는 앙리의 속력, 트레제게의 순간 포착, 지네딘 지단의 감각적 중원 지휘, 이런 것들은 프랑스팀 축구의 골격을 이루는 예술적 분자 구조였다. 그래서 세계는 언제부터인지 프랑스팀의 가슴에 아트 사커라는 장미 한 송이를 새겨놓았다. '프랑스여 영원하라.' 그런 글귀와 함께.

2002 월드컵을 앞둔 평가전에서 한국대표팀은 스코틀랜드를 이기고 잉글랜드와 비겼다.
지금은 대 프랑스 마지막 평가전 90분의 시작이다.

스코트랜드전에서 보여준 이천수와 안정환의 골들은 범상치가 않았다.

이천수는 멀리서 바람을 품고 날아온 공을 받아 날쌘돌이처럼 발끝에 달고 질주하였는데 허우적거리는 스코틀랜드 문지기의 가엾은 손과 일그러진 표정을 제치고 마치 잉글랜드의 오웬처럼 차 넣었다.

골키퍼와 1-1로 마주한 상황에서 걸핏하면 똥볼 차는 꼴을 수 없이 보아온 한국 축구팬에게 그것은 '아름다운 약속' 같은 것이었다.

안정환의 두 골 중 하나는 발끝으로 골키퍼의 키를 살짝 넘기는 소위 토우 킥이라는 것이었다. 안정환은 달려들던 그대로 몸짓을 흐트러뜨리지 않고 '나를 건드리지 마세요.' ('Touch me not') 하며 애원하는 봉숭아 아니 피버노바를 콕 찍어 찼다. 피버노바는 무지개 포물선을 그으며 저 너머 그 어떤 세계로 사라지는 영상처럼 골키퍼의 키를 넘어 사뿐히 연착륙했다.

구경하기 좋은 바로 그곳 골에어리어에 돗자리를 깔고 쐬주잔이나 기울이며 보고 또 보아도 질리지 않을 숏. 그 골은 국내에서는 좀처럼 볼 수 없는 희소가치가 있었고 안정환은 그 골을 성공시키면서 '나 유럽물 먹었어.'하는 듯이 의기양양했다. 뽀뽀인지 키스인지 좌우지간 여자들이 뿅 갈 듯한 뒤풀이까지 했다.

안정환의 준수한 얼굴과 이 토우킥의 절묘한 조화는 한국 축구팬들에게 보내는 신의 그라운드 서비스였다.

대 프랑스전이 끝났다. 한국대표팀은, 졌다.

그러나 졌다는 것을 확인한 그 순간부터 아우구스티노의 가슴은 오히려 역설적으로 시월의 단풍처럼 붉게 물들어 타올랐다.

아아, 내 가슴은 아직 늙지 않았구나.

아우구스티노는 가출했던 청춘이 돌아온 것 같아서 흥분했다. 황영조가 몬주익 언덕에서 일본의 모리시타를 앞지를 때 가슴에 차오르던 그 흥분처럼 아우구스티노의 가슴은 쉴 새 없이 쿵쿵거렸다. 그것은 대표팀의 가능성을 확인한 사람만이 맛볼 수 있는, 격렬한 예측이 주는 환희였다.

체코에게 5-0, 프랑스에게도 5-0, 5-0을 가오리연의 꼬리처럼 달고 다니던 그때의 대표팀이 아니었다. 대표팀은 억수 같은 소낙비를 맞고도 끄떡없이 하늘로 머리를 쳐든 풋보리 대가리처럼 싱싱했다.

3-2로 진 대 프랑스전의 패배는 앞으로 23명의 엔트리가 무언가를 해내기 위하여 찍은 기념사진이었다. 아니 축구를 좋아하는 사람들에게 보낸, 그것은 짜릿한 오르가슴이었다.

평가전이 끝나자 히딩크도 그런 오르가슴을 말했다.

"그 동안 강팀과의 경기를 통해 한국이 어느 수준까지 올라갔다는 것을 확인할 수 있었고, 오늘 경기에서 한국이 얼마나 달라졌는지를 눈으로 볼 수 있었다.

난 행복하다. 그러나 프랑스의 마지막 골에서 알 수 있듯이 경기를 어떻게 마무리하는가는 팀의 수준을 말해준다. 이런 점에서 오늘 경기는 한국의 현재 위치를 파악하는데 좋은 경험이었고, 남은 며칠 동안 이런 부분을 보완하는 데 최선을 다하겠다.
한국은 그 동안 경험 부족이 문제였으나 평가전을 통해 목표에 상당히 근접했다.
완벽하게 경기를 지배하지 못했고 과도하게 흥분하거나 방심했을 때 골을 허용할 수 있다는 것을 알아야 한다."

아쉬움 반 그리움 반.
프랑스전이 끝난 뒤 그 다음날에도 아우구스티노는 프랑스전을 그리며 텔레비전이 수다를 떠는 동안 자신도 모르게 종이에 낙서를 끄적였다.
지네딘 지단, 트레제게, 앙리, 황선홍, 홍명보, 김남일, 송종국, 월드컵, 16강, 기도, 희망.
아우구스티노는 생각나는 대로 선수들의 이름들을 주워섬겼다. 그러다가 무심결에 희망이란 낱말 다음에 자신의 이름 아우구스티노를 썼다.
아우구스티노.
아우구스티노는 물끄러미, 하염없이 자신의 이름을 바라보았다.

바로 그때였다.
아우구스티노 끄트머리에 붙어있던 티노 두 글자가 아메바의 이분법 분신술처럼, 도마뱀이 꼬리 떨구듯, 보고 있는 사이에 스르르 떨어져나갔다.
눈이 피곤한가 보다.

아우구스티노는 눈을 비비고 다시 바라보았다. 그러나 분명히 아우구스와 티노의 사이는 적어도 5센티미터쯤 떨어져 있었다.

아무래도 내가 잘못 썼나 보다.

아우구스티노는 손가락에 힘을 주어 볼펜으로 비석에 글씨 새기듯 또박또박 다시 한 번 썼다.

아우구스티노.

아우구스티노는 자신의 눈을 의심했다.

여섯 개의 글자 중에서 티노 두 글자가 슬금슬금 게처럼 옆걸음질을 치더니 아우구스와 티노의 사이가 이번엔 10센티미터도 넘게 벌어지는 것이었다.

내가 지금 컴퓨터 게임을 하는 것도 아니고 이 종이가 사이버 종이도 아닌 바에야 어째서 이런 일이 일어날 수 있단 말인가!

더 놀라운 것은 티노가 글자로만 머무르지 않았다는 사실이었다.

티노는 움직이기 시작했다. 움직이면서 마치 컴퓨터 그래픽의 영상처럼 아니 작은 도깨비처럼 변신을 시도했다. 그리고 마침내 성공했다.

티노의 머리엔 뿔이 솟았고 반투명한 노란 색 몸체에선 번쩍번쩍 빛이 뻗어 나왔다. 외계인이다. 어디선가 본 듯하다.

오오라, 그것은 2002 월드컵 마스코트 아토였다.

아토였던 티노는 파란 색 니크로 탈바꿈하더니 마지막으로 보라 색 케즈로 변신했다. 케즈는 걷는 듯 춤추는 듯 뒤뚱뒤뚱하더니 이윽고 다시 아토로 돌아와 공 차는 시늉을 하고 나서야 티노 글자로 되돌아왔다.

아우구스티노는 머리를 흔들었다. 혼란스러웠다.
아우구스티노는 혼란의 와중에서 벗어나려고 눈을 부릅떴다. 그러자 그 순간 티노는 들릴 듯 말 듯 펑! 소리를 내며 성냥개비에서 나오는 불꽃처럼 작은 섬광과 함께 어디론가 사라졌다. 티노가 있던 자리는 그을린 채 휑덩그렁히 비었고 종이 위엔 덩그라니 아우구스란 글자 넉 자만 남아 있었다.

아우구스와 티노가 둘로 나뉘었단 말이다.
아우구스티노에게 남은 것은 이제 '아우구스'일 따름이었다.
아우구스티노는 너무나 어처구니가 없어서 어딘가에 있을 티노에게 말했다.
"티노, 대체 무슨 짓이야. 너와 나는 늘 붙어있어야 해, 너와 나는 하나란 말이야."
티노의 목소리가 들려왔다.
"아우구스, 왜 월드컵을 소 닭 쳐다보듯 하죠?."
"무슨 소리, 난, 월드컵에 달아오르는 중이야."
아우구스티노는 화가 나서 외쳤다.
"피이. 당신은 스스로 늙었어요. 스스로 늙어서 스스로 무언가를 잃었어요. 그래서 말이지만 이제부터 나는 당신과 함께 있을 수가 없어요."
"티노, 너는 아우구스티노의 티노인 거야. 아우구스티노는 늙었지만 아우구스티노가 늙었으면 티노, 너도 늙은 거야."
"난, 젊어요. 함께 있고 싶다면 함께 다녀야 해요."
"어디를? 언제?"
"길거리 응원."
"나이 예순이 넘은 내가? 우리 세대는 말이야……"

아우구스티노는 예순이란 나이가 뭘 의미하는 것인지, 신세대와 어떻게 다른 것인지. 살아온 세월의 의미가 어떻게 축적되어 발효하고 있는지 등등을 이야기했다. 그러면서 사람은 자신의 나잇값에 걸맞게 살아야 하는 것이라고, 그게 가장 자연스러운 것이라고 말했다.
"티노, 나는 거먹고무신 세대야. 천막 천으로 만든 운동화조차도 중학교 가서야 겨우 신었지.
60년대에 들어 라면을 먹기 시작했지만 라면 세대가 아니라 국수와 수제비 세대야.
70년대 들어 삼겹살 안주로 쐬주 한 잔 먹는 걸 무지무지한 행복으로 여긴 세대야.
대통령 같지 않은 대통령을 대여섯 명씩이나 모신(?) 세대야. 그런 독재자들 밑에서 숨도 제대로 쉬지 못하고 눈치 보며 기어온 세대야. 살아온 게 아니라 기어온 거야.
정지용이나 백석, 이용악이 싸가지 없는 빨갱이 시인인 줄로만 알고 살아온 세대야.
신중현의 노래 '한 번 보고 두 번 보면 자꾸만 보고 싶어.'는 퇴폐적인 노래다. ∴ 이제부턴 금지곡이다. 그러면 술 먹고 구슬프게 웃기만 한 세대야.
 송창식의 '고래사냥'도 듣다가 못 들은 세대야. 한마디로 배고프고 웃기는 세월을 울면서 살아온 세대였지. 그건 비난 받을 일이 아니야. 이해해달라고 사정하고 싶은 세대도 아니야. 그저 그렇다는 거지.
 나는 신세대들을 축복해. 마음껏 소리 지를 수 있는 그들의 세월을 진심으로 축복하고 싶어. 지금은 거리에서 열광해도 잡혀가지 않겠지. 그건 신세대의 행운이고 권리야. 그들은 자유를 향유해야 해.
 나는, 이 아우구스티노는 신세대들을 축복하면서 조용히 지켜보고 싶어. 패배주의라고 비난하지 마. 난, 인생의 의미를 말하고 싶은 거야. 사람은 살아온 세월의 버릇으로 살아가는 것이라고."

 심지어는 아우구스티노와 신세대의 입맛까지도 아주 다르다고 말했다. 그건 티노를 설득하기 위해서 든, 구체적인, 하나의 예에 지나지 않았다.

 한겨울에 책을 읽다 밤이라도 깊어지면 느닷없이 출출하고 입안도 궁금하다.
 곤히 주무시는 아내를 깨우기도 뭣해서 부엌 안을 휘 둘러보면 찬밥뎅이마저 없는 경우가 허다하다. 못살던 시절도 버릇이 되었는지 아내는 좀체 밥을 남겨놓지 않는다. 하기사 식구 몇 되지도 않은 터에 찬밥이 남으면 그게 뉘 차지가 되랴. 그러다 보니 어지신 밥어미께서는 밥 양量 조절에 여간 능한 게 아니다. 그래서 번번이 밥은 없다.

밥은 끼니때 맞춰 먹는 거야. 때 놓치면 못 먹는 게 밥이야. 그건 우리가 어렸을 때부터 귀에 못이 박히게 들어온 말이다.

이를 어쩐다?

이쯤에서 궁즉통(窮卽通 궁하면 통한다)으로 떠오르는 게 라면이다.

라면 계슈? 하면서 몇 군데 쑤석여보니 서너 봉지가 '날 끓여 잡수' 하면서 오순도순 모여 있다. 물론 날 위한 건 아니다. 큰녀석 작은녀석 먹으라는 라면인 줄 왜 모르랴.

자, 그럼 끓여 볼거나.

가스렌지를 켠 뒤 냄비에 물을 붓고 올려놓는다. 깊고 깊은 심심산골 일급수 옹달샘 물이라면 오죽 좋으랴만 텔레비전 광고에서나 그런 물이 나올까. 요즘 세상에 그런 물이 있을 턱이 없다. 망상일랑 접어두고 정수기 물을 뽑아 쓴다.

물이 끓는다. 보골보골 그러다가 뽀골뽀골. 고열을 내면서 금세 몸살을 앓는다. 이때다 싶어 봉지인 채로 라면 사리만을 넷으로 쪼개어 넣는다. 스프봉지와 미역 다시마 따위가 들은 또 다른 새끼봉지는 넣지 않고 우선 고이고이 모셔둔다.

사리를 넣은 뒤엔 데치는 기분으로 슬쩍 삶아 아직 꼬득꼬득 기운깨나 있을 때 건져서 조리에 받쳐놓는다. 요컨대 라면 사리를 잔치 국수 삶듯 삶아서 건져놓으란 말이다. 그러면 라면 사리에 배었던 기름기는 대충 빠진다. 그런 다음. 냄비에 새로 물을 붓고 다시 끓인다. 새 물이 다시 몸살 내며 끓기 시작하면 콩나물을 한 줌 집어넣고 왕파도 넣는데 왕파는 칼로 썰지 말고 손으로 뚝뚝 분질러 넣으라. 뭐랄 사람 아무도 없다.

매운 고추도 하나, 미운 놈 다리몽뎅이 부러뜨리듯 툭툭 분질러 넣고는 비로소 스프봉지 또 다른 새끼봉지를 부욱 찢어 털어 넣는 것이다.

콩나물을 너무 푹 삶으면 썩을 놈의 세상살이처럼 흐물흐물 늘어질 것이므로 씹으면 설경설경 이빨에 박히는 맛이 있을 정도만큼만 끓일 일이다.

이제, 가스 위에서 냄비를 내려놓는다.

아까 살짝 삶아 건져놓은 라면 사리 아직 있슈? 그러면 그거 넣고 뚜껑 덮고 조금만 끓기를 기다렸다가 곧바로 얼른 내려놓아라. 지금껏 끓던 여력만으로도 사리는 익는다. 계속해서 가스로 끓이지는 말아라. 자칫 사리의 쫀득한 맛이 다 날아갈 것이다. 30초 지난 뒤에 긴 대나무 젓가락으로 휘휘 저어가며 들면 된다.

한마디로 말해 국수 삶듯 라면을 삶는 것인데 슬쩍 삶아 헹군 사리를 다시 끓여 먹는 식이므로 인스턴트의 간편성을 본질적으로 모독하는 조리법이다.

그러나 어쩌랴. 국물이 쇄락하고 청량해야 책 읽던 뒤끝에 먹는 밤참이 되지 않겠는가.

엄동설한 한밤중이라면 고추장을 반 순가락쯤 떠넣을 수도 있겠고 시어터진 김장김치 국물을 넣어 끓일 수도 있으니 그것은 그때그때 각자의 식성과 한밤의 정취에 따라 정할 일이다.

식구란 게 뭔가?

보글보글 끓는 된장찌개 투가리 하나 놓고 네 찌개 내 찌개 가리지 않고 숟가락은 연신 들락거린다. 그런 세월이 길어지면 어언

간 입맛도 같아지고 품성도 비슷이 닮아 마침내 사랑과 공경이 넘쳐나는 게 아니더냐.

그런데 언제부턴가 아내의 부엌살림은 큰애 작은애의 입맛을 겨냥해서 돌아가기 시작했다. 콩나물국 하나를 끓여도 얼큰히 맵게 시리 맛을 내는 게 아니라 늙은이 마빡 씻어낸 세숫물처럼 멀건하다. 그런 뒤엔 꼭 사족을 붙인다.

"매운 건 몸에 안 좋대요. 우리집 건강 담당 상무로서 이제부턴 모든 음식을 슴슴히 하겠어요."

이게 다 아이들 입맛을 맞추느라 나온 지략인 걸 내 다 아는 바이지만 식구 공동체의 안녕과 평화를 위해서, 또 새끼라면 죽고 못 사는, 몸에 밸대로 밴 우리들 세대의 희생정신을 위해서 따를 수밖에.

그러다 보니 어쩌다가 기념으로 끓여먹는 라면 하나에서 내 입맛의 본령을 찾으려고 발버둥친 꼴이 된 셈이다.

이게 아우구스티노식 라면 끓이기야. 세대 차이는 어쩔 수 없고 나이는 아무도 못 속여. 늙은이는 늙은이식대로 분수껏 사는 게 좋아.

이렇게 한 말 또 하고 이런 예 저런 예 들 만큼 들었건만 티노는 막무가내였다.

길거리 응원에 가자.

경기장에 가자.

페이스 페인팅도 함께 하자.

붉은 셔츠도 함께 입자.

티노 너의 깜짝쇼는 귀엽고 발랄하다.
이 아우구스는 티노의 생각과 말과 행위를 십분 이해하겠다. 그러니 이제는 이 정도에서 그치자.
아우구스는 지나친 생각과 행위의 뒤에는 언제나 후회와 자책만이 있는 법이라고 그럴 듯이 둘러댔지만 티노는 아우구스의 중늙은이 행세에 반기를 들려고 작정한 듯했다.
티노는 아우구스티노의 가슴에 살고 있는, 젊은 한때 스포츠광의 영혼을 불러내고 싶었는지도 모른다.
"티노, 옛날에, 나는 한국 축구가 결승에 오르는 꿈까지 꾸었어."
아우구스티노는 티노의 엉뚱한 일탈에 당황하면서 화를 지그시 눌렀다.
"설마."

티노에게 욕을 하고 싶었다. 입이 근질근질했다. 갑자기 막말이나 하고 욕질이나 하는 저질 국회의원이 되고 싶었다. 그래도 입을 다물었다. 아무래도 길길이 날뛰는 자아를 불러내어 다독거려야 할 것 같았다.
"과거는 구겨서 휴지통에 버리세요. 미래를 향하여 다시 꿈을 꾸세요."
티노가 광고처럼 나지막이 속삭였다.
아우구스티노는 그예 티노에게 욕을 퍼붓고 말았다.
"길거리 응원을 해도 좋다. 수만 명 사람들 틈에 섞여 서너 시간씩 '대~한민국 짝짝짝 짝짝' '오, 필승 꼬레아'를 외쳐도 좋다."
그러나, 그러나.
"이 병신 같은 새끼야! 늙으면 오줌 마려운 걸 못 참는단 말이다. 깡통 들고 다니랴?"

티노는 끝내 떠나갔다.
아우구스티노의 3분의 1인 티노가 떨어져나갔으므로 아우구스티노는 어쩔 수 없이 아우구스가 되고 말았다.

그래, 내게도 그런 시절이 있었지.
티노가 떠난 뒤, 아우구스는 눈을 감고 과거를 불러냈다. 잊었던 것은 아니었지만 아우구스가 부러 외면한 시절 그 짠한 시간들은 유년과 소년과 청춘의 날들이었다.

뙤약볕 아래에서 열 한 살짜리 또래 사내애들이 야구를 하고 있다.
영식이는 제 엄니한테 부지깽이로 시퍼렇게 멍이 들도록 두들겨 맞았다. 야구 방망이를 깎는답시고 칼질하다가 글쎄 부엌칼 이빨을 다 빼놨으니 영식이 엄니가 화 날 만도 했다.
부엌칼이란 게 무엇인가? 김장 때는 싹둑싹둑 깍두기 무 썰어내지 배추 뿌리 탁탁 치다가도 포기 잘라내는 덴 이골이 났다 .
김장뿐이랴. 조기 대가리 자르고 몸통 도막 치고 동태 배 가르고 그러다가도 마늘 찧을 땐 또 부엌칼 대가리만 있으면 그만 아니던

가. 그래서 영식이 아버지가 일 주일이 멀다 하고 숫돌에 갈아 날을 세웠던 것이고 잘 쓰고 아껴 쓰면 삼사 년도 족할 것을 이빨을 다 빠뜨려 늙은이 칼로 만들어 놨으니 영식이 아부지 엄니가 쌍으로 화통 터지게도 됐다.
그러나 영식인들 또 어쩌겠는가. 부엌칼 말고는 칼 같은 칼이 없는 걸..
공은 순태가 힘들게 구한 연식정구공이었다.
배꼽 부분을 둥글게 오려낸 뒤 속에다가 솜을 가득 채웠다. 그래야 조금이라도 야구공의 무게와 맛을 낼 수 있었다.
솜 구하기도 쉬운 게 아니다. 이불이나 요에 터진 곳이 있으면 손가락 집어넣어 조금씩 조금씩 솜을 빼낸다. 이것 역시 들키면 어디 한 군데 멍들 각오를 해야 한다.
솜은 누가 빼내 왔을까? 그건 말할 것도 없이 아우구스였다. 뭐든지 한 가지씩은 맡아야 야구를 할 게 아닌가.
솜을 넣어 봤자 사실은 하루를 넘길 수도 없었다. 시합을 한 번 하고 나면 공은 언제나 걸레처럼 너덜너덜 찢어지게 마련이었다. 그러나 연식정구공은 보석처럼 귀한 것이었고 아이들 패거리들은 하는 수 없이 무엇이든 대용품을 구해야 했다. 예컨대 실뭉치 같은 것으로 야구공을 대신했다.
찢어지지 않고 깨지지 않는 야구공은 대체 어디에 있을까?
패거리들은 때때로 뭉게구름을 바라보았다. 뭉게구름 속 어딘가에 야구방망이와 공이 있기라도 한 듯이.

중학교에 들어가선 주먹만한 고무공을 가지고 불 켜진 미군부대

옆 학교 운동장에서 밤늦도록 축구를 했지만 머리통만한 진짜 가죽공을 차고 싶은, 갖고 싶은 속앓이 때문에 아우구스의 가슴은 언제나 뻥 구멍이 뚫려 있었다.

아우구스는 달리기도 했다. 특히나 마라톤을 좋아했다. 3000미터나 5000미터만 되어도 그 무렵엔 그것을 마라톤이라 생각하고 헉헉거렸다.

중학교 1학년 때 열린 교내 체육 대회에서 아우구스는 학급 대표 마라톤 선수로 나갔다.

운동장을 열 바퀴 뛰는 3000미터 달리기. 마라톤이 아닌 마라톤이었는데 아우구스는 보기 좋게 꼴찌를 했다. 엄밀히 말하면 기권자가 많아서 꼴찌는 아닌 셈이었지만 적어도 완주자들 중에서는 꼴찌였다. 굵직굵직한 2학년 3학년들과 겨루는 마라톤이었으므로 꼬마였던 아우구스에겐 처음부터 힘겨운 승부였다.

모두가 결승선에 들어선 뒤에도 아우구스는 무려 한 바퀴를 혼자 돌아야만 했다. 포기할 용기마저 없어서 부끄러움을 무릅쓰고 확확 달아오른 자연산 페인팅 페이스로 혼자 뛰어야만 했다. 부끄럽고 고독했던 혼자만의 한 바퀴, 그 한 바퀴가 아우구스에겐 아직도 선명하다.

중학교 3학년 때, 체육 시험으로 십 리쯤 되는 곳까지 갔다가 학교 운동장까지 되돌아오는 경주가 있었다. 아우구스는 처음부터 아예 2등을 하기로 작정했다. 시골에서 온, 체격 좋은 반장 녀석이 준마처럼 잘 달리는 것을 알고 있었으므로 아우구스는 그 녀석의 뒤만 죽자 사자 뒤쫓기로 마음먹었던 것이다.

극심한 고통을 견디며 이를 악물고 달려 아우구스는 머리털만큼의 오차도 없이 2등으로 골인했다. 그 쾌감은 아우구스의 몸 어딘가에서 아직도 스물거린다.

강원도 군대살이의 장거리 구보도 괴롭긴 마찬가지였다. 더위와 철모와 탄띠와 배낭과 소총 때문에 헉헉대면서 아우구스는 아우구스의 곁을 스치는 길거리 밭머리의 옥수수가 더 괴로울 것이라 생각하며 이를 악물었다.

뚜우, 새벽 네 시의 통금 해제 사이렌이 울리길 기다려 아우구스는 얼음판으로 나갔다. 1962년 겨울의 스케이트는 배꼽티가 처음 나왔을 때의 배꼽보다도 더 사람들의 눈길을 모은다. 요즈음의 자가용 경비행기도 이보다 더 호사스런 사치는 아니었다. 아르바이트란 말조차 쓰지 않던 시절에 몇 달 동안의 과외 아르바이트로 번 돈 전부를 톡톡 털어 아우구스는 펭귄표 스케이트를 장만했다.

맘에 쏙 드는 드라이브슛을 익히기 위해 고등학교 2학년의 겨울 방학은 날마다 뺨이 얼어 얼얼하곤 했다. 그 덕택에 대학에 가서 아우구스는 비록 아마추어들의 농구 대회이긴 했지만 문리대 대표로 나가 장신의 숲을 헤치고 멋진 슛을 성공시킨 적도 있었다.

그러나 뭐니뭐니해도 축구는 첫 손가락으로 꼽을 만큼 맛있는 운동이었다.

메르데카배 축구의 중계 방송을 들으려고 어렵게 구했던 고물라

디오가 지금도 고맙기 그지없다. 순찰 장교의 눈을 피해가며 소리 죽여 듣던 한밤중의 일등병 보초, 그것이 아우구스였다. 들켰다면 당연히 영창을 갔을 것이지만 이회택이 골 넣는 중계방송을 듣기 위해 아우구스는 무모할 정도로 아슬아슬한 모험을 결행했다.

아우구스는 염동균의 경쾌한 스텝과 박신자의 정확한 슛, 김추자의 드라이브를 보고 싶어서 와룡선생처럼 상경하여 장충체육관으로 직행하기도 했고 푸른 잔디 위를 질주하는 차범근의 늠름한 속도를 보고 싶어서 또 다섯 시간도 넘는 완행열차를 타기도 했다.
첫 직장 400여명의 동료 중에서 베스트 열하나로 뽑혀 유니폼까지 맞춰 입고 축구 선수 행세를 하며 거들먹거렸던 일도 생생하기만 하다.

88 올림픽을 며칠 앞둔 어느 날 아우구스는 축구꿈을 꾸었다.
꿈은 사실적이었고 몽상적이었다.
사람의 냄새와 짐승 같은 숨소리가 넘쳐나는 꿈이었다.
2002 월드컵은 꿈꾸지도 못했던 시절의 꿈, 요컨대 꿈은 다음과 같이 요사스러웠다.

다음.

현주소를 묻더니 직업을 묻고, 가족 현황을 묻더니 학력을 묻고, 주량을 묻더니 드디어 사내는 아우구스티노에게 취미까지도 물었다.

내버려두면 '변비증이 있느냐, 치질 기운은 없느냐, 한 달에 그것은 몇 번씩이나 하느냐?' 머리에서 발끝까지 몸뚱아리 구석구석에 대해서 뭐든지 죄다 물을 참이었다.

덩치가 우람하고 얼굴빛도 가무잡잡하고·거무튀튀한 사내가 어울리지도 않게 가느다란 중성적 목소리로 쉴 새 없이 지껄이는 것이었다.

따발총을 긁어대는 것처럼 따따따따, 고장이 난 수도꼭지처럼 쫄쫄쫄쫄, 참새 새끼처럼 짹짹짹 짹짹거렸다.

그러나 아우구스티노는 내심 참기로 꾹꾹 속셈을 눌러다졌다. 안 참기로 해보았자 별 수 없는 일이었다.

얼마나 가슴 설레고 두근거리고 팔딱팔딱 뛰면 저렇게 수다를 떨까, 대자대비한 부처님 생각을 하면서 꾹꾹 또 한 번 눌러다졌다.

"학교 다닐 때 나는 영화광이었어. 당신도 내 또래라니까 알 거야.

난 몬티와 찰리 채플린의 고독을 사랑했지. 리차드 위드마크의 냉혹함을 사랑했고 동경憧憬에 찬 제임스 딘의 눈빛에 빨려 들었지. 또 커크 더글라스의 야성을 흉내냈고 케리 그란트의 신사神士에 홀딱홀딱했지. 게리 쿠퍼의 휴머니즘도 미치게 근사하더라 이거야. 클라크 케이블도 쓸 만했고, 안소니 퀸도 좋더니 로버트 테일러도 좋고 좋고 일백 번 고쳐 좋더란 말씀이지."

"폴 뉴먼도 좋았겠고 마른 브란도도 좋았겠군요. 그런데 댁은 동성 연애자입니까? 어째 맨 사내들만 들먹입니까?"

그 말끝에 아우구스티노는 한마디 덧붙였다.

"난 사람보다도 먹을 걸 더 좋아했죠. 미제 초콜릿 한 개 깨물고 싶어서 몸살을 냈고 미제 검 하나 질겅질겅 양키들처럼 씹고 싶어서 꿈까지 꿨습니다. 그보다도 미군부대에서 흘러나오는 찌꺼기를 끓여 만든, 그놈의 꿀꿀이죽 한 사발을 먹고 싶어서 나중엔 눈에서 헛것이 보입디다. 당신 말마따나 미제는 좌우지간 좋았지요."

동성연애자라니, 그 무슨 망발이냐는 듯 눈을 치뜨더니 사내는 탁배기잔에 탁걸리 따르듯 여배우 이름을 주욱 따르기 시작했다.

"잉그리드 버그먼이 머리 깎았을 때 좋았지. 오드리 헵번의 장난기도 귀엽지만 리즈 테일러의 요염기도 쓸 만했다구. 그레이스 케리는 어쩐지 우아하다 싶더니만 결국 모나코 왕비로 들어앉더구만. 패티 페이지의 청순미도 몸살나게 좋았고 제니퍼 존스의 안정감도 은근했지. 진 시몬즈나 비비안 리도 좋고 좋아. 마릴린 몬로는 벗으나 안 벗으나 깜박 죽겠더라구."

"듣고 보니 그 중 많은 분이 고인이군요."

"그렇지만, 난 결국 요한 크루이프가 더 좋고 펠레나 에우세비오가 더 좋아. 뮐러도 제몫은 하는 녀석이지. 요즘엔 아무래도 마라도나야. 이회택도 괜찮고 차범근의 다리통도 믿음직스러웠지."

"애도 못 낳는 할망구 이름들을 들먹거려 봤자 뭐 합니까, 펠레나 에우세비오도 지금쯤은 운동장 한 바퀴만 돌아도 다리에 쥐가 날 겁니다."

"요컨대 나는 사랑하는 게 많지만 푸른 잔디와 둥근 공, 전력질주의 속력을 좋아한다 이거야. 신이 나에게서 마지막 숨을 거두어 갈 때까지."

"축구라면 나도 한 가락 했습니다."

심통이 난 아우구스티노가 한 마디 내질렀다.

"그래요? 그렇담 진작 말씀하실 것이지." 사내의 말투는 들떠 있었다.

"내가 다녔던 국민학교가 철조망을 사이에 두고 미군부대와 붙어 있었습니다."

"당신 얘기엔 어째 미군부대가 잘 나오는군."

사내가 킁, 하고 코똥인지 코방귀인지를 뀌었다.

"오학년 땐가, 난 하루도 빼놓지 않고 공부가 끝나기만 하면 몇이서 어울려 축구를 했습니다. 해가 져서 깜깜해도 깜깜한 줄도 모르고 고픈 배를 움켜잡고 했지요."

"깜깜한 데에서 어떻게 공을 찬단 말이오."

"중간에서 자꾸 얘길 나꿔채지 마십시오. 다른 곳엔 불이 없어도 미군부대만큼은 불야성이었습니다. 미국은 한국을 밝히는 등불 같은 나라니까 말하자면 미군부대 전깃불이 우리 학교의 야간 조명 노릇을 대충 한 셈입니다."

"그렇다면 이해가 가는군."

"공이래야 주먹만한 고무공이었는데, 그것도 없어서 못 찼습니다. 그런데 그 고무공이 걸핏하면 미군부대 철조망에 걸려서 터지곤 했습니다. 옘병할, 우라질, 육시랄 놈의 철조망! 고무공 하나가 금쪽보다 귀한 그 시절에 걸핏하면 구멍을 내는 철조망, 우린 철조망을 증오했고 주먹만한 고무공이라도 날마다 생겼으면 좋겠다 싶었지만 그것마저도 우리에겐 고깃국보다도 더 귀한 꿈일 수밖에 없었습니다.
 고무공 축구는 으레 한 시간을 넘기지 못했습니다. 나중엔 삭신이 갈갈이 찢어져서 너럴 너덜해지고 말았으니까요."
"쯧쯧, 그 무렵엔 정말 그랬지."
"어느 날 낮이었습니다. 아마 토요일이었다고 짐작하는데 기막힌 일이 있었지요."
사내가 귀를 쫑긋 세웠다.
"미국애들은 부대 안에서 별별 놀이를 다 했습니다. 말굽 모양처럼 생긴 ㄷ자 쇠를 던져 걸기도 했고 야구도 하고 농구도 했는데, 나는 그들이 가지고 노는 그 공이 부러워서 기웃기웃하기가 일쑤였습니다. 그런데 그 날은 그놈들이 여간해선 안 하던 축구를 하더라 이겁니다. 시시한 고무공, 주먹만한 게 아니라 머리통만한 진짜 가죽공 말입니다. 나는 혀를 빼물고 침을 질질 흘리며 날아다니는 공을 지켜보고 있었습니다. 그때, 갑자기 철조망을 넘어 공이 내게로 날아왔습니다. 그 순간 나도 모르게 발작처럼, 그런 생각은 티끌만치도 먹지 않았는데 나도 모르겠습니다. 틀림없이 신령님이 나에게 시킨 짓일 겁니다."
아우구스티노도 사내의 말투를 흉내냈다.
"공이 내 앞에 떨어지는 순간, 난 그 공을 가슴패기에 품고는 죽자 사자 뛰었습니다. 이건 내 꺼다, 이건 내 꺼야, 주문처럼 중얼거리면서 말입니다."
"예에? 그걸 무사히 가지고 도망쳤습니까?"
"도망치긴 어떻게 도망칩니까. 아무래도 한국은 미국에게 꽉 잡혀 살 팔자인가 봅니다. 그만 붙잡히고 말았지요. 어찌나 꽥꽥

소리를 지르고 눈을 부라리는지 채 200미터도 못 가서 오금이 펴지질 않아 그만 잡히고 말았습니다. 엉덩이를 걷어 채이고 정갱이를 깨이고 따귀를 맞고, 난 죽는 줄 알았습니다."

"안 됐군요. 운동을 좋아하는 사람이라면 이해할 만도 한데……"

"한마디로 치사한 녀석들이었습니다. 그런 가죽공 하나쯤이야 걔네들애겐 그야말로 별 게 아니었거든요."

"하여간 축구는 사람을 미치게 만듭니다."

영화광이었다가 축구광으로 이적한 사내임이 틀림없었다.

아우구스티노는 전광판 쪽을 바라보았다. 시계는 마침내 네시 20분을 가리키고 있었다. 십 분 후에는 올림픽의 대미를 장식할 축구 결승전이 벌이질 것이다.

아우구스티노는 시장기를 느꼈다.

한 시가 다 되어서 그냥 집을 나섰을 때 아내가 한 말이 생각났다.

"점심도 거른 채 가시겠다는 거예요?"

"아무래도 배고픈 눈으로 봐야 한 줄이라도 쓸 것 같아."

"배고픈 눈으로 봐야 먹을 것만 어른거리지 별 수 있겠어요? 그러지 마시고 한 술이라도 뜨고 가세요. 올림픽도 식후경이라는데……."

뱃속에서 울려오는 꼬르락 꼬르락 헝그리 교향곡. 쓴웃음이 절로 나왔지만 식욕은 도통 일지 않았다.

"16년만에, 국민들의 현명한 판단에 의하여 선출된 우리들의 대통령이 이 역사적인 올림픽의 축구 결승전에서 시축하기 위하여 운동장으로 나오고 계십니다. 모두 기립하여 박수를 쳐주시기 바랍니다."

장내 남자 아나운서의 음성이 경기장 안에 선명하게 울려 퍼졌다. 이어서 여자 아나운서가 영어로 다시 한번 그 내용을 되풀이했다. 그런데 영어로 지껄이는 내용은 조금 달랐다. 얼핏 그게 그건 것 같았지만 사실은 달랐다.
 그러나 다르다는 걸 보통사람들이 알 까닭이 없었다. 영어로 씨부렁거리는 소리를 무지랭이들이 알 리 없다. 비슷하면 됐지,
 영어 방송 내용은 색깔이 달랐다.

"국민들의 현명한 판단과 민주적이고도 완전한 공명선거에 의하여 압도적인 지지를 얻어 새로 선출된 우리들의 대통령이 이 역사적인 올림픽의 축구 결승전에서 시축하기 위하여 운동장으로 나오고 계십니다. 모두 기립하여 박수를 쳐주시기 바랍니다.

'~에 의하여'는 영어식 표현. '나오고 계십니다'의 '계십니다'도 틀린 말, 손뼉을 친다고 해야지 '박수를 치다'로 하다니 그것도 틀린 말.
 제 절 부처는 제가 위한다는 건데, 빌어먹을 혓바닥들!
 걸레 같은 국어 의식, 국어 정책. 나랏말 사용 어법은 바야흐로 개판 5분 전.
 그보다도 우리말 방송과 영어 방송의 차이는 분명한 사기극이었

다.

"방송도 미제가 더 좋군."

아우구스티노가 혼잣말로 중얼거리는데 사내가 환호성을 질렀다.

"그렇지, 그렇구 말구!"

사내는 일어나서 호들갑스레 손뼉을 쳤다. 밤이었다면 그의 손뼉에서 불똥이 탁탁 튀는 것을 볼 수 있었을 것이다.

"아아, 이제 드디어 시작이로군!"

축구광의 입에서 감격에 찬 목소리가 새어나왔다.

대통령이 걸어나왔다. 천천히 손을 흔들어 관중에게 답례하며 그는 운동장의 한가운데에 이르러 공을 바라보았다.

그는 마음놓고 진짜 가죽공을 찰 것이다.

몇 걸음 뒤로 물러섰던 대통령은 달려들어가며 힘껏 공을 찼다. 그의 앞에는 골문이 놓여 있을 뿐, 적어도 미군부대 철조망은 없는 듯이 보였다.

대통령이 찬 공은 힘차게 뻗어 날았다.

놀라운 일이었다. 대통령은 꿀꿀이죽으로 배를 든든히 채우고 나온 모양이었다. 구두에 채여 아프다는 듯이 공중을 날던 공은 땅바닥에 떨어지더니 구르고 굴러 이윽고 골문 안으로 들어가고 말았다.

그 순간 미군한테 걷어 채인 아우구스티노의 옛날 엉덩짝이 움씰거렸다.

사람들이 좋아라 웃고, 소리를 질렀다.

혀를 홰홰 두르는 소리, 껄껄껄 껄껄껄 소리, 다시 물결치는 박수 소리…….
　사내는 흥분한 목소리로 아우구스티노의 귀에다 지껄여댔다.
　"뭔가 기적이 일어나겠어! 선수도 아닌, 대통령이 찬 공이 골문 안에까지 들어가다니!"

　그러나 아우구스티노의 아버지가 바라던 기적은 일어나지 않았다.
　6·25가 일어나기 직전에 아버지의 단 하나인 동생, 삼촌은 축구공을 하나 달랑 들고는 평양으로 갔다. 고향을 버리고 남하했던 아버지는 극구 말렸다.
　"축구도 좋지만 삼팔선이 어수선하다니까, 좀 참아라."
　"축구공은 그저 둥근 겁니다. 남쪽으로도 굴러가고 북쪽으로도 굴러가고 하는 겁니다. 평양팀에 합세해서 연습 끝내고 서울 경성팀과 시합이 끝나면 형님 말대로 이젠 남쪽에 눌러앉을 겁니다."
　그런 말끝에 그예 삼촌은 달랑달랑 축구공을 들고 평양으로 갔다.
　그러나 경평京平전은 무산되고 말았다. 삼촌은 오지 않았다. 6·25 중에라도 올까 했으나 종내 오지 않았다.
　아버진 가끔 아우구스티노에게 말했다.
　"남북이 축구만 하게 되면 네 삼촌은 올 텐데……."
　그러다가 때때로 아버진 버럭 역정을 냈다.
　"딴 건 몰라도 그래 남북이 어울려 축구 하나도 못한단 말이냐, 옹졸한 녀석들."

신라일보에서 발행하는 월간 종합잡지 박기자가 전화로 급히 청탁을 해왔을 때, 아우구스티노는 정중히 거절했다.

"'올림픽의 마지막 날'이란 제목으로 원고지 50장 분량을 집필해 주셨으면 합니다. 잠실경기장에서 벌어지는 축구 결승전과 폐회식 광경을 집중적으로 다루시되, 그 밖의 것은 선생님께서 자유롭게 써주셔도 좋습니다."

"신라일보의 체육 담당 기자들이 올림픽에 출전이라도 했습니까? 난 운동이라면 새마을 운동밖에 모릅니다."

정중한 말끝에 던진 농담형 거절이었음에도 불구하고 박기자는 집요했다.

"입장권도 준비했습니다. 선생님, 이건 정말 귀한 것입니다. 아마 지금쯤은 몇 십만 원을 주어도 구하지 못하실 겁니다."

그때 문득 아우구스티노는 9월 16일, 올림픽의 전야제가 있었던 그날 신라일보의 아침사설 첫 구절을 생각해 냈다.

"반 도막의 저쪽 북쪽 땅, 또 하나의 우리는 끝끝내 오지 않았다. 내일 아침 열시 반이면 우리는 아픔과 기쁨의 시작을 맞이할 것이다."

마지막 낱말의 서술형 종결어미 '-다.'를 끝내고 찍은 마침표, 그 마침표가 떠오른 순간, 아우구스티노는 응답하고 말았다.

"해보지요."

그러나 그 사설은 결국 통일을 말하지 않았다. 그 사설은 분단의 아픔을 위장해서 북쪽을 비난하고 있었다. 서두는 그저 해본 정서적 장식용에 지나지 않았다…….

사내가 옆구리를 툭 쳤다. 그 바람에 아우구스티노는 생각의 잠에서 깨어났다.

"안 되겠어. 배가 고프기도 하지만 떨려서 못 참겠어. 난 결승전만 보게 되면 떨린단 말요. 이걸로 배를 채워둬야지."
사내는 아우구스티노에게 종이로 싼 것을 하나 건네주었다.
"뭡니까, 이건?"
"맥도날드 햄버거요. 미국 맥도날드 회사와 기술 제휴해서 만든 햄버거란 말요, 하나 드시라구!"
어쩔까 망설이다가 아우구스티노는 받았다. 미제 맥도날드 햄버거는 배가 고파서였는지 맛이 있었다. 눈 깜박할 사이에 게 눈 감추듯 먹어치우고 나서 비로소 아우구스티노는 마악 시작한 축구 경기에 눈길을 돌렸다.

사내의 얼굴은 벌써부터 푸르락 붉으락이었다. 속이 타고 화가 나고 열이 나는 낌새였다.

그것은 기적 아닌 기적이었고 기적 같은 사실이었다.

한국과 소련의 축구 결승전.
시작한 지 3분, 전광판의 시계는 오후 네시 33분을 가리켰다.
전문가도 비전문가도 전혀 예상치 못한, 올림픽의 돌연변이.
한국이 결승에 오르다니, 그럴 수가!

아무리 공이 둥글다지만 그것이 제멋대로 굴러서 마침내 우리가 결승에 오르다니!

누르끼리한 동메달만 따도 언감생심 감지덕지할 판인데 은메달을 따놓고 금메달까지도 눈 흘기게 되다니!

결승전이 확정된 날부터 사흘째, 10월 2일의 오늘까지 사람들은 끊임없이 극기하며 피를 재우고 있었다.

"마침내 시작됐다, 마침내!"

축구광 사내는 반쯤 베어먹은 맥도날드 햄버거에서 고깃조각이 떨어지는 줄도 모르고 중얼거리고 있었다.

"신은 인간을 만들었지만 인간은 축구를 만들었단 말이야."

시간은 각일각 흘러갔다.

1988년 10월 2일, 오후 네시 35분.

누가 스스로 조종을 울릴 것인가?

한국인가, 소련인가?

직선제 개헌, 국민투표, 대통령선거, 국회의원 선거, 민주화, 경제 안정, 언론 자유, 남북통일 논의.

잊어라, 잊어라. 백성들아, 축구나 봐라.

관중들의 눈은 오로지 푸른 잔디에 달라붙어 있었다. 어느 누구도 귀빈석에 앉은 대통령을 거들떠보지 않았다.

그저 공기를 한껏 수용했을 뿐인 이 작은 가죽제품 원구圓球가 푸른 잔디와 창공을 곡예사처럼 구르고 날며 그들의 정의와 진리를 대신해 줄 것을 기대할 따름이었다.

 서독의 주심이 공을 정지시킨 후 길게 휘슬을 불었다. 그 휘슬 소리가 뜨거운 커피 한 모금처럼 관중석을 파고들었다.

 그러나 경기 개시를 알리는 휘슬의 여운이 가시기도 전에 한국팀의 허리수 김개똥이 다리 근육통으로 쓰러져 차돌쇠와 교체되었다.
 심상치 않은 전주곡, 사람들의 얼굴에 어리는 불길한 예감.
 사내는 안절부절못하고 궁둥이를 들썩거렸다.
 아니나 다를까, 20여분 동안 한국선수들의 다리는 무거운 쇳덩이를 매단 듯, 졸전에 졸전을 거듭했다. 마치 미로에서 헤어나지 못하는 곤충들이라고 할 만했다. 무거운 한숨이 여기저기에서 흘러나왔다.
 그러나, 전반의 중반이 넘자 사태가 돌변했다. 단군 할아버지의 가호라도 받았는지 한국선수들의 공격에 돌연 사나운 전류가 흘렀다.
 전반 22분, 수비진에서부터 허리수 차돌쇠와 김억척으로 공수된 공이 스트라이커 최미침에게 왔을 때 최는 소련의 수비수를 둘이나 제치고 그래도 남아있는 소련선수들의 다리 숲 사이로 몸을 회전시키며 공을 때렸다.
 "그래, 그렇지, 코프를 제껴! 스키도 제끼고!"
 바락바락 악을 쓰는 사내의 목소리가 갑자기 와, 하는 고함 소리에 파묻혀 버렸다. 침묵하던 소련의 골문이 처절하게 경악했다. 꽂힌 것이다.

아아, 이 행복이여!

사내의 눈에 금세 눈물이 그렁그렁 매달렸다.

아마 이러한 축구 경기를 눈앞에 두었다면, 어떤 독재자도 권력에 탐닉하지는 않을 것이다. 만약에 그래도 그들이 권력에 연연한다면 그들은 한 나라를 장악하려는 '작은 기쁨' 때문에 그물에 공이 꽂히는 '큰 기쁨'을 잃어버릴 것이다. 사내는 그렇게 허풍을 떨었다.

최미침의 회전차기 성공은 그때까지의 팽팽한 평형을 단숨에 무너뜨린 가공의 일격이어서 소련의 문지기를 망연자실하게 만들었다.

"저거 보라구, 저 소련 골키퍼 스키 좀 보라구! 아주 창백하고 처참하게 일그러졌구만!"

"아니, 여기서 소련 골키퍼 얼굴빛이 보입니까?"

아우구스티노는 내심 감탄하며 사내에게 물었다.

"보이긴 뭐가 보여, 그럴 거라는 거지!"

전반전이 끝났다.

"어떻소? 위대한 전반전이었지 않소? 우린 해낸 거요. 작지만 암팡진 호랑이가 저 러시아의 덩치 큰 곰을 물어 넘어뜨린 거요."

"우리나라 호랑이는 멸종되었다고 그럽디다. 저 곰을 넘어뜨린 건 아마 햄버거를 먹고 큰 살쾡이일 거요."

"당신은 아리송한 사람이군. 꼭 미국산 공산주의자 같기도 하고…….

그러나 사내는 연신 싱글벙글이었다.

이제는 제법 얼굴빛이 벌게진 사내가 쉴새없이 목청을 돋구었다.

"아아, 화합과 전진의 봉화가 꺼질 시간도 얼마 남지 않았구만."
"봉화가 아니라 성화겠지요."
"아무러면 어때. 저 봉화는 그리스 올림피아의 헤라 신전에서 채화된 거지. 저건 8월 25일밤 아테네를 떠나 8월 27일 오전 제주도에 도착했던 것이라구. 16일 동안 잘도 타고 있지."

거대한 전광판에 '화합과 전진' '평화' '만남' '하늘과 땅과 사람' 이라는 글자가 이따금 나타났다가 사라졌다.

후반전이 시작될 때까지 사내는 도저히 참을 수 없는 모양이었다. 기다릴 수 없기 때문에 그는 무엇이든지 씨부렁거리려고 작정한 사람 같았다.

"오, 귀빈석에 자리가 꽤 비었군. 저게 누구의 자리였을까?"

사내가 손가락질하는 곳을 보면서 아우구스티노도 아무렇게나 뱉었다.

"그건 레이건 아니면 고르바초프 자리일 겁니다. 또 남은 게 있다면 슐츠 자리이겠죠."
"후안 안토니오 사마란치가 앉아 있군 그래."
"그 옆의 또 하나 비어 있는 자리는 내 삼촌의 자립니다."

사내가 멀뚱멀뚱 아우구스티노를 바라보았다.

"내 삼촌은 남북한을 통틀어 가장 뛰어난 축구 선수였으니까요."

이제 아우구스티노는 그의 말을 듣지 않고 있었다. 그는 단지 축구의 후반전을 기다리고 있는 것에 지나지 않았다. 그는 아우구스티노의 삼촌 따위엔 관심이 없었다.

주심이 운동장 한가운데로 걸어 나갔다.

그는 휘슬을 입에 가져갔다. 삐익! 날카로운 소리가 그라운드를 둘로 갈랐다.

후반전이 시작된 것이다.

후반 31분이 지날 때까지 1대 0의 가깝고도 아득한 격차는 싫증처럼 계속되었다. 그 싫증을 고깝게 생각하는 사람은 아무도 없는 듯이 보였다.

그러나 영원한 침묵은 없었다.

31분에서 몇 초가 더해졌을까?

소련의 허리수 코프—이것은 사내의 표현이다—는 한국의 문지기 조심성이 난전 속에서 손으로 쳐낸 공을 달려 들어오는 탄력 그대로 총알 같은 기습 중거리 슛을 감행했다.

공은 역시 둥근 것이었다.

코프가 찬 공은 여지없이 한국의 문을 뚫었다.

침묵은 깨지게 마련이었다. 침묵을 참고 기다리면 뭔가 소식이 있는 법이었다.

몇 년 전 어느 날, 아버지는 마침내 신문의 일 단 짜리 기사에서 삼촌의 이름을 찾아냈다.

아시아 축구 선수권 대회, 북한의 축구단 단장 김 한철.

"틀림없다. 네 삼촌이야. 한자도 틀림없다. 남북이 축구만이라도 하게 된다면 삼촌을…"

그러나 그 이후 삼촌의 이름은 스포츠 기사에서도 나타나지 않았다.

1대 1이 되고 보니 사내의 목소리는 통곡에 가까워졌다.
"아니 아니, 코프를 풀어놓다니, 저런, 스키를 막으라구!"
사내가 통탄했지만 끝난 뒤였다.
그때부터 사내는 남은 시간이 새로운 득점에는 충분한 시간이라고 떠들기 시작했다.
"이제 곧 다시 호랑이가 곰을 물어뜯을 걸! 다리는 서 있기 위해서가 아니라 달리기 위해있는 거니까."
전광판의 시계는 5분이 남았음을 가리키고 있었다.
한국이 줄기찬 공세를 퍼부었지만 소련은 넓고 크고 강대했다. 오히려 고르바초프 공산당 서기장의 밀명을 받은 요격기처럼 그들은 한국 진영을 위협하면서 으르렁거렸다.
사내의 소리가 작아지더니 그는 혼잣말처럼 중얼거렸다.
못 이기게 되니까 비로소 북쪽이 생각나는 모양이었다.
"오기가 없어, 체력도 약하고, 정선이 썩었어. 통일이 되어 북쪽과 함께 팀을 만들었으면 이러지는 않았을 텐데……"
5분이 4분으로 줄어들었다. 한국은 구석차기를 얻어냈다. 변강쇠가 찬 공이 소련 진영으로 낮게 날아들었다.
이 공은 머리로 받기에 좋을 만큼 빠르고 낮았는데 허리수 차돌쇠는 간발의 차로 놓치고 말았다. 차돌쇠가 포착에 실패한 공은 그대로 소련의 골문 왼쪽으로 흘렀고 소련의 수비수 스키는 이것을 걷어 차냈다. 그러나 너무 황급한 나머지, 공마저 놀란 탓인지 이것은 외곽으로 가지 않고 페널티에어리어 중간지점을 통과했다.

그때였다. 어디서 매복이라도 했던 것처럼 허리수 검억척이 눈 깜짝할 사이에 달려 들어왔다.

아우구스티노가 보기에도 그는 지나치리만큼 혼신의 기력을 짜내서 찬 것으로 보였는데 김억척의 축구화에서부터 점화된 공은 기류를 전율시키면서 소련의 그물을 향해 달려들었다.

이분二分된 소련 골문은 목을 놓아 울었다.
한국이 다시 하날 넣은 것이다.
2-1.
전광판에 호돌이가 나타나서 덩실덩실 춤을 추었다.
망연자실한 열 한 명의 곰들은 얼어붙은 것처럼 보였다. 그러나 그들은 곧이어 이빨을 드러내고 으르렁거렸다.
곰들은 노여워했다.
마지막 남은 3분.
소련 선수들은 울면서 질주했다.
그렇지만 그들이 미처 다 울기도 전에 서독 주심은 휘슬을 입에다 댔다.
끝난 것이다.
곰들은 비틀거리며 하나씩 주저앉았다.
"내가 뭐랬어. 기적이 일어나겠다고 예언했잖아. 우린 해냈단 말이야. 야호, 호얏!"
사내가 엄지와 검지를 입안에 들이밀더니 휘익휘익 째지는 소리를 냈다.
앞으로 사십 분쯤 뒤엔 폐회식이 시작될 것이다.

경기장밖엔 어둠이 짙게 깔려고 있을 터.

아우구스티노는 환호하는 사람들의 틈을 비집고 빠져나가야겠다고 마음먹었다.

그때 사내가 아우구스티노의 손을 잡았다.

"장엄한 폐회식을 보고 함께 가자구. 개회식 땐 UFO를 타고 외계인이 나타났는데 오늘은 또 뭐가 나타날지 궁금하지도 않나? 내가 오늘 한잔 근사하게 사지.

우리는 소련을 이겼다구. 벌써 잊었나? 우린 금메달이야. 저길 보라구, 대통령도 손을 번쩍 쳐들고 있구만!"

아우구스티노는 차갑게 웃었다.

"축구는 끝났습니다. 그리고 올림픽도 벌써 과거가 되는 중입니다. 당신 같은 축구광을 위해서 우린 차라리 졌어야 했지요. 먼저 가겠습니다."

사내가 놀란 눈으로 아우구스티노를 쳐다보았다.

"기쁘지도 않아, 왜 그래?"

아우구스티노는 싱긋 웃음을 던져주었다.

"맥도날드 햄버거 잘 먹었습니다. 굶주림을 면했으니까요."

장내 아나운서가 폐회식 시작을 말했다.

"화합과 전진의 올림픽, 위대한 폐회식이 시작될 것입니다."

폐회식을 본다 해도 글은 쓸 수 없을 것 같다.

이상한 기적 따위는 일어나지 않았어야 했다.

아우구스티노는 서둘러 경기장을 빠져나왔다.

빠져나오면서 신라일보의 박기자에게 아우구스티노는 마음 속으로 중얼거렸다.

'박기자, 쓸 것이 없습니다. 그래도 쓰란다면 써드리지요. 나에게 햄버거를 권한 어떤 축구광의 이야기와 금메달의 낭보를.'

티노와 나는 별거인가, 이별인가? 아니 가출이라는 게 낫겠군. 아우구스는 쓴웃음을 지었다.

언제까지가 될지는 몰랐지만 어쨌든 이제부터는 아우구스로 살 수밖에 없다.

티노는 돌아오지 않았다.

## 제3장  강 강 무슨 강, 넘고 넘어 16강

그랜드 개년.
아니다. 헛바닥 잘못 놀렸다. 그랜드 캐년.
미국 애리조나주 북부에 있는, 세계적으로 유명한 협곡 그랜드 캐년. 너비는 6km에서부터 30km. 총 길이가 3백 50km라고 하니 서울에서부터 대구까지의 거리에 해당하는 엄청난 대협곡이다. 기나긴 대협곡이다. '그랜드'가 붙어도 할 말 없는 골짜기다.
골짜기 하나의 길이가 서울에서부터 대구까지의 거리와 맞먹다니!
빌어먹을, 우라질, 엠병할.
그랜드 개년!
미국은 크다. 남북한의 43배. 무지막지하게 크다.
크니까 미국은 한국의 큰 형님이고 스승이다.
소리 없는 똥내가 캐싱캐싱 더 무섭다는데 그 동안에는 미국물

깨나 먹었다는 놈들이 소리 없는 똥내를 피우더니 이젠 숫제 소리 내며 지독한 미국 구린내를 풍긴다.

　영어를 배워라.
　국어는 목 졸라 죽여라.
　바야흐로 세계화다.
　하품도 영어로 해라. 놀랐을 땐 '아!' 그러지 말고 'Oh!' 그래라.
　영어는 조기 교육이다.
　앤, 엄마가 뭐니, mam이라고 해야지.
　앤, Oh, my Dog!가 아니라, Oh my God!란다. 넌 어째서 신과 개를 혼동하니?
　엄마, 난 개가 더 좋아.

　옛날에는 담배 한 대 먹는다고 했다
　옛적에는 술도 한 잔 먹는다고 했다
　지금은 피우고 마신다 한다
　나는 그저 무어든 먹고만 싶은데
　smoking, drinking 갈라놓는다
　요새 아기들 옹알이는 영어이겠지
　한국은 망하고 Korea만 살겠다.

　God의 은총으로 세웠다는 나라, 아메리카 미합중국 U.S.A.
　2002년 6월 10일 月요일 15시 30분, 16강에 대한 의문 부호를 지우기 위하여 한국은 日빛 아래에서 미합중국과 싸운다.

6월 5일 저녁 수원에서 있었던 1차전에서 미국은 우승 후보 포르투갈을 3-2로 꺾어 파란을 일으켰다.

축구에 냉담했던 미국 언론은 침을 튀기며 영국 시인 바이런의 말을 본떠 미국식 피동형 표현으로 호들갑을 떨었다.

"일어나 보니 대단한 승리가 거둬져 있었다."

승점 3점을 따낸 미국의 어리나 감독은 '만물 수리꾼'이라는 칭찬까지 받으며 우쭐했다.

포르투갈은 경악했고 낙담했고 어이가 없었는지 벌린 입을 다물지 못 했다.

미국은 결코 얕볼 팀이 아니었다. 우리가 16강의 제물로 삼을 만큼 호락호락한 팀이 아니었다.

달구벌 대구.

기차가 김천에 이르면 말씨가 확연히 달라진다.

지금은 사라진 풍경이지만, 40년 전엔 김천이나 왜관에 기차가 잠깐 서면 아주마이들이 차안으로 올라와 그물 주머니에 사과를 몇 알씩 넣어 팔았다.

"능금 사이소, 능금 사이소."

배를 사라고 외치기도 했다.

"내 배 사이소, 내 배 사이소."

그러다가 참맬로 배를 산다카믄 우짤라고 아주마이덜이 배를 사라카나 말이다.

제3장 강 강 무슨 강, 넘고 넘어 16강  97

마산쪽과 비교하면 대구 사투리는 좀 우악스러운 편이다.
"어무이요. 퍼뜩 와서 밥 묵으이소. 파리가 쭈쭈 빱니더."
갓 시집온, 고운 새댁의 목소리는 그래도 나긋나긋했다.
"대님예, 사분좀 주이소, 예↗♪ (도련님, 비누 좀 주세요.)

경상도 사투리의 땅, 달구벌에서 한국은 미국과 2차전을 벌였다.
미국의 사령탑 '어리나'감독은 히딩크보다 나이는 '어리나' 여러 가지로 닮은꼴을 지닌 사나이였다. 살아온 축구 인생도, 팀 운영 방식도 비슷했다. 둘 다 빠른 공격을 좋아하고 선수 기용을 중시하며 선수들에겐 끝없는 주전 경쟁을 시킨다.
현역선수 시절을 무명으로 마감한 뒤 두 사람 모두 지도자의 길로 들어섰는데 지도자로선 또 둘 다 화려한 행진을 해왔다.
미국 대학 리그에서 80% 이상의 승률을 올렸다거나 미국 프로 축구 리그에서 두 번이나 우승을 했다거나, 이런 경력으로 어리나 감독은 미국에서 가장 성공한 감독이란 평가를 받았다.
히딩크 역시 지도자로선 누구 못지 않게 찬연하다.

포르투갈에 승리하면서부터 미국은 비로소 월드컵의 열기 속으로 잠입했다.
미국 언론은 대 한국전을 떠들기 시작했다.

"경마를 잊어라. 마이크 타이슨과 레녹스 루이스의 세계 헤비급 타이틀전도 잠시 접어라, NBA 결승전도 생각하지 말라, 프로

야구도 제쳐두어라. 오는 10일 월요일에 빅 이벤트가 온다."

한국이 폴란드를 꺾고 미국이 포르투갈을 꺾음으로써 D조도 예측할 수 없는 공포의 조로 탈바꿈했다. 어느 덧 D조에 눈과 귀가 쏠리기 시작했다.

미국은 월드컵 시작 전과 달리 한국을 두려워했다. 미국팀 부동의 스트라이커 브라이언 맥브라이드가 미국의 우려를 대변했다.

"한국은 훌륭한 팀이다. 내가 본 한국팀의 요체는 조직력과 에너지와 뛰어난 게임 운영 능력이다. 그들은 언제 박자를 늦추고 언제 돌진할지를 정확히 안다."

미국은 또 붉은 악마의 응원을 염려했다.

"미국과 포르투갈의 1차전 관중 수는 37,306명이었지만 대구 경기장은 65,800석이다. 아무래도 귀마개가 필요할 것 같다."

한국도 긴장했다.

최진철은 미국의 황선홍 맥브라이드를 봉쇄해야 한다.

미국팀의 주장이며 플레이메이커, 미국팀 전력의 절반을 차지하는 클라우디오 레이나를 어떻게 막을 것인가?

미국의 마이클 오언, 스무 살의 랜던 도너번은 빠르다. 골결정력이 뛰어나고 드리블은 경쾌하다. 그는 휘젓고 다닌다. 지금 한창 물이 올랐다.

30도를 웃도는 달구벌의 무더위는 미국과 한국 어느 팀의 땀을

제3장 강 강 무슨 강, 넘고 넘어 16강 99

더 거두어갈 것인가?

운명의 시간은 점점 다가오고 있었다.

그런데 그 운명의 시간에 이상한 덧칠이 씌워졌다.

길거리 응원이 반미 시위로 둔갑할 가능성에 대해서 미국도 한국 정부도 신경을 곤두세웠다. 신문이 반미시위의 가능성을 크게 기사화하는 것도 사실은 예방과 불발로 끌고 가기 위한 치밀한 포석이 아닐까? 그런 의심이 들 정도로 어떤 신문들은 딱이나 걱정하는 투로 기사를 내보냈다.

월드컵을 훼손하지 말아야 한다. 신문들은 붉은 악마들을 가르치려고 눈이 벌갰다.

미대사관 등에 대한 기습 시위를 막기 위해 정부도 광화문과 시청 일대에 경찰 병력 53개 병력을 투입한다고 한다. 폴란드 전 당시 15개 중대 병력을 투입한 것과 비교하면 어마어마한 병력인 셈이다.

미국은 오늘, 우리에게 무엇인가?

'부시시' 일어나서 어느 날 등장한 미국 대통령 부시의 행보는 날마다 부시시하다.

무좀처럼 생겨난, 겨울 올림픽 '오노'사건. 차세대 전투기 건. 심심하면 터지는 소파 문제. 남북통일을 거드는 건지 흙탕물을 끼얹는 건지, 도대체가 아리송한, 부시시한 미국.

미국은 우리에게 무엇인가? 만약에 시위를 한다면 이 질문이 시위의 까닭일 것이다.

그러나 아직까지 반미 시위는 없었다.

한국은 착한 나라다. 한국 정부는 미국 형님에게 역대로 착한 '바보 이반'이었고 지금도 멍한 수준에서 벗어나지 않는다. 아니다. 한국 정부라면 그 실체를 잡아내기 어려운 개념이다. 사실은 한국 고위 관리들의 상당수가 무의식의 소유자들인 것처럼 보인다.

무기 구입 문제를 비롯해서 그 무엇에서도 한미의 충돌은 일어나지 않았고 한국과 미국은 소파에서 껴안고 잠만 잘 잤다.

'소파'가 낡았으면 버리고 갈아야지, '소파'의 껍데기가 다 해져 너덜너덜하고 속에서 용수철 철사가 삐져 나와 손자 손녀 엉덩이를 찔러서 피가 철철 나는데도 소파를 안 바꾼다. 그런데도 그런 소파에서 한미 둘은 껴안고 걸핏하면 입을 쪽쪽 맞췄다.

소파에선 한미가 싸우지 않는다.
한미의 싸움은 오로지 달구벌 월드컵 경기장에서 있었다.

운명의 시간은 드디어 찾아왔다.
이영표는 출전 선수 명단에 들지 않았다. 이영표의 몫은 이을용이 해낼 것이다.

히딩크는 한국인을 이해하려 하면서 어떤 때는 움찔움찔 놀라곤 했다. 폴란드전이 끝나고 나서 히딩크는 그런 심중을 내비쳤다.
"더 커진 한국 국민들의 기대감을 어떻게 채워줘야 할지 다소 당황스럽다. 얼마 전까지만해도 스포츠 기사에만 내 이름이 실렸는데 최근엔 정치 경제 사회 등 각 분야에서 내 이름이 인용 되는 것으로 듣고 있다. 그러나 나는 한국 축구 대표팀을 이끌고 있는 작은 독재자로 만족한다."

한국의 축구와 한국의 문화에 대한 생각도 말했다.
"오늘 승리는 내 지도방식에 맞춰 열심히 뛰어준 선수들의 몫이다.
내 자신의 보수적 사고 방식이 한국 사회에 짙게 배인 선배와 어른에 대한 공경문화와 잘 조화를 이루고 있다는 점을 다행스럽게 생각한다.
한국팀에서 노장 선수들은 축구의 법칙을 누구보다 깊이 이해하고 있어 젊은 선수들을 잘 이끌어가고 있다."

자신에 대한 자긍심도 에둘러 말했다.
"한국팀은 4년 동안 바뀌어온 것이 아니고 최근 3~4개월 동안 크게 변했다.
대표선수 대부분을 소속팀 일정에 구애받지 않고 몇 개월 동안 소집해 훈련할 수 있었던 것이 큰 도움이 됐다.
처음 한국팀을 맡았을 때는 선수들 대부분은 약간 순진했고 국제 경험도 부족했다. 가장 좋은 방법은 될수록 전지훈련을 자주 가서 다양한 경기 경험을 쌓는 일이다."

한국은 온 나라가 붕붕, 들떠있었다. 익어가는 빵처럼 부풀어올랐다.
목마르게 기다리던 월드컵 첫 승은 붕붕 들떠도 좋을 만큼 값진 승리였다. 그러나 들뜬 이유는 오히려 그것에 있지 않았다.

한 번도 아니고 스코틀랜드팀, 잉글랜드팀, 프랑스팀과 치른 세 번의 평가전에서 보여준 한국팀의 놀라운 변모에 그러잖아도 설레던 참이었는데 한국팀은, 국민들에게, 폴란드전에서, 놀라운 변모의 실체를 아예 클릭해서 저장시킨 것이었다. 이것이야말로 영국 시인 워즈워스의 감동, '무지개를 보면 내 가슴은 뛰노나.'였다.

한국인은 한국팀의 머리 위에 후광처럼 어린 무지개를 감동 어린 눈으로 보고 있었다.

히딩크가 빨주노초파남보 그 무지개의 '빨'을 밟고 말했다.
"미국이 예상외로 강하지만 우리는 우리 길을 갈 뿐이다.
어제 미국과 포르투갈의 경기를 직접 봤는데 미국은 에너지가 넘쳤다. 특히 공격 때 보여 주는 스피드가 위력적이었다.
그러나 우리는 스케줄대로 나갈 뿐이다. 항상 하던 대로 게임에 임할 것이다.
강팀이든 약팀이든 우리는 긴장을 놓지 않고 경기를 주도할 것이다.
날씨가 더워 밤보다 훨씬 힘든 경기가 될 것이다.
지금은 모든 팀들이 체력적으로 큰 문제점을 드러내지 않고 있다. 우리도 체력적으로 최상의 컨디션을 유지하고 있어 큰 문제는 없을 것이다."

미국과 대전하기 하루 전날의 출사표는 제갈공명의 책략을 연상케 했다. 출사표라면 바로 제갈공명이 쓴 글 아닌가.

"위험을 감수하면서까지 유상철과 황선홍을 투입하지는 않겠다.
그러나 기본적으로 나는 모험을 좋아하며 한계를 넘나들기를 즐기는 사람이다.
경기를 앞두면 늘 긴장이 되지만 그 긴장은 나와 선수들에게 에너지가 된다. 긴장을 유지한다는 것은 언제나 바람직하다.
한국은 지난 4개월 동안 많은 발전을 했고 최근의 평가전과 본선 첫 경기를 잘 치러냈다. 우리는 항상 우리가 훈련해왔던 데에서 크게 벗어나지 않는 경기를 펼쳐왔다. 미국과의 경기 역시 큰 변화는 없을 것이며 한 걸음 더 나아가는 경기가 될 것이다.
미국은 최근 두 차례 맞대결을 했을 때에 비해 팀 구성이나 전술적인 면에서 많이 달라졌다. 요즘은 원톱 시스템과 투톱 시스템을 바꿔가며 사용하고 있다. 하지만 우리는 어느 쪽이나 잘 적응할 것이다.
힘들면서도 박진감 넘치는 한 판이 될 것이다.
한국 팬들이여, 경기를 즐겨라."

한국팀은 펄펄 끓었다. 용접기가 뿜어내는 시퍼런 불꽃처럼 쉿쉿 소리를 내며 달구벌 그라운드를 태웠다.

한국은, 공격진에 설기현, 황선홍, 박지성을 세웠다.
허리수로는 이을용, 김남일, 유상철, 송종국을. 수비수로는 김태영, 홍명보, 최진철에 골키퍼 이운재로 짰다.
한국의 진형은 3-4-3 시스템이었다.
미국은, 매시스와 맥브라이드를 투톱으로 세웠다.

허리수로는 도너번, 레이나, 오브라이언, 비즐리를. 수비수로는 새네, 어구스, 포프, 헤지덕에 골키퍼 프리덜로 짰다.

미국의 진형은 4-4-2 시스템이었다.

뛸 수 없으리라던 황선홍과 유상철 둘 다 모습을 드러냈다. 역시 히딩크의 연막술이었던 셈이다.

황선홍은 전반 초 폭 넓은 시야로 게임을 조율했다. 설기현과 박지성에게 자로 잰 듯한 패스를 여러 번 찔러주었다.

3분에서 4분쯤의 시간이 흘렀을까? 박지성의 패스를 받은 황선홍이 180° 돌아서며 페널티에어리어 오른쪽에서 가볍게 왼쪽을 향해 공을 넘겼다. 설기현이 기다리고 있었다는 듯이 달려와 공을 받았다. 설기현은 미국 문지기 브래드 프리덜과 1-1로 맞닥뜨렸다. 설기현은 논스톱 슛을 날렸다.

아쉽다. 공은 골대 위로 아슬아슬한 곡예 비행을 하며 날아갔다.

와, 공이 허락도 안 받고 지 맘대로 넘어가뿌리노.

관중석이 슬슬 열을 받아 달아올랐다.

전반 9분에 김남일이 성조기의 별이라도 떨어뜨리려는 듯이 35m 짜리 중거리슛을 쐈다. 김남일의 슛은 뜨거웠고 강력했다. 그러나 미국 골키퍼 프리덜은 긴 팔을 뻗어 선방했다. 성조기의 별은 그대로였다.

우야꼬. 남일이 쟈가 기똥차게 찬 긴데 프리덜인가 뭔가 쟈는 우째 저리 막노.
쟈도 막아야제. 안 막으믄 부시한테 억수로 욕먹을 깁니더.

이을용과 김남일은 레이나의 절묘한 패스를 번갈아가며 잘라먹었다.
전반 14분 이쪽 저쪽 무렵에 유상철은 두 번이나 박지성에게 공을 띄워주었고 박지성은 두 번 다 논스톱 왼발슛을 때렸다.
미국 골문으로 들어가고 싶은 피버노바는 한국팀이 찰 때마다 부흥회 기도하는 목소리로 날아갔다.
18분에 설기현은 골키퍼와 다시 1-1로 마주 섰다. 프리덜이 막아냈다. 아아, 설바우드 설기현은 1-1의 기회를 또 놓치고 말았다.
피버노바의 공갈 협박에 미국 골문은 입을 벌리고 헐떡거렸다.

붉은 악마들이 가만히 있을 리가 없었다.
드러낸 허리에 '히딩크'라고 보디 페인팅을 한 아가씨들이 꺄르륵 꺄르륵 숨 넘어가는 소리를 질렀다.

언니. 나 터질 것 같애!
위니 아래니, 어디가?
속이야,
나두 터질 것 같다.
언니는 어디가?
핏줄.

금세라도 골이 터질 것 같은 한국팀의 맹공에 여기 저기에서 괴성이 터져 나왔다.

끙끙!
이건 된똥 누는 소리.
어머머머!
이건 어머니를 미처 못 부르는 소리.
꼴…!
이건 골인이란 영어 단어를 까먹은 이가 기억을 더듬는 소리.

전반 21분, 벼락 하나가 느닷없이 떨어졌다. 황선홍이 미국의 수비수 헤지덕에 부딪혀 눈 가장자리가 찢어진 것이다.
피가 흘렀다.
피를 흘린다.
선홍이가 선홍빛 피를 흘린다.
뺨을 타고 흥건히 피가 흐른다.

어디론가 흘러가는 불길한 예감이 스탠드에 드리웠다.
황선홍은 치료를 받기 위해 잠시 그라운드를 비웠다. 그리고 그 비운 사이에 제우스의 아내, 질투의 여신 헤라가 한국의 문전을 기웃거렸다.
헤라, 저리 가. 넌 도대체 무얼 질투하고 싶은 거야?
승리의 여신 니케는 종려나무 가지를 들고 미국팀 감독 어리나에게 다가가서 무언가를 속삭였다.

황선홍이 치료를 받는 그 틈새를 노려 질투의 여신 헤라는 미국의 매시스를 시켜 한국의 골문을 갈라놓았다. 황선홍이 나가있던 시간은 불과 2분이었다.

어수선한 틈을 타 오브라이언이 중앙으로 치고 들어오다가 한국 수비수의 키를 넘기는 롱패스를 매시스에게 띄워보냈다. 홍명보와 이을용은 바람처럼 돌아섰지만 매시스는 오른발로 공을 트레핑한 뒤 툭 치고 달려들어가 왼발 인사이드 킥으로 정확히 찔러 넣었다.

한국의 골 그물은 철렁했다.

울먹이는 붉은 악마 ⇧⇧⇧우우우들들들.
흐느끼는 아이들, 아줌마들.
아저씨, 할아버지들의 탄식.
이눔의 자식덜아, 힘 내그라.

0-1이 되고 난 4분 뒤, 비즐리가 단독으로 페널티에어리어 왼쪽까지 치고 들어와서 슛을 했다. 한 골만 더 먹으면 무슨 수로 어찌할 것인가? 제우스에게 헤라를 없애라고 해도 소용없을 것이다. 아찔한 순간 공은 이운재의 정면으로 날아갔다.

그러나 결정적인 불운이 다시 찾아들었다.

전반 40분, 붕대를 감은 페널티지역에서 몸싸움을 벌이던 어구스가 황선홍을 밀어제쳐 넘어뜨렸다. 휘슬이 울리고 주심은 어구스에게 파울을 선언했다.

한국은 백만 달러 못지 않은 페널티 킥을 얻었다.

이것만 성공시킨다면 흐름은 한국의 역전승 쪽으로 뻗어갈 것이다.
　벤치에서 사인이 왔다.
　키커는 이을용.
　이을용은 골문 왼쪽을 향해 왼발 인사이드 킥을 날렸다. 그런데 미국 문지기 프리델이 이을용의 방향을 읽었나 보다.
　프리델의 대머리가 번쩍 빛났다. 프리델은 몸을 날려 쳐냈다.

　아!
　안돼!
　스탠드에서 비명이 터져 나왔다.

　그리고 영원의 언덕 저쪽으로 사라질 듯한 침묵이 마침표처럼 머물렀다.
　어둠 같은 침묵은 그라운드에 차갑게, 낮게 드리우고.
　슬픔이여, 안녕.
　어디에선가 18세 소녀 프랑스와즈 사강의 우수에 찬 목소리가 나지막이 들려오는 것 같다.

　슬픔이여, 안녕.
　다시 시작해!
　이번엔 싸움의 여신 아테나가 손을 흔들었다.
　태극선수들은 실타래를 풀기 위하여 전의를 가다듬었다.

　후반에도 태극선수들의 눈빛은 결코 사그러들지 않았다.

후반 11분에 안정환과 교체될 때까지 황선홍은 붕대를 감고 뛰었다. 황선홍은 온몸이 투혼의 불꽃 그 자체였다. 황선홍은 한 걸음 더 뛰었고 더 가벼운 몸놀림으로 먹이를 찾았다.

미국의 공격은 직선의 힘이 있었다. 포르투갈을 무너뜨린 힘도 직선이었지만 한국의 골문을 뚫은 매시스의 골도 직선에서 나온 것이었다.

그러나 홍명보가 있었다.

홍명보는 중앙선 너머 멀리까지 지휘하며 어디엔가 그어놓았음직한 수비라인에다 옹벽을 쳤다. 한 골을 먹은 한국의 흙비탈이 더 이상 무너내리지 않도록 단단히 친 옹벽, 홍명보의 그 옹벽 때문에 흐름길이 어떻게 바뀔 것인지.

김남일은 아웃복서가 아니다. 인파이터다. 치고 들어가 부수는 싸울아비다.

김남일은 도너번에서 맥브라이드로 가는 실크로드를 무너뜨렸다. 길은 무너지고 동맥은 끊기고. 매시스도 맥브라이드도 인파이터 하나 잘못 만난 탓에 내내 고생길을 헤맸다.

초조했을까? 초조도 하겠지.
시간이 촉박하다고 생각한 것일까? 그런 마음도 들겠지.
시간은 자꾸만 흘러가는데.
시간은 자꾸만 흘러가는데 온다는 사람은 ☎도 없고.
시간은 자꾸만 흘러가는데 피버노바○은 굴러만 가고 0-1의 상황은 그대로, 그대로, 그저 그대로 흘렀다.

미국에게도 한국에게도 득점 기회는 찾아들었지만 이슬처럼 스러져 갔다.

이운재와 도너번이 1-1로 맞닥뜨린 상황도 흘러갔고 후반 24분에 유상철 대신 들어간 최용수가 프리델과 1-1로 맞선 상황도 스러졌다.

붉은 악마 하나가 흘깃 전광판의 시간을 보았다. 보려하지 않아도 웬일인지 눈에 들어오는 시간, 그는 보고서 마침내 후반전도 33분의 시간에 접어든 것을 알았다.

한국은 미드필드 왼쪽에서 프리킥을 얻었다.
페널티킥 실패로 고개를 떨구었던 이을용은 머리를 곧추 세우고 미국 문전을 노려보았다. 폴란드전의 어시스트를 떠올리는 듯 이을용은 미국 문전에 모인 태극들을 훑었다.
가거라, 피버노바. 왼발 인사이드 킥, 이을용은 공을 감아차 띄워보냈다.

피버노바는 떠났다.
나는 지금 떠나서 어디로, 누구에게 가는가?
피버노바는 공중을 날면서 자신에게 묻고 자신에게 대답했다.
내가 가는 곳은 미국 골문.
그곳에 가면 안정환이 있겠지.
나는 잘생긴 안정환이 좋다.

제3장 강 강 무슨 강, 넘고 넘어 16강 111

나는 안정환의 목과 머리칼과 뺨을 어루만지고 싶다.

휘어가던 피버노바가 떨어지는 그곳 페널티 박스에 안정환이 있었다.

오라, 피버노바.

솟구친 안정환의 백 헤딩, 그 순간 안정환의 머리칼이 흩날렸다.

땀에 젖은 안정환의 긴 머리칼이 공중을 어지럽히고 허물며 내려왔다. 내려와 떨어져 나뒹굴 때 65,800명의 함성이 활화산처럼 폭발했다.

최용수의 슛, 설기현의 슛, 한국의 줄기찬 파상공세 그 화력을 온몸으로 막아내던 프리덜도 눈 깜짝할 사이에 빨려 들어간 공, 골인 앞에서 넋을 잃었다.

1초, 2초, 프리덜은 잘 버티다 망가진 인형이었다.

꺼져가던 불씨를 피우는 바람, 이날 안정환은 바람의 아들이었다.

안정환은 조커였다.

안정환은 변속기어였다. 상대팀의 체력이 떨어지는 후반에 투입하면 1단에서 3-4-5단으로 팀을 끌어올리는 변속기어였다.

안정환은 골감각이 뛰어난 테크니션이자 킬러였다.

2000년 7월, 안정환은 이탈리아 세리에A의 페루자에 임대 형식으로 입단했다. 빅리그의 꿈을 이룬 것처럼 보였다.

그러나 물 설고 말 설고 낯선 땅 이탈리아에서 안정환은 가시밭길을 걸었다.

동방의 작은 나라에서 제법 그라운드를 휘젓다 왔다고는 하나 이탈리아 선수들이나 페루자의 구단주가 볼 때 안정환은 축구 후진국에서 온 촌놈 하나에 지나지 않았다.

안정환은 벤치를 지키는, 벤치를 데우는 벤치 워머 신세로 전락했다.

노련한 히딩크는 그런 상황이 몰고 오는 의미를 알고 있었다.

히딩크는 안정환을 시큰둥히 여겼다.

"프로 리그에 출전하지 못하는 선수는 필요 없다."

거친 몸싸움을 싫어하고 수비 가담을 잘 하지 않는 선수, 안정환 스타일이야말로 히딩크가 싫어하는 유형이었다.

상황이 그쯤 되자 안정환도 일생 일대의 승부수를 던져야 했다.

이탈리아든 영국이든 빅리그에 진출하기 위해서 월드컵은 그가 다시 한 번 도약할 절호의 기회였다.

이탈리아에서 보낸 두 번의 프로 리그 시즌을 통해서 안정환은 생존법을 절감했다. 세계적인 스타플레이어들을 연구하고 연습했다.

다시 태어난 안정환의 탈바꿈, 히딩크를 만나면서 안정환의 탈바꿈은 완성되었다. 어시스트에 눈 뜨고 팀워크에 눈떴다. 파워프로그램으로 체력도 좋아졌다. 이 모든 것이 상승작용을 일으켜 안정환은 자신감으로 재무장했다.

안정환이 스코틀랜드와 치른 평가전에서 넣은 두 골은 이처럼 오랜 고행, 용맹정진의 과정에서 나온 결과물이었다.

프리킥을 얻어내고 미국 문전에서 수비수를 달고 다니며 휘젓다가 설기현과 최용수에게 결정적인 기회를 선물한, 안정환은 이날 한국의 악바리였고 진돗개였고 풍산개였다.

죽었다 살아난 붉은 악마들은 미치기 시작했다.

흥흥흥 끙끙끙!
쑹쑹쑹 충충충!
퓨퓨퓨 뜌뜌뜌!

언니야 내사 우짜면 좋노?
와, 머가 우짠데?
내가 지금 미쳤다!
미친년이 우에 미쳤다 하노? 니, 안 미쳤다.
미친 사람을 와 안 미쳤다 하노? 언닌 미쳤다!
언니야 니캉 내캉 미쳤으니 우린 우짜면 좋노?

바로 거기 언니들 옆에서, 티노가 신나라 웃고 있었다. 골인이 좋은 건지 언니가 좋아서인지 하여간 웃어싸고 있었다. 텔레비전 화면 가득히 목이 터져라 외치고 있었다.
아우구스는 엉겁결에 외쳤다.
"티노!"
화면에서 티노가 아우구스 쪽을 바라보는 것 같았다.

승리의 여신 니케는 입을 삐죽거리며 미국팀 벤치를 떠났다. 니케는 날개를 펴고 공중 멀리 어디론가 날아갔다.

후반44분. 새파랗게 싱싱해진 이을용은 골키퍼 프리덜의 오른쪽 골라인까지 파고 들었다.
골문 앞에 최용수가 있었다. 최용수를 가로막는 수비수는 아무도 없었다.
역전이다.
이을용은 최용수에게 가볍게 밀어주었다. 띄워주지만 않았을 뿐 폴란드전에서 황선홍에게 어시스트했던 상황과 어슷비슷했다.
최용수가 왼발을 갖다댔다. 하지만 웬일인가. 댔으나 공은 어이없게도 부웅 떠서 골문을 넘어버렸다. 그것이 역전할 최후의 기회였던가?
휘슬소리.
1 대 1.
무승부였다.

태극기와 성조기의 맞대결은 통계를 보아도 태극기의 우세였다.
슈팅수 19-6으로 태극기 우세.
파울은 17-18로 비슷했다.
모서리차기는 무려 7-0으로 태극기가 압도적이었다.
오프사이드는 3-3으로 같았다.

그랬는데, 아쉽고 가슴 저미는 한 판이었다.

그래서일까 경기가 끝난 뒤에도 히딩크는 굳은 얼굴을 좀처럼 펴지 않았다. 누가 봐도 볼멘 얼굴이었다. 기자들이 몰려갔다.
"오늘, 왜 그렇게 웃질 않습니까?"
"왜 내가 웃지 않는지 여러분은 궁금할 것이다.
서너 달의 강훈을 통해 한국팀은 세계 축구계에서 상대를 압도하고 파워를 컨트롤하는 팀으로 바뀌었다.
마땅히 웃어야 한다.
하지만 우리팀은 오늘, 5~6차례의 완벽한 찬스를 골로 연결시키지 못 했다. 내가 웃지 않는 이유는 오로지 이 때문이다."
"오늘 경기를 평가한다면?
"우리가 이길 자격이 있는 경기를 펼쳤기 때문에 무승부는 아쉽다. 많은 찬스를 만들어냈지만 그 기회들을 100% 살리지 못해 불운했다. 결국 무승부는 불만족스러운 결과다. 하지만 선수들이 적극적인 플레이를 펼친 데는 만족한다."
"페널티킥을 이을용에게 맡겼는데."
"우린 수백 번 페널티킥을 연습했다. 그러나 실전은 전혀 상황이 다르다.
이을용은 페널티킥 연습에서 전혀 실수를 하지 않는 선수다.
페널티킥은 예정이 돼 있었다. 첫 번째가 박지성이고 두 번째가 이을용이었다. (박지성은 전반 38분에 이천수와 교체되어 페널티킥을 찰 수 없었다) 이을용이 실패했지만 다 경기의 일부분이다. 더 중요한 것은 많은 찬스가 있었는데 골을 넣지 못한 것이다.
상대 골키퍼 브래드 프리델이 워낙 잘해 그걸 다 막아냈다."
"부상으로 교체된 박지성의 상태는 어떤가?"

"발목을 다쳤다. 다음 경기에 뛸 수 있는지 상황을 지켜보겠다."
"포르투갈전에선 어떤 점에 초점을 맞출 것인가?"
"아주 어려운 경기가 될 것이다.
우린 포르투갈이 세계적인 강팀인 걸 안다.
 그들은 첫 경기에서 패했기 때문에 필사적인 기세로 나올 게 분명하다. 하지만 수비에만 치중하지는 않겠다. 그건 나와 한국팀의 스타일이 아니다."

미국의 어리나 감독은 히딩크와 달랐다. 그는 승자처럼 만족한 표정을 짓고 있었다. 기자들의 질문에도 기쁜 내색을 감추지 않았다.
 "우리는 한국팀을 상대로 경기를 벌인 게 아니라 '한국'이란 국가와 대결했다. 한국 관중들의 열광적인 응원 속에서 승점 1점을 챙긴 데 만족한다."
"오늘 경기를 평가한다면?"
"매우 어려운 경기였지만 승점을 추가해 기쁘다.
한국 선수들의 체력은 뛰어났다.
 첫 경기인 포르투갈전 승리와 한국전 무승부는 아무도 예상하지 못한 결과일 것이다. 또 부상선수 없이 경기를 끝낸 것도 다행스럽다."
"포르투갈과 한국의 차이점은?"
"양 팀은 전혀 다른 스타일의 축구를 구사한다.
 포르투갈이 창조적 플레이가 돋보이는 공격 위주의 팀이라면 한국은 힘이 뛰어난 팀이다. 한국은 지칠 줄 모르는 힘을 앞세워

90분 내내 페널티지역으로 공을 올렸다.

한국 – 포르투갈전은 흥미 있는 경기가 될 것이다."

"한국은 네덜란드식 축구 스타일인가?"

"천만에, 히딩크 감독은 한국에 맞는 스타일과 전술을 개발했다."

"수훈선수를 꼽는다면?"

"페널티킥을 막은 골키퍼 프리덜이 오늘 경기의 주인공이다. 프리덜은 페널티킥 외에도 결정적인 슈팅을 여러 차례 막아냈다.

중앙 수비수 포프도 한국의 센터링을 거의 완벽하게 막아냈다."

"주심 판정은 어땠나?"

"주심은 거친 경기에서 최선을 다했다. 그러나 페널티킥 상황은 이해할 수 없다. 어구스는 반칙을 한 게 아니라 설기현 때문에 넘어진 것이다. 그게 어떻게 페널티킥인가."

"다음 목표는?"

"우리는 16강 진출에 대한 강한 열망을 가지고 있다. 다양한 전술을 통해 폴란드전에서 승리할 것이다."

태극선수들도 히딩크와 마찬가지로 침통했다.

뙤약볕 혈전의 피로는 아무 것도 아니었다. 그것은 이길 수 있는 경기를 놓쳤다는 자책감 때문이었다.

동점골을 넣은 뒤, 그라운드 모서리로 달려가 여럿이 겨울 올림픽 쇼트트랙을 떠올리게 하는 골 뒤풀이를 연출하여 붉은 악마들을 즐겁게 만들었지만 안정환도 침울하긴 마찬가지였다.
　자신의 부상이 미국에게 첫 골을 내준 빌미였다는 점에서 황선홍도 침울했다.
　역전골 찬스를 물거품으로 만든 최용수는 오히려 짤막한 말로 통한의 심정을 찍어냈다.
　"평가전에 자주 나서지 못해 경기감각이 떨어졌다."
　호텔 앞에 이르러서도 대표팀은 굳은 표정을 펴지 못했다. 환영하는 팬들에게 그들은 눈인사만 던졌다.
　대표팀은 곧바로 숙소로 들어갔다.
　미국을 꺾은 뒤에 가지려던 축하 파티는 이날 밤 물론 없었다.

　이길 수 있었는데.
　넣을 수 있었는데.
　어쩌면 이날 밤, 엎치락뒤치락하다가 잠이 든 최용수는 꿈속에서 역전골을 넣었을지도 모른다.

　이로써 한국은 1승 1무로 승점 4점을 확보했다.
　미국도 1승 1무로 승점 4점을 얻었지만 골 득실차에서 한국은 +2, 미국은 +1로 한국이 조 1위로 올라섰다.
　포르투갈은 미국에게 지고 폴란드를 4-0으로 대파하여 1승 1패, 승점 2점을 얻었다.
　한국은 이제 포르투갈과 비기기만 해도 16강에 오른다.
　눈을 감으면 저 멀리에서 16강이 너울을 쓰고 새색시처럼 다가오는 것 같았다.

한국의 기백이 무승부를 끌어냈다.

일본의 요미우리는 한국 대표팀의 '집념'을 기사의 줄거리로 삼았다.

독일의 시사주간지 슈피겔 온라인은 안정환을 '아시아의 베컴'이라고 한껏 추켜세웠다.

미국의 워싱턴 포스트와 CNN 등은 "미국이 적대적 분위기에서도 살아남아 16강 희망을 유지하게 됐다."고 말하면서 무승부를 분홍빛으로 보도했다.

그러나 동점골이 터졌을 때 붉은 물결은 넘실넘실 흐르고 출렁이긴 했지만 미국에 대한 적대적 분위기는 없었다. 한국의 붉은 악마는 깊고 성숙했고 한국의 신세대는 의젓했다.

그래도 AFP 통신의 기사는 어감이며 속뜻이 '참맬로 얄궂데이'였다.

"동점골이 한국의 체면을 세웠을 뿐만 아니라 우려했던 반미 시위도 잠재웠다."

동점골이 안 터졌다면 무엇이 어쨌다는 건가. 한국의 체면도 종잇장처럼 구겨지고 반미 시위도 수월찮게 있었을 것이다, 그 말인가?

모두 다 서푼어치도 못 되는 걱정이었다.


장미가 피어 그곳에 있었다.

1만 송이 2만 송이 3만 송이……

붉은 장미가 피어 그곳에 있었다. 시청 앞 광장에도 광화문 네거리에도. 여의도 한강공원에도 대구 부산에도. 서대전 시민공원에도 인천 수원 광주에도.
자그마한 선술집, 호프집에도. 카페, 레스토랑, 암소 갈비집에도. 네거리 광장, 골목길에도. 너른 풀밭, 강가 터진 곳에, 한 목소리 '오; 필승 코리아'로 피어 있었다.
장미가 아니었다. 그것은 한겨레의 진달래였다.
4월의 진달래가 흐드러지게 피어 6월, 그곳에 있었다.
그곳에 붉은 악마들이 진달래로 무리 지어 피어 있었다.
그것은 때 아닌 6월에, 온통 붉게 붉게 핀 진달래였다.

### 진달래

진달래는 먹는 꽃
사월꽃 붉은꽃

지리산 가야산 묘향산
아무데나 올라가
꿈꾸듯이 불지르는
미친 내 누이

즈려밟고 가는 꽃
바라보면 아린 꽃
죽고죽고 싶어도 죽을 수가 없는 꽃.

유월의 비가 내린다. 빗줄기가 굵다.

차다. 옷을 적시고 몸을 적신다.
붉은 악마들이 비를 맞는다.
붉은 악마들이여, 우산을 펴지 말라. 뒷사람의 시야를 가리지 마시라.
붉은 악마들은 우산을 접었다.
비가 온다. 흠뻑 젖어든다. 차가울수록 좋은 비, 붉은 악마들의 뜨거운 가슴을 식히려면 비는 차가울수록 좋은 것.
비가 내린다. 자, 이제 쓰레기를 줍자. 우리는 우리를 사랑한다.

붉은 악마가 자신을 사랑하는 까닭

남실남실 유유히 깊고 붉은 저 물결
도도하나 모두가 두려워하나
거슬러 올라가 뿌리를 찾고 보면
찰랑찰랑 술잔 하나 넘칠 만큼의
부끄럽게 숨어 솟는 그저 작은 샘일 뿐

붉게 타는 가을산을 부러이 보며
아름답다 모두가 취해 있으나
그게 어찌 돌연한 열반일 수 있으랴
그것은 한 잎 두 잎 푸르렀던 잎사귀마다
유월 내내 스스로를 살랐던 역사.

지구촌의 모든 신문과 통신, TV의 귀와 눈은 한국의 붉은 악마에게 존경과 사랑과 경이로운 찬미, 감동을 증정했다.

그들은 붉은 셔츠, 붉은 손수건, 붉은 부채, 붉은 두건, 붉은 스카프의 주인공들이 저 1987년 호헌 철폐, 독재 타도를 외치며 거리로 쏟아져 나오던, 그 역사의 신세대라는 것을 언젠가는 알게 될 것이다.

신동엽의 시가 외친다.
'껍데기는 가라.'
유월도 붉은 악마만 남고 '껍데기는 가라!'

## ★장  48년만의 퀴즈

1. 나랏말과 글자를 말하고 읽을 수 있는, 대한민국의 성인 남녀는 이 퀴즈의 □를 채우십시오.
2. 이 퀴즈는, 대한민국 사람인지 아닌지를 가리기 위한 목적에만 사용합니다.
3. 이 퀴즈는, 2002 월드컵에서 이룬 태극팀의 역사적 승리, 16강 달성의 기쁨을 함께 나눌 '국민 환희지수'를 측정하기 위해서입니다.
4. 환희지수는 지능지수와 상관성이 없으며 오로지 국민 통합과 대한민국의 미래를 창출하기 위한 기초 자료로만 사용할 것입니다.
5. 이 퀴즈는, 자살하려는 사람들을 치료하는 데 이용할 수도 있습니다.
6. 이 퀴즈를 정리정략에 이용하는 경우엔 다음 국회에서 제정

될 '저질 국회의원 목 조르기법'에 따라 3년 동안 목을 졸릴 것입니다.

7. 신효순, 심미선 두 여중생은 한국이 16강에 오른 것도 못 본 채 6월 13일, 미군 장갑차에 치여 꽃다운 나이에 저 세상으로 갔습니다. 보나마나 이번에도 '낡은 소파'가 '지'하고 '랄'할 것이 뻔합니다. 소파 개정에 뜨듯 미지근한 생각을 가진 사람이 이 퀴즈를 풀면 심각한 환각 증세에 시달리다가 대한민국 국적을 잃으며 저절로 미국 국적을 얻을 수도 있습니다.

만든 이; 아우구스
알릴 이; 티노

"티노야, 너에게 꼭 할 일이 생겼다. 어서 빨리 돌아오길 바란다."

아우구스는 폴란드전도, 미국전도, 포르투갈전도 방안에서 보았다.
붉은 셔츠도 못 입고 텔레비전 앞에서, 베드로와 제노베파와 소주를 마시며 보았다.
소주를 마시며 아우구스는 티노가 돌아오기를 간절히 바랐다.

비긴다는 것은 도박일 수도 있었다.
한국은 A조, B조, C조가 아닌 그 다음 □조에서, 포르□갈을 꺾어야 미국과 폴□드의 경기 결과에 관계없이 제힘으로 □6강에 가는 것이다.

6월 14일 문학 경기장, 항도 □천의 밤 여덟시 30분 →그리고 100분이 더 지나고 한국은 마침내 유럽의 포 무슨 나라 팀과 1□강 진출을 결정하는 마□막 경기를 끝냈다. .

한국팀은 21번 박지□이 □ 골을 넣어 포□투갈을 이겨 □□강을 확정지었다.
한국팀의 감독은 '사랑해요, □딩크'였고 포□□갈의 감독은 '미안해요, 올리□이라'였다.
폴란□가 미국을 3-1로 이겼으므로 비기기만 해도 1□강에 오를 수 있었던 올리베□라 감독은 실어증환자처럼 □을 잃고 말았다.

6월 14일 밤, 이렇게 기□ 밤이 올해 들어 있었던가?

26분은 채 안 되고 24분은 지난, 후반 2□분, 박□성은 페□티지역 □른쪽에서 이영□가 띄운 크로스패□를 목과 배 사이에 있는 □슴으로 받아 일단 제것으로 만들었다. 21번 박아무개는 갑자기 방향을 틀어 앞에 있던 콘□이상을 속여 제친 뒤에 떨어졌던 공이 잔디 위에서 뜨자마자 그대로 왼발 논□톱 숏을 쏘았다.

공은 포르투□의 골□퍼 바이아의, 건너는 다리 말고 걷는 다리 사이를 지나 골문 안으로 빨□듯 들어갔다.

이 슛은 아이스크림의 '크림'이 아니라 그□ 같았고 환장적인 슛이 아니라 환□적인 슛이었다. 팔은 안으로 굽는다지만, 이 슛은 어느 나라 어떤 선수의 슛보다도 아름□운 슛이었다.

한국은 황□홍 대신에 안□환을 중앙 공□수로 내세웠고 이□표는 왼쪽 허□수를 맡았다. 최종 수□수는 김□영, 홍□보, 최□철 □명이 맡았지만 이□표와 □종국은 수비에도 가담하여 수비는 상황에 따라 □명으로 늘어나곤 했다.
피구와 핀투와 콘세이□은 허리 중앙에서부터 한국 선수들에게 막혀 최전방 공격수 파□레타에게 (여기에서 파□레타를 채우기 어려운 분에게만 살짝 귀띔합니다. '파□'은 흔히 '반칙'이란 뜻으로 사용하는 스포츠 용어입니다.) 효과적인 패스를 하지 못했다.
루이스 피구는 송□국과 이영□에게 때때로 샌□위치 마크를 당해 쩔쩔 맸다.

전반 26분에서 1분이 지난 2□분, 핀투는 □지성을 뒤에서 태클하여 레□카드를 받고 □장 당했다. 후반 21분엔 □영표의 다리를 뒤에서 건 벤투마저 퇴□ 당했다.
후반 21분 이후부터 한국은 열한 명이 뛰었고 포르투갈은 두 명이 모자란 □□ 명이 뛰었다. 포르투갈은 수적 열세로 허점을 드러□고 한국팀의 기백과 전술에 눌려 결□ 골을 허용하고 말□다.

끝나기 10분 전, 포르투갈은 이판 사판에 '죽기 아니면 까□러치기'라는 듯 총공격으로 나왔다. 한국의 골문 앞까지 치고 들어온 콘세□상이 발리슛을 날렸으나 □은 골대를 맞고 나왔다. 포르투갈 선수 몇몇은 머리를 감싸□었다. 참고로 '안었다'는 틀린 말입니다.
　□□□은 골을 성공시킨 뒤에 어서 오라는 듯 손짓하는 히딩□에게 달려가 펄쩍 뛰어 안겼다. 두 사람은 연인 사이처럼 뜨□게 포□했다. □옹은 줄여서 발음하면 '퐁'이 된다.

　미국은 폴란드에게 두 골 차 1-□으로 졌지만 한국이 '포르 거시기' 나라를 이기는 바람에 1승 1무 1패, 승점 4점을 얻어 16강에 진출했다.
　'포르 거시기' 나라는 1승 2패에 승점 3점으로, '폴란 거시기' 나라도 1승 2패에 승점 3점으로 16강에 오르지 못했다.

　1953년에 1년을 보탠 195□년 스□스 (여기 □에 들어갈 말의 반대말은 '아래'입니다.) 월드컵에 참가한 이래 48년 동안 1승도 올리지 못한, 국제축□구연맹 40위 정도의 한국이 4+1의 합에 해당하는 □위의 포르투갈을 꺾고 11+5강에 오른 것은 그야말로 감격이었다.
　정말로 '오, 필승 코□아'였다.

　강은 강인데 못 건너는 강은 요강이다.
　강은 강인데 건널 수 있는 강은 □6강이다.

　한국 사람들은 시도 때도 없이 '대~□민국'을 소리쳤다,
　지나던 □들이 울리는 경적도 '빵 ~빠방빠'였다.

그 바람에 동네 개들도 가락을 넣어 짖□다.
'머~엉멍멍.'
수탉도 그렇게 배워 울□다.
'꼬~오끼요.'

한국은 꿈에 그리던 16강에 올랐다.
16강에 오른 나라 중에는 예상하지 못한 나라들도 있었다. 예상하지 못하던 나라 중엔 물론 한국이 끼어 있었다.
그러나 그것은 어느 대회에서나 나타날 수 있는 상황이었음에도 세계의 축구계 특히 유럽은 이변이란 표현을 쓰기 좋아한다.
예상할 수 있는 승리가 틀림없이 결과로 나타난다면 그것은 이미 스포츠의 존재 가치를 상실한 것이다. 그런 경기를 도대체 왜 보아야 한단 말인가? 예상할 수 있는 승리의 과정을 관찰함으로써 시시껄렁한 스포츠 논문이라도 한 편 얻자는 것인가?
이변이란 표현을 즐겨 쓰는 사람들은 '하나의 팀이 노력하고 전진하여 일류가 되는 변모'를 거부하는 무의식의 환자인지도 모른다. 그렇지만 처음의 강팀이 영원한 강팀이 아니라는 것은 당연한 사실이다. 단지 유럽이나 남미가 축구를 먼저 시작했다는 점 때문에 그들이 한동안 축구의 강국이었다는 그 사실은 바야흐로 무너지는 시점에 마악 이르렀음을 2002 월드컵이 보여주었을 따름이다.

A조는 누구라도 이변이란 표현을 자제할 수 없을 만큼 큰 충격으로 다가왔다.

프랑스는 개막전에서 세네갈에게 0-1로 졌다. 세네갈의 승리는 마치 주님께서 축구공을 통해 세네갈에게 준 역사적 선물인 것처럼 보였다.

프랑스, 영국, 포르투갈 등 유럽의 제국주의 열강들은 19세기에 아프리카 대륙을 일방적으로 분할하여 통치하기 시작했다.
프랑스는 아프리카 식민지를 직접 통치하면서 실제적으로 아프리카의 토착문화를 말살했다. 식민지에서 공용어는 프랑스어였고 극히 소수의 아프리카인에게 프랑스 시민권을 주어 지배의 도구로 이용했다.

세네갈은 프랑스의 식민지였다.
세네갈의 작은 어촌 조알에서 태어나 프랑스 정부 장학생으로 소르본느 대학을 졸업한 뒤 프랑스 보병으로 2차 대전에 참전하여 독일군 포로까지 된 적이 있던 세네갈 사람, 프랑스 해외 국립 대학 교수이기도 했다가 1960년 8월에 독립한 세네갈의 초대 대통령에 올라 1980년에 물러난 시인 레오폴드 세다르 셍고르.
셍고르의 시 '눈 내리는 빠리'는 프랑스를 증오하며 용서와 화해의 손을 내민다.

"총알을 쏘아댄 하얀 손, 왕국을 무너뜨린 하얀 손/ 노예들을 매질한 손, 당신을 매질한 손을/ 나를 고독과 증오 속으로 몰아넣은 확신에 찬 손을/ 아프리카의 오지에 우뚝 솟아있던 숲을 쓰러뜨린 하얀 손을/ 그들은 철도 침목을 만들기 위하여 처녀림을 유린했습니다. / 인력이 모자라는 그들의 문명을 구하기 위하여 아프리카의 숲을 유린했습니다. / 이 마지막 증오를 나는 아직도 포기할 수 없습니다. 절대로 / 내 가슴은, 오 주여, 당신의 인자한 햇볕을 받고 / 빠리의 지붕 위에 쌓인 눈처럼 녹았습니다."　　　　　　　　— (『눈 내리는 빠리』에서)

셍고르의 '평화를 위한 기도'는 눈물을 참고 프랑스에게 내미는 악수이자 역설이었다.

"지난 4백년 동안 십자가에 못 박혔으나 아직도 숨쉬고 있는 나의 아프리카의 발 밑에서 주여, 내가 평화와 용서의 기도를 되풀이하도록 해주십시오."

세네갈팀은 셍고르의 증오와 용서와 역설을 한 골의 승리로 요약했다. 4백년의 프랑스 지배는 적어도 한 골 이상이겠지만 세네갈팀은 한 골이 그 의미를 다 드러낼 것이라고 믿는 것 같았다.

허벅지 부상으로 지네딘 지단은 숫제 뛰지도 못 했고 트레제게와 앙리는 세네갈을 지배하려고 애썼지만 주님은 프랑스를 철저히 외면했다.

프랑스가 세네갈의 골문을 향해 슛을 쏘면 주님은 얼른 세네갈의 골대로 프랑스의 공을 막아주곤 했다.

지단의 부상 역시 주님의 뜻이었음이 분명했다.

"우리의 조국 세네갈이 프랑스를 꺾었다."
세네갈의 하늘을 나는 새들도 지저귀었다.
"오늘 같은 날은 누구도 공부할 수 없다."

★장 48년만의 퀴즈　131

세네갈 대통령 압둘라에 와데는 프랑스에게 승리한 이 날을 국경일로 선포했다.

프랑스에게서 독립한 1960년 이후로 가장 기쁜 날. 세네갈과 온 아프리카가 펄쩍펄쩍 뛰고 춤을 추었다. 수도 다카르 시내에 사람들이 몰려들고 기쁨의 물결이 넘쳐흘렀다. 다카르 중심가 독립광장은 춤과 노래가 끓었다.

이날 밤, 프랑스의 상징 수탉이 얼마나 요리로 변했는지 아는 사람은 없다. 다만 세네갈의 부엌에서 수없이 목 잘려 죽어갔으리라는 것을 어렴풋이 짐작할 따름이다.

세네갈은 오랜만에 아프리카의 사자답게 수탉으로 배를 채운 뒤 밤새 포효했다.


프랑스는 지네딘 지단에게 실낱 같은 희망을 걸었다.

세네갈에게 지고 우르과이와 비겼다. 현재 1무 1패.

프랑스는 덴마크를 2-0 이상으로 이겨야만 16강에 오를 수 있는 처절한 상황에 이르렀다.

울고 싶어라.

프랑스는 울음을 참고 지단만을 물끄러미 바라보고 있었다.

지단, 그대는 이 프랑스를 어찌하려는가? 지단!


지단은 잔다르크처럼 프랑스의 위기를 구해야 했다.

위기의 조국, 이겨야 한다는 강박감, 초조 때문에 프랑스가 급할수록 비기기만 해도 16강에 오르는 덴마크는 허리에서부터 압박수비를 펼쳤고 수비수는 숫제 미드필드에 볼일이 없는 사람들처럼 어슬렁어슬렁 수비지역을 벗어나지 않았다.
 이날도 프랑스는 덴마크의 골대를 두 번이나 맞혔다.
 골대를 맞춘다는 것은 고난도의 기술이다. 골대를 맞출 때마다 고난도 점수로 2점씩을 주었더라면 프랑스팀은 10점도 더 땄을 것이다.
 2002월드컵에서 골대는 프랑스에게 저주하는 악령이었다.
 전반 22분, 후반 21분에 프랑스의 조급은 덴마크에게 오히려 한 골씩 허용했고 덴마크의 문전을 향하여 질주하던 지단은 마침내 그라운드에 입을 맞추며 쓰러져 일어나지 못했다.

 쓰러진 지단의 귀에 어디에선가 흐느끼는 소리가 들려왔다.
 "굿바이, 프랑스!"

 프랑스는 덴마크에게 2-0으로 졌고 우르과이와 0-0으로 비겼다. 단 한 골도 넣지 못한 채 프랑스는 A조 꼴찌로 탈락했다.
 데릴라에게 머리칼을 잘린 삼손처럼 4년 전의 예술을 다 잃어버린 프랑스는 6월 12일 낮, 말없는 에어프랑스를 타고 귀국길에 올랐다.

 덴마크는 아프리카의 사자 세네갈과 1-1로 비기고 늙은 종마種馬 우루과이를 2-1로 꺾고 나서 죽어가는 아트 사커 프랑스의 목에 2-0의 비수를 겨누었다.
 2승 1무, 승점 7을 얻어 바이킹의 후예 덴마크는 1위로 16강에 올랐다.

세네갈은 덴마크, 우르과이와 1-1, 3-3으로 비기고 프랑스를 1-0으로 이겨 1승 2무로 승점 5를 얻어 조 2위로 16강에 올랐다.

우르과이는 1무 2패로 탈락했다.
월드컵 출전 9회, 1930년과 1950년 두 차례에 걸쳐 월드컵을 우승했던 우루과이, 한때 남미를 호령하던 우루과이가 늙은 종마에서 언제쯤 혈기 넘치는 종마로 다시 등장할 것인지, 세월은 우루과이를 기다리지 않고 자꾸만 흘러간다. 무정한 세월이여, 우루과이에게 어서 오라 손짓하려무나.

조별 리그전에서 한 골도 못 넣고 떨어져나간 팀은 '프랑스, 중국, 사우디아라비아', 모두 세 나라였다. 아시아의 두 나라와 무슨 까닭으로 어깨동무를 하려는 것인지 프랑스는 종국과 사우디아라비아와 함께 마치 기념촬영이라도 하려는 팀처럼 보였다.
한 골도 못 넣은 나라, 그 중에 '프랑스'가 끼어 들었다, 그것은 축구 자신을 놀라게 사건이었다.
피버노바조차 덩달아 놀라서 온몸을 둥글게 둥글게 움츠러들었다.

B조에서는 스페인이 1위로 16강에 올랐다.
스페인은 파라과이를 3-1로, 남아공을 3-2로, 슬로베니아를 3-1로 물리치고 무적함대라는 이름을 다시 한 번 드높였다.
골 넣는 골키퍼 찰라베르트가 있는 파라과이. 올해 70을 맞은 말디니 감독의 파라과이. 남미의 신흥 축구 강국 파라과이가 2위로 16강에 올랐다.
　남아공과 슬로베니아는 3위와 꼴찌로 탈락했다.

　C조에서는 브라질이 터키, 코스타리카, 중국을 2-1, 5-2, 4-0으로 꺾고 16강에 올랐다.
　터키는 코스타리카와 1-1로 비기고 중국을 3-0으로 이겨 1승 1무 1패로 코스타리카와 같은 승점 4점이었지만 골 득실차에서 +1이 앞서 16강에 올랐다.

　터키는 브라질과 치른 1차전에서 한국인 주심 김영주씨의 혹독한(?) 페널티킥 판정으로 졌다고 생각했다. 육이오 참전으로 한국과 혈맹의 인연을 맺은 터키, 터키인들은 그것을 생각하며 부글부글 속을 끓였다.
　터키가 16강에 오른 것은 주님께서 두 나라 모두를 특히나 난처한 상황에 빠진 한국에게 내리신 은총이 아닐까, 생각할 만큼 터키의 16강은 월드컵 드라마의 오묘한 줄거리였다.

　중국은 4-0, 3-0, 2-0으로 세 나라에게 모두 졌다.
　중국은 무려 9골을 허용했으며 단 한 골도 넣질 못했다.
　이때부터 중국의 언론은 시샘과 자괴감에 빠져 한국이 심판 판정을 등에 업고 자꾸만 승리하는 것처럼 징징대기 시작했다. 마치 덩치 큰 아이가 자장면을 같이 먹자고 쬐그만 아이에게 조르다가 주지 않자 못 먹을 자장면이라면 침이나 퉤퉤! 하는 꼴이었다.

D조에서 한국은 2승 1무, 승점 7을 얻어 조1위로 16강에 올랐다.

미국은 포르투갈에 3-2로 이기고 한국과 1-1로 비겼으나 폴란드에 1-3으로 지는 바람에 1승 1무 1패, 승점 4를 얻었고 조2위로 16강에 간신히 턱걸이했다.

포르투갈은 폴란드에 4-0으로 대승하였기 때문에 한국과 비기기만 하여도 1승 1무 1패로 미국과 승점 4로 같아진다. 그러나 골 득실차에서 미국을 앞섰으므로 포르투갈은 조 2위로 16강에 오를 수 있었다.

미국은 시작하자마자 폴란드에 일찌감치 두 골을 허용하여 한국의 벤치나 포르투갈의 벤치는 폴란드의 승리를 예감하고 이런 계산을 하고 있었다.

그러나 어쩌랴!

박지성이 기막힌 한 골을 넣었으니.

이로써 포르투갈은 1승 2패로 승점 3점만을 얻는 데 그쳐 그라운드에 피눈물을 뿌렸다.

미국의 언론은 오랜만에 한국 앞에 넙죽이 엎드려 절했다. 한국 덕분에 16강에 올랐노라고.

E조에서는 독일과 아일랜드가 카메룬과 사우디아라비아를 따돌리고 16강에 올랐다.

사우디아라비아는 독일에게 무려 8-0으로 대패하여 아시아의 얼굴을 무참하게 일그러뜨려 놓았다.

카메룬은 독일에게 2-0으로 지고 아일랜드와 1-1로 비기고 사우디아라비아를 1-0으로 이겨 1승 1무 1패로 승점 4를 얻었다.
 아일랜드는 독일, 카메룬과 1-1로 비기고 사우디아라비아에게 3-0으로 이겨 1승 2무로 승점 5를 얻었다.
 카메룬은 잘 싸웠으나 16강에 오르지 못했다.

 F조는 온 세계가 숨죽이고 바라본, 가장 가슴 졸인 조였다.
 스웨덴, 잉글랜드, 아르헨티나, 나이지리아. 어느 팀이 사자고 호랑이인지 종잡을 수가 없었다. 그러나 사자끼리 으르렁거리고 물어뜯어도 누군가는 패배해야 한다. 월드컵도 그 점에선 정글의 법칙을 따를 수밖에 없었다.

 스웨덴은 잉글랜드, 아르헨티나와 각각 1-1로 비기고 나이지리아에 2-1로 이겨 1승 2무, 승점 5를 땄다.
 잉글랜드는 스웨덴, 나이지리아와 1-1, 0-0으로 비기고 아르헨티나에게 1-0으로 이겨서 1승 2무, 승점 5를 땄다.
 아르헨티나는 나이지리아에게 1-0으로 이기고 스웨덴과 1-1로 비겼다. 그러나, 아르헨티나는 잉글랜드에게 0-1로 졌다. 아르헨티나는 1승 1무 1패로 승점 4. 아르헨티나는 떨어져나갔다.
 이번 월드컵을 은퇴 무대로 삼으려던 아르헨티나의 걸출한 스타 바티스투타는 아르헨티나의 탈락과 함께 개인의 영광을 눈물의 하늘에 날려보내고 말았다.

 서부아프리카의 강국, 96년 애틀랜타 올림픽 축구에서 우승까지 했던 나이지리아. 나이지리아는 1무 2패로 탈락했다. 1억 2천만 나이지리아 국민은 귀가 어지러운 나이지리아어로 선수들에게 욕을 퍼부을 것이다. 아프리카를 바보로 만든 이 나이지리아 '보바'들아.

G조에서는 멕시코가 크로아티아와 에콰도르를 1-0, 2-1로 이기고 이탈리아와 1-1로 비겨 2승 1무, 승점 7로 조1위를 차지하여 16강에 승차했다.

이탈리아는 멕시코와 1-1로 비기고 에콰도르에게 2-0으로 이겼으나 크로아티아에게 1-2로 져서 1승 1무 1패, 승점 4를 얻었다.

크로아티아는 멕시코, 에콰도르에게 각각 0-1로 지고 이탈리아에게 이겨서 1승 2패로 승점3을 얻었다.

에콰도르는 멕시코, 이탈리아에게 1-2, 0-2로 지고 크로아티아에게 1-0으로 이겨 1승 2패, 승점 3을 얻었다.

장화처럼 생긴 이탈리아는 머리를 긁적거리며 16강에 올랐다. 그러면서도 다음 상대가 한국인 것을 신의 은총이라고 생각했다.

한국을 이겨 8강에 오르자. 이거야말로 수양딸 며느리 삼는 것보다 쉬운 일이다.

그러니 우리 이탈리아 선수들이여 편안히 푹 쉬시라. 이탈리아 축구 협회는 선수들이 쾌적하게 쉴 수 있도록 호텔 숙소의 오디오 제품 비디오 제품을 바꾸고 가구도 바꾸는 등 돈을 쳐들였다.

이탈리아의 낭비벽을 누가 꾸짖을 것인지는 아직 알 수가 없었다.

H조에서는 일본이 벨기에와 2-2로 비기고 러시아와 튀니지를 1-0, 2-0으로 꺾어 2승 1무, 승점 7로 당당히 16강에 올랐다.
떠오르는 태양을 누가 막으랴. 일본은 떠오르는 태양이었다.

벨기에는 일본, 튀니지와 2-2, 1-1로 비기고 러시아를 3-2로 이겨 1승 2무, 승점 5로 16강에 올랐다.
러시아는 튀니지를 2-0으로 이겼지만 일본과 벨기에에 져서 1승 2패, 승점 3으로 탈락했다.

유럽의 조예선을 가장 먼저 통과했던 러시아는 중거리슛만 쏘아대다가 일본의 이나모토에게 한 골을 선사했다.
모스크바의 뜨베르스까야 거리에서 맥주와 보드카를 마시던 러시아 사람들은 일본에게 지자 일본 레스토랑을 향해 병을 마구 던졌다. 자동차가 불타고 사람이 죽고, 이날 모스크바의 훌리건들은 경찰이 진압하기 어려운 난동을 부렸다.
러시아의 패배도 과거로 흘러가고 지금쯤 이성을 찾은 볼쇼이극장은 차이코프스키가 작곡한 백조의 호수를 공연할 것이다. 7월이 오면 파스텔 톤의 레닌그라드엔 백야도 찾아들 테고.
일본에 진 러시아는 그렇게, 쓸쓸히 사라져갔다.
튀니지는 벨기에와 비기고 나머지를 져서 1무 2패, 승점 1로 탈락했다.
일본은 떠나는 튀니지에게 손을 흔들었다.
"일본이노 살기 위해 튀니지를 이길 수밖에 없었슴이다. 사요나라."

★장 48년만의 퀴즈 139

## 제4장  따라가서 앞지르라

  한국이 폴란드를 2-0으로 이긴 날, 일본은 30분 먼저 벨기에와 2-2로 비겼다.
  한국은 월드컵 첫 승의 감격에 겨워 온 나라가 들썩들썩했다. 그런데 들썩들썩 했다는 점에선 일본이 오히려 더했다. 비겼는데 더 들썩였다면 이상히 여길지 모르겠지만 그것은 사실이었다.
  일본도 월드컵 출전에서 처음으로 승점 1을 얻은 것이다. 그러나 이유는 승점 1에 있지 않았다. 이유는 일본의 마스터플랜 첫 단추를 일본이 마음먹은 대로, 1mm의 오차도 없이 끼웠다는 데에 있었다.
  일본은 애시당초 유럽의 붉은 악마 벨기에와 비기려는 속셈을 가지고 있었다. 벨기에와 비긴 뒤에 러시아와 튀니지를 꺾고 2승 1무 H조 1위로 16강에 진출한다, 이것이 일본의 청사진이었다. 튀니지는 약체니까 일본의 희생양, 러시아도 잘 나가던 시절의 그 러시아가 아니다. 그러니까 어쩔 수 없이 러시아도 일본의 제물이 될 수밖에 없다.

　시작이 절반이라고 일본의 첫 단추는 아예 예고한 일정표 그대로였다. 앞서나가다가 동점골을 허용하는 바람에 땅을 치긴 했지만, 그것은 적당한 아쉬움으로 남았을 뿐 일본은 '월드컵호의 순조로운 출항에 확확 달아올랐다. 일본은 자신들의 치밀한 분석과 전략에 만족했다.

　6월 9일, 2차전에서 일본은 러시아를 1-0으로 이겼다.

　일본 열도는 후끈 달아올랐다. 일본 사람이라면 모두가 달아올랐다. 일본의 아무 데라도 달걀을 깨뜨려놓으면 그대로 달걀 반숙이 될 만큼 일본의 하늘과 땅 산천초목, 벌레까지도 열병환자처럼 이마가 펄펄 끓었다.

　봐라. 우리는 마음먹은 대로 '착착'이다.

　1승 1무, 남은 것은 약체 튀니지뿐이다.

　느긋해진 일본은 10일에 열릴 한국과 미국의 2차전을 귀 후비며 기다리고 있었다.

　한국은 불운하게도 미국과 1-1로 비겼다.

　한국이 상대할 다음 팀은 세계가 인정하는 강호 포르투갈이다. 포르투갈은 1차전에서 미국에게 졌으므로 죽기 살기로 달려들 게 뻔했다.

　한국의 16강 진출은 어쩐지 먹구름 낀 하늘이었다.

　실력도 월등한 포르투갈이 한국을 이기기 위하여 죽기 살기로 달려든다!

아이고, 한국이노 매우 안됐으미다.
일본은 한국을 동정했다.
한국은 참, 안 됐다. 한국의 D조 D는 아무리 봐도 Death 아닌가.
우리 일본의 H조 H는 Hope다.

일본은 또 청사진 그대로 오사카에서 튀니지를 2-0으로 이겼다.
2승 1무, 승점 7로 일본은 H조의 1위로 16강에 올랐다.
한국보다 다섯 시간 먼저 치른 경기에서 16강을 따놓은 일본은 얼근한 기분으로 한국과 포르투갈의 돌려 붙기 3차전을 느긋하게 기웃거렸다.

그러나 한국은 포르투갈을 1-0으로 꺾었다.
한국도 2승 1무, 승점 7, D조 1위로 16강에 올랐다.

한국, 참말이노, 잘 됐슴이다.
일본은 축하하고 추카했다.
일본의 축하는 어쩌면 그들의 다테마에(겉으로 드러내는 명분)일 수도 있었다. 한일 월드컵이니까, 개최국 두 나라가 나란히 16강에 오른다면 누가 봐도 좋은 일 아닌가.
그러나 일본의 혼네(속마음)는 ?일 수도 있었다.
일본은 축구에서, 이미 한국을 앞질렀다고 생각하고 있었다.
한국 축구는 이제 일본 축구의 적수가 아니다.
일본은 유럽과 남미를 따라가서 앞지르려 한다. 일본의 당연한

16강보다 그런 뜻에서, 한국의 16강을 축하한다. 이로써 한일 월드컵의 체면은 섰다.
 그러나 한국, 우리 일본은 8강으로 간다. 일본의 혼네는 아마 이런 쪽이 아니었을까?

 일본의 16강전 상대는 터키.
 한국의 16강전 상대는 이탈리아.
 일본 스스로도 그러했고 세계의 언론도 일본의 8강행을 낙관했다.
 한국의 월드컵 여행은 여기에서 끝. 세계의 언론은 한국의 8강행을 비관했다.

 한국과 일본.
 드러나지 않은 가운데 속에서, 속으로만 타오르는 한국과 일본의 경쟁.

 한국과 일본, 그들의 8강행 항로는 어찌 될 것인가?
 아우구스는 그 해답을 비로소 찾았다.
 해답은 저 멀리 스페인에 있었다.
 바르셀로나에 있었다.
 황영조의 마라톤에 있었다.
 아우구스의 시간은 해답을 찾아 1992년의 스페인으로 가고 있었다.

● 5km

 "토노키강 서쪽에 하늘을 찌를 듯이, 큰 나무 한 그루가 있었다. 아침해가 동녘에 눈부시게 떠오르면 그 나무의 그림자는 아와지섬에까지 이르렀다. 저녁 해가 질 무렵에는 가와치의 다카야스산을 넘었지. 그래, 정말로 큰나무였어…
 그런데, 그렇게 큰 나무를 차마 자를 수 있겠느냐, 그래도, 잘라야 할 땐 자른다. 그게 니혼(日本)의 혼이다.
 잘라서는 배를 만들었다. 배는 날으는 새처럼 빨랐다. 그 배를 모두다 가라노라고 불렀지. 가라노는 아침 저녁으로 귀인이 먹을, 아와지섬의 맑은 물을 길어 날랐다.
 이윽고 오랜 세월이 흘러 가라노도 부서지게 되었다. 그러나 가라노는 그냥 부서진 게 아니다. 가라노의 나무로는 소금을 구워냈고 또 그 나머지론 고도(현악기)를 만들었어.
 그후, 고도의 소리는 온 나라에 퍼져 울렸다."
 교오코는 고지키古事記에 나오는 가라노의 배 이야기를 하고 있었다.
 큰 나무가 결국 고도가 되어 온 나라에 울려 퍼진다는 이야기.
 그것은 모리시타의 어머니 교오코가 요오캉(단맛이 나는 일본 과자)만큼이나 좋아하는 것이었다.
 어머니에게서 벌써 여러 번째 들었던 터여서 손바닥처럼 환히 알고 있었지만 모리시타는 공기밥을 먹기라도 하듯 열심히 귀를 기울였다. 그러나 오늘따라 어머니의 가라노 이야기는 혹독한 꾸중 같아서 모리시타는 결코 한가한 기분이 들 수 없었다.
 그래, 너는 온 나라에 울려 퍼지는 고도가 될 수 있겠느냐?

마사무네의 칼날처럼 쿄오코의 눈빛이 모리시타를 날카롭게 파고든다.
"그럼…떠나거라."
어머니는 지금 차갑다, 그렇게 느끼는 순간 모리시타는 미련 없이 미닫이를 열고 밖으로 나왔다.
"스페인은, 태양의 나라라지?"
모리시타의 등뒤에서 쿄오코의 마지막말이 비수처럼 날아왔다.
모리시타, 태양의 나라는 스페인이 아니라 닛뽕(日本)이다.
어머니가 하시고 싶은 말씀은 그게 아니었을까.

식구들 이외에는 그 누구도 일체 만나지 말 것!
감독이 엄명을 내렸지만, 와타나베 고이치 선배만은 안 만날 수 없다. 고이치를 만나 위로를 받고 싶다. 모리시타의 가슴은 내심 그렇게 일렁인다.

"모리시타군, 설마 몸이 녹슨 건 아니겠지."
와타나베가 울림 좋은 목소리로 생각하는 모리시타의 표정을 깨뜨렸다.
와타나베는 모리시타의 열렬한 후원자이자 마라톤의 대 선배라고 할 수 있었다. 뜻하지 않은 자동차 사고로 마라톤은 일찌감치 그만두게 됐지만, "마라톤이라면" 하고 와타나베는 언제나 뜨거웠다.
"핫핫하. 자네 몸은 잘 만들어진 칼이야."
와타나베는 유쾌하다는 듯 그러나 눈길은 모리시타의 몸을 샅샅

이 훑는다.

"꽃은 벚꽃, 사나이는 사무라이!"

와타나베는 또 한번 껄껄껄 웃었다.

무심한 듯 말하고 있지만, 와타나베도 어머니 쿄오코도 한결 같이 나를 위해 빌고 있다.

모리시타는 무심결에 입술을 깨물었다.

"와타나베 선배님, 모쪼록 좋은 말씀을 부탁하겠습니다."

모리시타는 고께시인형(수족이 없는 일본 인형)처럼 간명하게 꾸뻑, 머리를 숙였다.

"이거 난처한 걸. 복숭아 속에서 튀어나온 모모타로우처럼 도깨비를 물리칠 비결도 없고…. 요컨대, 나는 마라톤의 낙오자가 아닌가. 그저, 떠나는 자네의 얼굴이나 보려고 왔을 뿐인데. 물론 마음속으로는 머리띠라도 두른 심정으로 모리시타군의 장도를 전송하겠지만."

"마라톤의 낙오자니 어쩌니, 그런 말씀은 제발…."

와타나베가 말하는 도깨비란 것도 결국은 88올림픽의 마라톤 우승자인 이탈리아의 젤린도 보르딘이나 뱃푸오이타 마라톤의 우승자인 멕시코의 디오니시오 세론 정도를 가리키는 것이리라.

교통사고로 마라톤을 못하게 된 날부터 와타나베 선배님, 당신의 마라톤은 시작되었습니다. 이 모리시타를 열렬히 후원하는 것도, 당신의 마라톤에선 이제 마악 5km 구간을 지난 셈이라는 걸, 이 모리시타는 압니다.

"그렇지만, 그렇다면…."

와타나베는 금세 가부키(일본의 전통극)에 나오는 사무라이처럼 굳어졌다.

"모리시타군, 우리 니혼은 빠른 나라다. 세계에서 가장 빠른 신칸센 특급열차를 만든 나라다…. 메이지유신 이래 우리는 줄창 서양의 뒤를 따라왔지만, 그러나 오늘날 우리는 그들을 앞질러 세계 제일의 대국이 되었다."

와타나베의 하오리에 수놓은 화사한 벚꽃이 후르르 떨어질 것 같다.

모리시타는 어느새 긴장했다.

"모리시타군!"

목을 길게 늘이어 내 칼을 받으라.

와타나베의 목소리가 차가운 금속성으로 변했다. 모리시타는 퍼뜩 고개를 쳐들었다.

"오이스키 오이코세! (따라가서 앞지르라.)"

와타나베가 모리시타의 눈을 쏘듯이 노려보았다.

"도우모(참으로)."

모리시타도 그렇게 말하며 와타나베의 눈빛을 되받아 쏘았다.

"그런데, 모리시타군, 스페인은 태양의 나라라지?"

할 말은 다했다. 그런 투로 와타나베는 갑자기 눈빛을 누그러뜨리며 화제를 바꿨다.

도깨비에 홀린 것 같군. 모리시타는 어안이 벙벙했다. 어머니 교오코도, 마라톤 선배 와타나베도 한결같이 '태양의 나라'를 들먹이고 있는 것이다.

"멕시코도 태양의 나라라고 한다는 말을 들었습니다만."

모리시타가 말끝을 흐리자, 그런가? 하며 와타나베는 부채를 활짝 펼쳐들었다. 만년설로 뒤덮인 후지산이 장엄하게 솟구쳐 있었다.

오이스키 오이코세 (따라가서 앞지르라).

모리시타는 입술에 감도는 그 말뜻을 핥고 싶었다.

태양의 나라는, 스페인도 멕시코도 아닙니다. 와타나베 선배님 바로 우리 닛봉입니다.

"모리시타군, 바르셀로나의 강적은 누구라고 생각하나?"

"뭐니뭐니 해도 에티오피아가 아닐까요? 누가 뭐래도 맨발의 아베베가 뿌린 마라톤의 씨는 무시할 수 없다고 생각합니다.

지난 서울 올림픽의 우승자, 이탈리아의 보르딘도 만만찮습니다. 그때 그는 2시간 10분 32초였습니다.

멕시코의 세론이 또 있습니다. 벳푸마라톤에서 그는 두시간 8분 36초로 주파했습니다.

케냐의 후세인이나 탄자니아의 이캉카도 기록이 얼굴빛만큼이나 거무튀튀한 녀석들입니다. 와타나베 선배님, 제 헛바닥 좀 거들어주십시오. 강적들이 하도 많아서 이 모리시타는 늑대의 숲을 횡단하는 강아지 신세입니다."

모리시타는, 응석이라도 부리고 싶었다.

"베어도 베어도, 적은 끝이 없다, 그런 말인가?… 한국은 어떤가? 황영조라는 도깨비가 있다던데."

"보후시에 들어와서 맹훈을 쌓고 갔다는 얘길 들었습니다."

"지난번 벳푸 오이타 마라톤에서는 2등을 하지 않았는가. 기록이 상당하던데, 두 시간 8분 47초였지 아마?"

"고추장 근성을 적수로 삼고 싶진 않습니다."

"그런가? 지난 6월 4주 동안, 보후에서 주당 2백 80km씩이나 뛰었다던데."
"사실은 그보다 훨씬 더 뛰었을 겁니다. 우릴 안심시키려고 잔재주를 부렸을 거예요. 적어도 330km 씩은 뛰었을 거라고 생각합니다."
"그렇다면 초인적인 연습 아닌가?"
"지옥훈련이라고도 하겠지만, 그거야말로 고추장식, 맛도 모를 정도로 입안을 얼얼하게 해놓고는 잘 먹었느니 맛있느니, 뭐 그런 것 아닐까요? 스파르타식 훈련만으로는, 어떻든 손기정의 이름 석 자나 두고 두고 우려먹을 수밖에요."
"핫핫하, 내가 니혼의 떠오르는 별을 노엽게 만들었나? 모리시타군의 적이라면 역시 검둥이나 파란 눈에서 찾는 게 순리겠군."
"그렇습니다. 제 적은 황색종이 아닙니다."
"좋아 좋아, 황영조는 취소하겠네. 우리가 이케부쿠로역에 60층 선샤인빌딩을 세우니까 서울역에 원숭이처럼 6·3빌딩을 덩달아 짓는 나라니까. 적이라기보다는 뭐랄까, 하여간 요즘은 도오카이도 신캉선 특급을 본떠서 경부고속 전철 계획까지 세웠다더군."
"자민당을 흉내내서 그들도 민자당이라는 여당을 만들었답니다."
모리시타는 경멸조로 빈정거렸다.

선수들이 출발선으로 꾸물꾸물 모여들었다.
모리시타는 비로소 상념에서 깨어났다. 머릿속에는 이미 어머니 교오코의 얼굴도, 와타나베 선배의 얼굴 한 조각도 남아 있지 않았다.

  오이스키 오이코세. (따라가서 앞지르라.)

  낙인처럼 가슴에 찍혀 있는 것은 오로지 그 말.

  여섯 시 27분. 출발 시간 3분 전이다.

  서성이는 선수들을 바라보며 모리시타는 심호흡을 했다. 그리고 서서히 투지를 불태우기 시작했다.

  따라가서 앞지르라.

  나, 모리시타를 제외하고도 적은 무려 73개국 1백11명이나 된다. 그 중엔 같은 닛봉의 나카야마와 다니구치도 포함된 셈이지만, 어떻든 이 많은 도깨비를 물리치려면 나야말로 모모타로오(일본의 전설에 나오는 영웅)가 되지 않으면 안 된다.

  바글바글 득시글거리는, 마치 사람 종자의 전시장이라도 벌여놓은 것 같은 출발선, 그 속에서 모리시타는 가슴에 태극기를 단 황영조를 발견했다.

  56kg쯤의 몸집에 키는 다섯 자 다섯 치를 조금 넘었을까, 우람하지는 않았지만 그렇다고 깡마른 편도 아니었다. 상머슴처럼 단단한 느낌을 주는 녀석이었다.

  막일하는 날품팔이처럼 어깨 하나는 좀 바라진 듯하다. 뭐야, 두엄더미 옆에 서있는 촌놈상이잖은가.

  모리시타는 저도 모르게 피식, 웃음을 쏟았다.

  황영조 옆에는 태극기를 단 사내가 둘이나 또 있었다.

  저 한국의 태극기는 벌이나 독뱀의 경계색처럼 유난히 눈에 잘

띈다. 황영조, 너희는 위험한 동물이라고 스스로 과시라도 하고 싶은 건가?

감독이 준 정보에 따를 것 같으면 황영조 옆의 황색 한국인은 아마 김완기와 김재룡일 것이다.

김완기는 1990년에 두시간 11분 34초를 작성한 적이 있고 91년 11월에는 두시간 11분 02초를 기록한 녀석이다. 올해에 들어서는 동아마라톤에서 김재룡과 함께 드디어 10분의 벽을 깨뜨렸다고 한다.

아아, 우리도 이제 일류의 마라토너 셋을 거느리게 되었다, 하면서 한국의 마라톤계는 덩실덩실 한바탕 어깨춤을 추었던 모양이다.

어이, 황영조, 김완기, 김재룡! 너희들 셋이 각각 메조 열끗, 흑싸리 열끗, 팔공 열끗인가? 그래서 한국의 고도리라도 된다는 건가?

마당에서 별 쳐다보며 잠자다가 비나 맞지 말도록. 닛봉의 새 고도리는 여기에 있다.

모리시타는 문득 하마다씨의 익살스런 말투와 몸짓을 떠올렸다. 육상경기 연맹 강화위원장인 하마다씨가 연습 중인 모리시타, 나카야마, 다니구치를 불러놓고 그렇게 말한 일이 있었다.

"나카야마군, 다니구치군, 그리고 모리시타군. 제군은 니혼 마라톤의 삼총사 아니 고도리다. 한국 따위를 적수로 삼지는 말도록. 한국은 요즘에 바르셀로나 마라톤에서 연분홍빛 꿈을 꾸고 싶은 모양이다. 그러나 알고 보면 그건 돼지잠에 개꿈이다.

니혼 마라톤의 기록과 전통은 하루 아침 한두 사람의 힘으로 쌓은 게 아니니까 절대 허물어지지 않는다. 한국의 정신적 고향

백두산이 2,744m라면 우리 니혼의 후지산은 3,776m. 후지산이 1,000m나 더 높다는 걸 명심 명심할 것. 에, 또, 그러니까, 그 1,000m는 한국과 니혼의 마라톤을 비교할 때 거리로도 1,000m의 격차가 있음을 뜻하는 것이다. 한국은 니혼 타도를 목표로 삼겠지만 그건 어디까지나 그들의 소망이니까 마음껏 빌게 내버려두도록. 쓸데없는 존재를 의식하다가는 마라톤의 리듬만 깨지게 된다."

탕! 드디어 출발의 총소리가 울렸다.
하마디씨, 니혼의 고도리가 날아갑니다.
모리시타는 5km를 향하여 달리기 시작했다.

바르셀로나에서 30km 떨어진 마타로 마을, 아홉 시간 뒤, 오후 여섯시 30분, 그곳에선 올림픽의 꽃 마라톤 출발의 총소리가 울릴 것이다.
그런데 이게 무슨 낭패일까?
먹구름을 드리운 하늘이 비를 퍼붓기 시작했다. 엄청난 폭우였다. 물동이로 쏟아 붓는 듯한 장대비였다.
바르셀로나를 물바다로 휩쓸기라도 할 듯한 억수비였다.
길조일까, 흉조일까. 하늘은 도대체 누구의 편인가.
땀옷을 입은 채로 비를 피해 몸을 풀고 있는 완기와 재룡을 물끄러미 바라보며 영조는 생각에 잠겼다.
번쩍, 하고 칼빛이 날았다. 그것은 번개였다.
우르르으-쾅!

알 수 없는 짐승의 울부짖음. 하늘자락을 찢는 천둥이었다.

번쩍, 먹구름 속에서 이는 섬광. 그 순간 영조는 용을 보았다고 생각했다.

한 마리도 아닌 두 마리의 용이 뒤엉켜 날고 있었다. 날카로운 발톱을 세우고 단숨에 적의 멱통을 찌르려는 황룡과 청룡.

여의주라도 다투는가? 우르르으―콰앙.

어디에선가 귀청 가득히 함성이 들려온다.

영조는 무심결에 눈을 감았다.

비제의 오페라 '카르멘', 그 '투우사의 노래'다.

원형의 경기장에서 피 냄새가 달아온다.

영웅은 허리가 잘룩하다던가. 준마처럼 늠름하고 미끈한 몸매의 투우사들이 피를 재운 채 경기장을 행진한다. 몸에 착 달라붙은 중세기풍의 복장, 금술 은술이 눈부시게 화사하다.

투우장의 문이 열리자 온종일 칠흑의 우리에 갇혔던, 사납고 거친 들소 한 마리가 내닫는다. 느닷없이 밝은 햇살 때문에 들소는 미처 제 정신이 아니다.

불루라텔로라고 불리는 투우사가 빨간 천을 깃발처럼 휘두르며 들소의 분노와 홍분을 부채질한다.

길길이 날뛰는 들소. 그러자 이번엔 피카도르라는 투우사가 말을 달려 나와 창으로 소를 찌른다. 상처를 입은 짐승의 분노, 뿔의 분노가 피카도르를 향하지만 그는 몸을 빼내어 퇴장하고 다시 반데릴레로라는 투우사가 교대해 나와 소의 격렬한 돌진을 요리조리 피하면서 여섯 개의 작살을 등에다 목에다 내리꽂는다.

죽음을 예감한 소의 분노는 원형경기장을 빼곡이 메운 사내와

제4장 따라가서 앞지르라 153

계집들의 사타구니를 숨죽이며 젖게 한다.

자, 이제 마지막이다. 투우사 중의 투우사 마타도르가 붉은 천을 걸친 물레타를 들고 나와 부드럽게 몸을 피하며 소를 유인한다.

소는 죽이고 싶다. 소는 그를 죽이고 싶다. 돌진, 돌진. 붉은 천의 조종술로 음악처럼 흐르는 마타도르.

10분, 20분. 소는 온 몸뚱이를 증오로 불사르지만 운명은 이미 마침표를 찍을 준비를 하고 있다.

마타도르의 날카로운 칼끝이 들소의 심장에 깊숙이 꽂힌다. 덜썩 무릎을 꺾는 소.

끝난 것이다. 이승에서는 이제 비통한 울음마저도 울 수 없다. 끝난 것이다.

우르르으-쾅.
비제의 칼멘, 투우사의 노래가 아니라 그것은 천둥이었다.
영조는 눈을 떴다. 여기는 바르셀로나인가?
누가 승자인가. 황룡인가, 청룡인가?
그러나 하늘이 개고 있었다. 먹구름이 걷히고 햇살이 돋고 있었다.
영조는 몸을 풀기 시작했다.

하늘엔 영광, 땅에는 평화.
나는 그런 적이 없었느니라.
바르셀로나의 하늘은 거짓말처럼 개어 있었다.
습도 80%, 기온 27도 안팎, 비가 온 탓인지 여느 때보다도 오히려 1도쯤 낮은 무더위였다.

지중해의 변덕이 애초 이러한 것인지 아니면 오늘의 날씨가 이러한 것인지, 아침나절의 천둥과 폭우는 전설처럼 사라지고 말았다.

비가 그쳤다는 것은 누구에게나 나쁘지 않겠지만 이것은 하늘이 황영조를 위해서 베푸는 자비라고 생각하고 싶다. 영조는 아침의 폭우를 떠올리다가 드높이 푸른 하늘을 한번 흘깃 바라보았다. 그리고 잠시 후 무엇인가를 결심한 사람처럼 웅성거리는 111명의 마라토너 속으로 스며들어갔다.

탕! 출발의 총소리가 울렸다.

총소리에 쫓기듯이 112명의 마라토너들은 지중해의 갯내를 맡으며 들풀마냥 한데 어우러져 바람처럼 달려나갔다.

마타로 마을을 점점 뒤로하며 영조도 어느새 한 마리 줄말처럼 무리의 틈에 끼어들 수밖에 없었다. 마라토너들은 마치 이동해 가는 아프리카의 사슴이나 영양처럼, 3km를 떼 지어 달렸다.

노예사냥꾼이 온다 · 잡히면 끝장이다 · 도망쳐, 어서!

탄자니아의 이캉카는 스와힐리어로 그렇게 외치고 싶었을지도 모른다. 눈 덮인 칼리만자로의 정상엔 왜 표범 한 마리가 죽어 있었을까?

이캉카는 표범처럼 달렸다. 노예사냥꾼의 추적을 피해 도망치던 선조들처럼 뛰고 뛰어 3km 지점을 벗어나면서부터 이캉카는 선두로 나섰다.

300년 동안이나 스페인에게 정복당해 지배를 받았던 멕시코, 스페인군에게 체포되었으나 금이 있는 곳을 끝내 말하지 않은 채 죽었으므로 아즈테카제국 최후의 황제 쿠아우테모크는 멕시코의 가슴에 영웅으로 살아있다.

쿠아우테모크황제시여, 이번엔 제가 스페인을 정복하겠습니다.

멕시코의 후세인도 3km를 넘어서면서부터 혁명의 피를 태우기 시작했다.

후세인은 이캉카와 어깨를 나란히 하며 선두에 나섰다.

올림픽 마라톤을 두 번이나 우승한 맨발의 거목 아베베 비킬라, 멕시코 올림픽의 우승자 마모올데, 세계 최고의 기록 두시간 6분 50초의 딘사모. 그들의 피가 어느 나라의 피냐고 묻지를 말아라. 우리의 조국은, 지혜로운 시바의 여왕 그 피가 흐르고 있는 에티오피아라고 말하리라.

에티오피아의 메코넨도 뒤질세라 머나먼 마라톤 행로의 길바닥에 처음부터 아베베의 피를 흩뿌렸다.

칼타고의 명장 한니발도 우리 앞에선 무릎을 꿇었다. 우리는 세계를 짓밟은 로마제국의 군단. 이탈리아의 보르딘도 황제의 경기병처럼 질주했다.

쿠바의 이그나시오도 선두 무리에 얼굴을 들이밀었다.

탄자니아의 나알리도 이캉카와 더불어 노예사냥꾼들의 추적에서 벗어나고자 화살처럼 날았다.

  3km까지는 누가 선두랄 것도 없었다. 한결같이 모두가 바람이었다. 단지 서른 명쯤이 뒤로 처졌을 따름이었다.
  영조는 좀처럼 앞설 수가 없었다. 그저 바람을 뒤쫓는 바람일 수밖에 없었다.

● 15km
  거무스름한 이캉카의 질긴 두 어깨가 지느러미처럼 미끄러져 나아갔다.
  보르딘의 널찍한 등이 강판처럼 앞을 가로막고 있었다.
  후세인의 엉덩이가 눈앞에서 쉴 새없이 실룩거리고 있었다.
  나카야마의 등도 어김없이 있었다. 바로 그들의 뒤에 완기가 바짝 붙어 달리고 있었다.
  영조는 5m 뒤에서 그들의 등을 보며 달렸다. 이동하는 바람의 떼는 아직도 한 덩어리 그대로였다.
  덩어리는 5km를 통과했다. 비로소 42.195km의 첫 단추를 끼운 셈이었다.
  10km를 향하여, 두 번째 단추를 끼우기 위하여 바람의 무리는 길을 휩쓸며 달려갔다.
  6km를 지날 즈음, 탄자니아의 나알리가 배신자처럼 무리를 제치고 앞으로 나섰다. 그 순간, 후세인의 어깨가 흠칫하고 들썩이더니 놓칠세라 나알리의 뒤에 거머리처럼 달라붙었다. 모리시타도 내빼는 것만은 용서하지 않겠다는 듯이 후세인의 뒤에 다가붙었다. 그

러나 맨앞에 나서긴 했지만 나알리는 섣불리 뺑소니쳐 도망가지 않았다.

앞길을 예측할 수 없는 것이 인생 노정이라면 마라톤도 그와 다를 바가 없다. 비록 험난한 앞길을 미리 조사하여 알았다손 치더라도 언제 어느 곳에서 뜻하지 않게 기력이 쇠잔해질지 그것은 달리는 사람조차도 가늠할 수 없는 일이었다.

더구나 나알리는 바르셀로나의 마라톤 노정이 그 어느 곳보다도 힘들다는 걸 잘 알고 있었다. 가장 괴로울 때, 가장 숨가쁜 곳에서 자신을 이겨내지 못하면 그것은 끝장이었다. 그러므로 바르셀로나의 마라톤 노정 같은 곳에선 미리미리 힘을 비축해둘 필요가 있었다.

그래서 그러했으리라. 나알리도 더 이상 다른 사람들을 제치고 뛰쳐나갈 모험은 하지 않았다. 그 점에선 이캉카나 모리시타나 후세인이나 황영조, 선두 무리의 누구나도 마찬가지였다.

모두들 험난한 앞길을 두려워하고 있음이 분명했다. 평화롭게 보이는 질주 속에는 결국 두려움이라는 또 다른 가면이 숨겨져 있었던 것이다.

그러나 나알리는 용사처럼 달렸다.

9km를 통과할 무렵, 탄자니아의 이캉카가 마침내 가면을 벗어던지고 맨 앞으로 나섰다.

나알리와 이캉카. 그들 탄자니아의 용사들은 아프리카의 초원을 가로질러 그들의 백산白山, 그들의 성산聖山 킬리만자로에 단숨에 닿기라도 하려는 듯 하늘을 찌르는 기세로 함께 나아갔다. 어쩌면 이슬람교도들에게 습격 당해 노예로 끌려가던 마사이족 수쿠마족의 영혼이 이캉카와 나알리를 선두로 인도하고 있는지도 모른다.
 이것이야말로 탄자니아 연합공화국의 표범 두 마리가 일으키는 무서운 휘몰이였다.
 조금이라도 틈을 보이면 나알리와 이캉카는 저 멀리 길의 끝으로 영원히 사라져 버릴 것만 같았다.

 다른 사람들도 나와 똑같은 심정일까? 영조는 최초의 위기를 느꼈다. 너무 처져도 안 된다. 너무 힘을 쏟아도 안 된다. 그러나 저들이 내빼면 어쩔 것인가? 따라잡아야 하는 것인가? 아니다.
 이대로 뛰어야 해. 자문자답하며 영조는 갈등을 일으키기 시작했다.
 아무도 아랑곳하지 않고 아니 깡그리 무시한 채, 저 아프리카의 검은 들소 나알리와 이캉카가 생선 훔친 도둑고양이처럼 별안간 곧장 내뺀다면 그때 나는 어떻게 해야 하는 것일까. 행여 생선 비린내라도 얻어 맡을까 바라면서 나 역시 이 떼거리에서 이탈하여 힘껏 그들의 꽁무니를 뒤쫓아야 할 것인가? 그러다가 일찌감치 쇠진하여 허우적거리게 되면 부처님 맙소사, 만사 도로아미타불 아닌가.
 참아야 한다. 영조는 지그시 끓는 피를 애써 다독거렸다.
 지금 이대로, 지금 이대로 묵묵히 달려야 한다. 머지않아 나알리와 이캉카의 기세는 한풀 꺾일 것이다.
 그러다가도 또 가슴 한 구석에서 스멀스멀 피어오르는 의구심을 영조는 쉽게 떨칠 수가 없었다.

…그러나, …그러나, 나알리와 이캉카도 머저리가 아닌 이상 그들 나름대로 촘촘한 각본을 썼을 것이다.

어이, 이캉카, 우리 아무래도 살금살금 뒤따라가다가 30km쯤에서 제쳐야 하지 않을까.

그것도 괜찮긴 하지만, 나알리, 내 생각엔 서둘러 끝장을 내는 게 좋을 것 같아. 왜냐하면 바르셀로나의 마라톤 코스가 험난하다는 걸 알고 모두들 처음엔 몸을 사릴 게 틀림없어. 모두가 머뭇거리고 두려워서 쭈뼛쭈뼛거릴 때, 10km쯤에서부터 우리는 대담하게 내빼는 거야. 어깨도 나란히, 우리는 밀월을 즐기며 내친김에 그 길로 까마귀 떼를 떨구고 훨훨 날아서 몬주익 경기장에 입성하는 것이지.

흠흠, 허를 찌르자는 건가.

그도 그렇지만, 요컨대 탄자니아의 독수리가 까마귀 떼와 함께 날 수는 없다는 거지.

이캉카와 나알리가, 그런 각본을 짜지 말라는 법도 없지 않은가.

이캉카와 나알리는, 어쩌면 지금 그런 음모를 결행하려는 찰나에 있는지도 모른다. 영조는 머리를 절레절레 흔들었다.

어찌할거나, 어찌할거나.

영조는 영조에게 묻고 또 물었다.

"어떤 일이 있어도, 그 누가 꼬리를 흔들어도, 35km 전에는 앞서지 말아라. 상대는 누가 뭐래도 세계 초일류의 슈퍼스타들이다. 하나 하나가 내로라 하는 마라토너들이다.

　35km 전에는, 절대로 앞서지 말아라, 마라톤은 나와 나의 싸움이다. 때가 이르지 않았는데도 앞서고 싶다는 어설픈 유혹을 이기지 못한다면 그것은 나 자신에게 지는 것이다. 결국 뒤지고 만다.

　누구와 동행하느냐, 마라톤에선 무엇보다도 그것이 중요하다. 글 잘하는 사람과 동행하면 문자 속이라도 배우지만 도둑놈하고 동행하면 오랏줄에 묶이기가 십중팔구다.

　참아라, 참아라. 35km까지는 절대로 참아라."

경기 한 시간 전에 정봉수 감독은 필사적인 주의를 주었다.
참아라.… 하마터면 잊을 뻔했다. 영조는 어금니를 깨물었다.
참아라, 참아라… 영조야 참아라.
이제 생각하면 그것은 그리운 말이기도 했다.
어머니는 영조에게 걸핏하면 참으라 했던 것이다.
국수로 때우면서도 그랬고 옥수수로 한 끼를 채우면서도 그랬고 고구마로 또 뱃속을 얼렁뚱땅 속이면서도 그랬다. 그저 줄창 참아라였다.
어머니만 그런 것이 아니었다. 애랑이 누나도 '영조야, 참아야 돼.' 으레 그런 눈빛을 던지곤 했다. 나중엔 미랑이 누나조차도 덩달아서 입만 열면 '참아라'를 뇌까리는 판이었다.
　참을 게 따로 있지. 배고픈 걸 어찌 참누. 하도 들은 말이라서인지 영조는 볼멘 투정조차도 시들하게만 여겨졌다.
　게다가 강원도 삼척 추위가 어디 예삿 추위라야 말이지. 오죽해야 '강원도 안 가도 삼척'이라는 속담이 생겼을라구."

애써 강원도에까지 갈 것 없구먼. 안 가도 여기가 삼척 못지 않게 춥구먼그려. 그런 말이 나올 만큼이나 호되게 추운 삼척. 삼척하고도 근덕면 초곡리. 궁짜가 들었다하여 또 말하기를 궁촌리라 부르는 바로 그 마을.

고향은 생각만 해도 오들오들 떨렸다.

추웠던 고향, 배고픈 고향, 가난으로 덕지덕지 찌든 고향. 그 고향에서, 글쎄 어머니나 애랑이 누나는 눈물 젖은 눈으로 노상 '참아라'를 외곤 했던 것이다.

영조는 겨울에도 국수만 먹어야 했다. 그것도 퉁퉁 불어터진 국수였다. 한 끼라도 늘려먹고, 조금이라도 더 배를 채우기 위해서 어머니는 부러 국수를 불어터지게 했다.

보리밥에 감자라도 쿡쿡 박아 먹으면 좋으련만.

그 해 겨울, 밖에선 칼바람이 쌩쌩 몰아치고 있었다. 궁짜 마을을 얕보아서인지 바람마저 인정머리 없이 거세게 들이치는 혹한이었다.

땔나무가 달랑달랑했던지 그 날도 방안은 한데나 마찬가지였다. 방고래 구들장이 사람 덕보려고 궁둥이를 반길 판이었다.

앉아있어도 사뭇 오슬오슬 떨리기만 했다. 뱃속에선 꼬르륵꼬르륵 쥐새끼소리가 났다.

애랑이 누나가 찐 고구마를 소쿠리에 담아 들어왔다.

"또 고구만가?"

배는 고팠지만 먹기도 전에 생목부터 올라왔다.

영조의 까아만 눈동자에 허연 쌀밥 밥풀알이 대롱대롱 매달려있었다. 버얼건 쇠고깃국 국물이 그득히 고였다. 그건 갈망이었다.
아, 쌀밥!
국수도 싫어, 감자도 싫어.
옥수수도 싫어.
고구마도 싫단 말이야!
"영조야, 오늘은 내가 고구마를 맛있게 먹는 법을 가르쳐 줄게."
애랑이 누나가 영조를 꼬드겼다.
"치이…."
애랑이 누나는 김칫국물을 떠오더니만 껍질 벗긴, 찐 고구마를 김칫국물 속에 넣었다. 넣더니만 숟가락으로 으깨고 짓이기기 시작했다.
김칫국물로 버무린, 찐 고구마. 그건 애랑이 누나가 만든 최초의 강원도식 고구마 요리였다.
자, 먹어봐. 애랑이 누나가 생글생글 웃으며 디밀었다.
싫어! 영조는 울상을 지었다. 투정이자 응석이었다.
"영조야, 참아야지."
그때도 누나는 또 '참아야지'였다.

얼키설키 엉켰던 갈등을 풀어내면서 영조는 마침내 참기로 마음을 굳히고 평정을 되찾았다.
국수가 됐든, 고구마가 됐든 어머니 말대로 참자. 애랑이 누나 말마따나 참자.
정봉수 감독의 말대로 참자.
35km 지점까지는 무작정 참자.

이캉카와 나알리의 질주를 좀더 지켜보자.

"날씨도 생각보다는 덥지 않다. 어쨌거나 모리시타만 물고 늘어져라. 모리시타와 동행하라.그러면 몬주익 경기장의 결승선이 활짝 가슴을 열고 너를 반길 것이다."

정봉수 감독은 어째서 유독 모리시타를 겨냥했을까?
기록으로 본다면 오히려 다니구치가 더 빠르지 않은가.
다니구치라면 두시간 7분 40초의 기록을 가지고 있는 선수다. 결코 호락호락한 존재가 아니다. 나카야마만 해도 2등 따위를 하려고 출전한 것은 아니다.
어떻든 지금은 누구를 마지막 동행으로 삼아야 할지 예단할 수가 없다.
아프리카의 검은 빛이 저렇게 선두에서 번쩍거리며 기세 등등한 걸 보면 아직은 최후의 동반자를 점찍을 때가 아니다.

10km를 지나면서 선두를 이룬 덩어리가 작아졌다. 30여명이 떨어져나가 그럭저럭 쉰 명쯤으로 줄어든 것이다.
브라질의 산토스도 맨 앞에서 준마처럼 달리고 있었다. 모리시타도 있었고 김재룡도 있었다. 나알리와 이캉차는 말할 필요도 없었다.
11km지점에 이르자 남아연방 공화국의 싱게가 갑자기 아메리카 사자 퓨마처럼 앞으로 내달았다. 마치 20m 저쪽에 사슴이나 토끼가 도망이라도 치고 있다는 것처럼 싱게는 눈부신 속력으로 질주

했다. 이거야말로 살쾡이를 경계하는 판에 표범이 뛰쳐나온 꼴이었다.

그러나 싱게는 한 마리 치타에 지나지 않았다.

고양이과의 포유류로 시속이 1백 12km나 될 만큼 빠르지만 불과 5백m도 못 가서 지치고 만다는 치타. 싱게의 눈부신 속력도 치타처럼 1km를 견디지 못했다.

12km 지점에 이르자 싱게는 처지고 이캉카가 다시 선두를 탈환했다.

그때부터 한국의 과밀 학급 학생 수만큼이나 북적거렸던 쉰 명쯤의 선두 무리는 서서히 세 패거리로 나뉠 조짐을 보이기 시작했다.

14km 지점에 이르자 이번엔 나알리가 동료인 이캉카를 제치고 다시 한 번 앞장을 섰다. 끌어주고 밀어주고 주거니 받거니, 이캉카와 나알리의 합작 연출이었다. 그러나 그것으로 그뿐, 모닥불처럼 활활 타오르던 나알리와 이캉카의 불꽃도 그쯤에서 사그라들고 말았다.

이캉카와 나알리, 그들의 속력이 죽어가는 낌새가 느껴졌다. 영조는 결국 이들이 최후의 통행자가 될 수 없음을 확신했다.

15km 지점에 이르자 오히려 브라질의 소자가 밀렵꾼처럼 몰래 속도를 사냥했다.

소자가 맨 앞으로 나섰음에도 이캉카와 나알리는 뿌리치려는 의욕을 보이지 않았다.

이캉카여, 나알리여, 그대들의 도망도 이제는 끝난 듯하다.
영조는 소자의 모험을 눈여겨볼 필요성이 있다고 판단했다.
마라톤 평야를 달려서 조국의 승리를 전하고 죽었다는, 그리스 병사 필리데피스의 혼. 그 넋들이 이처럼 줄기차게 이승의 길을 재촉할 줄이야.

● 30km

거칠고 억센 사람들만 오라.
목숨처럼 자유를 보듬는 사람들만 오라.
지중해의 소금기를 싣고 속삭이는 듯한 코르시카섬의 목소리가 들려온다.
무지개를 쫓아 코르시카의 바닷가를 달렸던 보나파르트 나폴레옹, 그가 들은 영웅교향곡은 아마도 지중해의 바닷바람 소리였으리라.
나폴레옹이 태어난 곳, 나폴레옹 소년 시절의 섬 코르시카도 바로 지중해 저어기 어디쯤에서 꿈을 꾸고 있을 것이다.

멕시코의 군인 가르시아가 돌연 16km 지점에서 바람처럼 앞장을 섰다.
포병 소위에서 일약 황제로 등극하는 영웅의 꿈, 가르시아는 그것을 꾸고 싶었는지 모른다. 그러나 가르시아가 꿈을 꾼 시간은 고작 3분 정도에 지나지 않았다. 그는 1km를 겨우 달린 끝에 에티오피아의 메코넨, 김재룡, 김완기, 황영조, 일본의 나카야마에게 선두를 물려주고 쓸쓸히 졸병으로 되돌아갔다.

세론과 더불어 꿈꾸었을 그들 멕시코 혁명의 깃발은 더 이상 나부끼지 않았다. 아니, 26km 지점에서 세론의 몸부림이 없었던 것은 아니나 '그것은 소리 없는 아우성, 저 푸른 해원을 향하여 흔드는 영원한 노스탤지어의 손수건'에 지나지 않았다.

멕시코여 안녕. 애국가와 기미가요(일본 국가)에 파묻혀 '멕시코의 용사들'(멕시코 국가)은 희미해져 갔다.

'독수리가 뱀을 물고 선인장에 앉아 있는 국기', 멕시코의 삼색국기는 이제 경쟁 상대 중에서 떨쳐버려도 좋을 것 같다. 영조는 비로소 새로운 확신 하나를 추가했다.

내 숨소리가 거칠면 네 숨소리도 평화롭진 않으리라.

내 지친 영혼이 나래를 접고 그늘에 내려 쉬고 싶을 땐 너도 한 모금 샘물이 그리운 나그네이리라.


하낫, 둘, 셋, 넷…

20km의 바탈로마를 지나면서부터 나그네의 무리는 스무 명쯤으로 눈에 띄게 줄어들었다. 열 명의 속도가 또 사라진 것이다. 아직 절반도 채 오지 못했는데 인생이란 본시 이런 것인지. 벌써 113명 중에서 아흔 명 이상이나 떨어져나가고 말았다.

숲을 뚫고 내를 건너 언덕을 넘어, 길은 멀리 아득히 뻗어만 있는데 어디론가 총총히 자취도 없이 사라지는 나그네들.

아아 길의 허무여!

그러나, 살구꽃 모란꽃이 지면 석류꽃 패랭이꽃이 이어서 피고, 해바라기 장미가 지고 나면 산수유꽃 단풍이 또 곱지 아니하던가. 단풍이 지기만을 기다려 동백은 붉은 꽃망울을 숨기고 있다. 또 푸른 솔잎은 말없이 차가운 하늘을 우러르고 있다.
 그렇구나, 삶이란 게 그렇구나.

 운명아 비켜라, 내가 간다.
 숨 죽이던 김재룡이 맨 앞에 나섰다. 김완기도 그 뒤에 바짝 붙어 틈을 주지 않았다.
 질소냐, 모리시타도 일장기가 새겨진 가슴을 드러냈다.

 건드려 볼까?
 우리 백두산족은 셋이서 함께 가련다. 네 뜻은 어떤가?
 영조는 모리시타의 심중을 두드려보고자 슬쩍 모리시타를 앞질렀다.
 김완기와 김재룡, 황영조가 갑자기 한 덩이리가 되어 삼두마차처럼 선두의 무리를 박차고 나설 조짐이 보이자 모리시타는 아연 긴장했다. 왠지 모르게 그 순간 쭈뼛, 털이 곤두서는 느낌이 들었다.

 감히!
 어이, 조센징. 너희들 셋이서 내빼기라도 할 수작인가. 찹쌀무찌에 이빨도 안 들어 갈 소리!
 이쪽 닛봉도 삼월 춘풍 사꾸라 셋이 모두 지금, 활짝 피어 있다. 너희들 조센징 개구리 세 마리는 입을 벌리지 않아도 시커먼 뱃속까지 다 보이는구나.
 모리시타는 다니구치와 나카야마를 돌아보며 흘낏 눈길을 보내고는 김완기 쪽으로 이동해 갔다.
 나카야마는 모리시타의 눈길을 받고 그 뜻을 알아차렸다. 다니구치 또한 그걸 모를 리 없었다.
 모리시타, 기 죽지 말아.
 자칫하면 오늘의 강력한 맞수가 조센징이 될지도 모르는 상황이 펼쳐지자 아까부터 다니구치는 잔뜩 자존심이 상했다.
 기다려, 모리시타. 내가 엄호하겠다.
 저 황색 조센징 세 마리는 결국 우리들의 가마우지가 되고 말 테니까.
 어이. 가마우지 조센징, 나를 따라 외쳐라. 덴노 헤이카 반자이, 하고.
 36년 동안 너희 조센징은 늘 외치지 않았던가?
 덴노 헤이카 반자이!(천황 폐하 만세!)


 가마우지는 가마우짓과에 딸린 새다.
 일본의 기후현에서는 이 야생의 가마우지를 잡아다가 부리를 깎아내고 한 쪽 날개의 깃털을 잘라 날지 못하게 한 뒤에 강물 속에 잠수시켜 은어잡이로 부려먹는다. 가마우지의 목 아랫부분은 교묘히 실로 묶여 있어서 은어를 잡아 삼켜도 뱃속으로 넘어가질 못한다. 가마우지가 물위로 떠오르면 뱃전으로 끌어올려 은어를 뱉어내게 한다. 가마우지 쪽에서 보면 열심히 먹이를 잡아 바치는 꼴이니 사람에게 철저히 조롱당하는 셈이다. 그야말로 비참한 노예로 전락한 새다.

다니구치는 나카야마에게 눈짓을 하고는 이를 갈며 앞으로 나서기 시작했다.

1885년, 일본 게이오대학의 창시자인 후쿠자와 유기치는 '탈아론脫亞論'에서 하룻망아지 서울길 재촉하듯 턱없이 재잘거리고 있다.
"우리는 이웃나라(조선, 중국)가 개화하는 것을 기다려서 함께 아시아를 일으킬 시간이 없다."

1953년의 한일회담에서 일본 쪽 수석 대표인 쿠보다 캉이치로오가 암창 난 암캐 걸떡이듯 지껄여댔다.
"36년 동안, 일본이 한반도를 통합한 것은 한국인에게 유익했다."

1962년, 요시다 시게루라는 자의 입은 수챗구멍보다도 더 퀴퀴했다.
"일본은 이토 히로부미의 가르침에 따라 한국에 뿌리를 내리지 않으면 안 된다."

1965년 한일회담에서는 수석대표 다카수기 싱이치가 언청이 째보 주둥이에 퉁소 갖다 대듯 바람 새는 소리를 이죽거렸다.
"사람에 따라, 일본은 한반도 36년 간의 통치에 대해서 사과하라는 자가 있다. 그렇다고 할 말이 없다고는 할 수 없을 것이다. 일본은 한반도를 지배했지만, 우리는 좋은 짓을 해왔다. 현재의 한국을 보라. 산에 나무 하나 없다. 20년만 더 일본과 관계가 지속되었다면 이런 일은 없었을 것이다.
 일본더러 사과하라는 것은 지나친 말이다. 창씨개명도 좋았다. 이것은 한국인을 일본인과 똑같이 취급하기 위해서 한 조치였다."

 1974년 1월, 일본 국회에서는 수상인 다나카 가쿠에이가 원숭이 똥구멍처럼 말간 소리를 질질 흘렸다.
 "지난 날 일본과 한반도의 합방시대가 오래 지속됐습니다만 한국이나 또는 그 밖의 사람들 의견을 들어보면, 긴 합방의 역사 가운데 한민족의 가슴 속에 심어져 있는 것은 김(해태) 재배기술을 한국인에게 가르쳐준 일이라든가 일본 교육제도의 보급이었습니다."

 1974년 3월에는 일본 경제단체 연합회 회장 우에무라 코오코로오가 고양이 치질 앓는 소리를 야옹거렸다.
 "석유 위기에 의하여 한국의 원자재도 부족하지만 내지(內地)에서도 부족 상태에 있다."
 내지라는 말은 일제 36년 동안, 한반도 땅에 대해 일본땅을 가리켜 일컫던 말이다. 곧 한국을 속국 식민지로 의식해서 쓰는 방자한 말투이다.

 다니구치의 할머니 아버지 어머니, 다니구치의 이웃, 다니구치가 만난 일본의 냄새와 생각도 요컨대 다나카나 쿠보다나 다카수

제4장 따라가서 앞지르라 171

키와 진 배 없었다.

조선민족이 불쌍하게 된 것은 역사적 운명이었다. 일본이 침략하지 않았더라도 다른 나라가 짓밟았을 것이다… 전쟁이 끝난 지 몇 십년이 지났는데도 일본에는 한국인이 지지리도 많다. 저희도 저희 나라가 있을 터인즉 저희 나라로 돌아가라고 해라. 그들은 일본의 기생충이다.

한국은 본래 일본의 영토였는데 일본이 전쟁에 졌기 때문에 그만 빼앗겼다. 그래서 우리 아이들은 노는 장소가 좁아졌다.

한국인은 코를 손가락으로 풀고는 옷에 문질러 버린다. 한국인은 더러운 야만인이다. 손도 씻지 않고 밥을 먹는다. 마늘을 먹고는 고약한 냄새를 풍긴다.

조센징하고는 상대도 하지 말아라.

한국에 대한 일본인의 생각과 말과 행위는 하나같이 이런 식이었다.

다니구치가 김완기나 김재룡을 비웃는 것은 어쩌면 당연했다.

다니구치가 황영조를 경멸하며 안중에도 두지 않는 것은 너무도 당연했다. 어린 수탉은 결국 늙은 수탉한테서 우는 법을 배우는 게 아니던가.

1988년에 에티오피아의 딘사모가 2시간 6분 50초의 경이로운 기록을 세웠지만 다니구치의 2시간 7분 40초도 어마어마한 대기록이

였다. 따라서 다니구치는 기록 하나만으로도 김재룡

황영조 따위와 다툰다는 것은 기분이 구겨져 참을 수가 없었던 것이다.

일본은 모든 게 '탈아시아'가 아닌가. 건방지게시리…

다니구치는 할복자살이라도 할 쥬신구라(일본의 전통가부키 연극. 영주의 원수를 갚고 47명의 무사들이 할복 자결한다는 이야기)의 사무라이처럼 온몸을 일본도마냥 번뜩이며 앞으로 내달았다.

그러나 23km 지점에서 다니구치의 오기는 물거품처럼 허무하게 스러지고 말았다.

나카야마, 모리시타!

빨강 신호등도 함께 건너면 괜찮은 거야. 다니구치는 마음 속으로 속삭였다.

다니구치는 나카야마, 모리시타와 함께 바야흐로 삼각편대를 이루려는 참이었다.

그런데 어찌 알았으랴. 바르셀로나에는 바르셀로나 귀신이 있었다. 그 귀신이 훼방을 놓을 줄이야. 다니구치는 미처 알 수 없었다.

식수대가 눈에 들어오자 선두 무리는 목을 축이기 위해 재빠르게 그곳으로 다가갔다.

다니구치도 물이 그리웠다.

마라톤의 길목 곳곳에 놓인 식수대에서 물병을 낚아채는 데에도 요령이 필요하다.

달리는 속도가 새어나가지 않도록 자연스럽게 길가로 휘어져 다가가서 그대로 물병을 집어들고는 다시 휘어져 길 복판으로 달려

나와야 한다. 달리다가 덜컥 멈추는 동작은 리듬을 깨게 마련이므로 하나의 금기사항이라 할 수 있다.

팔을 뻗어 물병 하나를 집어들었다, 하고 생각하는 순간 다니구치는 길바닥에 엎질러진 물기에 미끈덩 미끄러져 물받이통을 차고 말았다. 오른쪽 신발이 벗겨진 것은 바로 그 때였다. 조심조심 속도를 죽이며 다가갔더라면 그런 일은 없었겠지만, 속도를 줄이지 않았다해서 그것을 다니구치의 불찰이라고는 할 수는 없었다. 그것은 그저 다니구치의 운명이었고 저주 받은 찰나에 지나지 않았다.

다니구치는 엄청난 낭패감으로 허둥지둥 허리를 굽혀 신발을 주워 신었다.

다른 선수들의 거친 숨소리가 다니구치의 귓바퀴를 스치며 획획 지나갔다.

식수대 어디에선가 다니구치에게 보내는 짧은 비명이 울려왔고 그것은 다니구치의 가슴을 갈갈이 찢어놓았다.

누구의 비명이었을까? 혹시 요오코의 비명은 아니었을까?

일어나면 다다미 반 장, 누우면 고작 다다미 한 장, 인생은 그런 것!

다니구치의 가슴 속에서 또 하나의 다니구치가 허무하게 웃었다.

선두로 치닫기 시작하는 나카야마를 도와 모리시타에게 영차 영차, 기운을 대어주려 했던 것은 물론 다니구치의 화和라고 할 수 있었다.

그러나 다니구치라고 그것이 다는 아니었다. 언제까지나 일본인 셋이서 화和만을 유지할 수는 없었다. 백색과 흑색의 적들을 따돌린 뒤에는 결국 셋의 화和는 제각기 길을 달리할 수밖에 없는 노릇이었다.

'떠오르는 별'이라 하여 일본 마라톤계는 모리시타에게 잔뜩 기대를 거는 눈치였지만 다니구치는 그런 만큼 내심 요오시, 하고 단단히 벼르는 참이었다.

그랬는데…. 다니구치는 신을 고쳐 신고 고개를 들었다. 고개를 들었을 때 다니구치는 건너편 길가의 나뭇가지 위에 앉아 있는 한 마리의 새를 발견했다. 다니구치와 눈이 마주친 순간 새는 앞서가는 선두의 무리를 쫓기라도 하듯 푸드둥 날아올라 갔다.

다니구치의 곁을 스쳐 지나간 바람의 떼는 벌써 50m나 저 멀리 꼬리를 끌며 사라지려 하고 있었다.

"다니구치씨, 마라톤 때문에 그 동안 빼먹은 데이트를 벌충하려면, 바르셀로나에서 귀국하는 대로 아마 마라톤 데이트를 해야 할 걸요."
"마라톤 데이트?"
"그럼요, 적어도 3박 4일쯤은 각오해야 돼요."
"어디를, 어떻게?"
"기차를 타고 가는 에키벤 데이트, 어때요? 그건 제가 지은 거예요."
요오코가 생글생글 웃으며 그렇게 말한 것은 다니구치의 우승을 기원하는 뜻이었으리라.

에키벤(정거장이나 열차 안에서 파는 도시락. 역마다 그 고장 특유의 향취있는 에키벤을 만들어 팔고 있다.) 데이트!

쿄오와 사무이데스네. 요오쿄. 오늘 다니구치는 춥다.
아무래도 난 눈물 젖은 에키벤을 먹을 것 같다.
다니구치는 붉은 눈으로 멀어져 가는 선두 무리를 바라보았다.

동해의 작은 섬 갯벌 흰 모래밭에
내 눈물에 젖어 게와 노닐다.
문득, 이시가와 다쿠보쿠의 단가를 떠올리며 다니구치는 해거름의 그림자처럼 쓸쓸해졌다. 러닝셔츠 한 장만큼의 거리를 따라잡지 못해 피눈물을 뿌리는 게 마라톤이 아니던가. 그런데, 이지경이 되고 말았다.
아득히 멀리, 50m의 거리를 벌리며 기차처럼 사라지려는 선두의 꼬리를 바라보며 다니구치는 남몰래 펑펑 울었다.


"일본 마라톤의 세 마리 고도리 중에서, 바르셀로나의 하늘을 가장 빨리 날 새는 누가 되겠습니까?"
아사히 신문의 우노 기자가 물었을 때 감독은 물론 그렇게 말했다.
"에또, 아무래도 다니구치군이라고 보아야겠지요. 기록이라든지, 근성이라든지, 노련미라든지, 뭐로 봐서라도…."
그러나 다니구치는 알고 있었다. 그것이 결코 감독의 혼네(속마음)가 아니라는 것을.

다테마에(겉으로 드러내는 명분)는 다니구치를 꼽지만 그러나 혼네는 모리시타에게 기대를 건다!

누가 떠오르는 태양을 막으랴. 일본사람이라면 누구나 혼네는 모리시타를 점찍고 있을 것이다.

그러기에, 다니구치 역시 모두의 혼네를 깨뜨리고 보란 듯이 금메달을 따려는 야망의 혼네를 감추고 있던 터였다.

두고보자, 그랬는데… 50m, 아아, 그것은, 지금으로선 절망의 거리였다.

푸드등, 날아간 새여, 너는 어디로 갔는가.

눈물을 훔치고 다니구치는 다시 달리기 시작했다.


23km 지점에서 있었던 다니구치의 비명횡사(?)는 모리시타의 마라톤 인생길에 짙은 먹구름이자 충격이었다. 이로써 모리시타는 백만 대군을 잃은 채 단기필마로 고군분투하지 않으면 안 되었다.


25km 지점에서부터 김재룡과 나카야마는 8m쯤 뒤로 처지고 있었다.

나카야마만이라도 어깨동무하기를 바라던 모리시타에게 그것은 또 하나의 외로움이었다.

한국의 김재룡이 떨어져 나간 것은 '오데마에 죠오다시 시마스(차려준 차를 마시겠습니다.)'하고 머리를 숙일 일이었지만, 한국은 아직도 황영조 김완기 두 송이 풀꽃이 질경이처럼, 끈질기게 모질게 살아남았다.

다니구치는 못 따라오는 것인가?
나카야마도 생각보다는 일찌감치 제풀에 지쳐 허우적거리고 있는 듯하다.

바카야로(바보자식)! 칙쇼(빌어먹을)!
모리시타는 속으로 투덜거렸다.
칙쇼, 칙쇼!
언제는 마라톤이 호랑나비 쌍쌍이 어우러져 날듯 짝 맞춰 뛰는 것이더냐.
칙쇼, 칙쇼!
김완기, 황영조! 좋다.
너희들 둘이서 앞장을 서서 몬주익 경기장까지 안내해 다오.
나는 '오이스키 오이코세.(따라가서 앞지르라)' 할 테니까.

26km 지점에서 베티올이 잠깐 반짝하고 모습을 드러냈으나 여름 하늘의 별똥별처럼… 사요나라(안녕), 그는 스러지고 말았다.

112명 중에서 남은 건 어느 덧 세 사람뿐.
드디어 셋인가.
그러나 모리시타는 둘이라고 생각했다.
김완기 황영조, 너희는 하나.
그리고 나 모리시타도 하나!

● 40km

한수정후 미염공(수염이 아름다운 사람이라는 뜻) 관운장의 적토마가 갈기털을 흩날리며 짓쳐오는 듯 싶더니 청룡언월도가 비스듬히 반원을 그려 바람을 가른다. 아뿔사, 한 치의 틈만 허락해도 허리가 잘려져 나갈 판이라 등골이 오싹하다. 겨우 혼백을 수습하는 찰나에 이는 또 누군고. 연인 장비 익덕의 장팔 사모창이 춤추듯 가슴을 겨냥해 오니 간담이 서늘하다.

일본주식회사의 새파란 조무래기, 이놈 모리시타야! 네가 나를 모른다 하겠느뇨?
관운장의 대갈일성처럼 김완기가 숨쉴 겨를도 주지 않고 토끼몰이로 밀어붙인다.
섬나라 원숭이 한 마리가 감히 누굴 대적한다 하느뇨!
장비의 곤두선 터럭처럼 황영조가 찌를 듯 달려든다.
칙쇼, 칙쇼(빌어먹을, 빌어먹을)!

김완기와 황영조의 협공을 앞뒤로 받으며 모리시타는 구운 게처럼 새빨갛게 달아올랐다.
재수없는 포수는 곰을 잡아도 웅담이 없다더니, 오늘은 아무래도 재수 옴 붙은 날인가 보다. 어쩌다가 저놈들하고 티격태격하는 꼬라지가 되었을까.
백색인은 어디가고, 흑색인은 어디가고 누런 황색인 둘만 남았단 말인가. 이 모리시타는 지금 복장이 미어져 견딜 수 없다.

30km를 지나면서부터 모리시타는 비로소 울리던 심금을 가라앉혔다.

더 이상 살 빛깔은 따지지 말자.

동해바다가 푸른지 일본 바다가 푸른지 이제는 오히려 그것만을 생각하자.

김완기 황영조 너희들 씨름은 삼판 양승일지 모르지만 일본 씨름은 오직 단판일 뿐이다.

물로 입안을 행구고, 종이로 몸을 닦아내고 깨끗한 소금을 거듭 거듭 도효(일본 씨름판)위에 뿌리는 스모 선수처럼 모리시타는 어느덧 마음속으로 경건한 의식을 치르고 있었다.

바야흐로 '세키가하라의 결전'(도쿠가와 이에야스는 이 싸움에서 이겼고 그 결과 이로부터 기나긴 에도막부 시대가 열린다)이 다가오고 있다.

오다 노부나가도 도요토미 히데요시도 그 조급함 때문에 결국 단명했다면 도쿠가와 이에야스야말로 참고 참은 끝에 세키가하라의 대승리를 거머쥐지 않았던가.

나는 도쿠가와 이에야스가 되지 않으면 안 된다.

바르셀로나 마라톤의 요코즈나(일본 씨름 스모의 천하장사)가 되기 위해서는 느긋이 기다려야 하리라.

모리시타의 그런 심증을 아는지 모르는지 김완기가 맨 앞에 나서서 모리시타와 황영조를 이끌어 가기 시작했다.

모리시타는 내심 쾌재를 불렀다.

그래그래 김완기, 앞서서 달리거라.

이왕이면 황영조, 너도 김완기와 나란히 앞장을 서라. 그래야 나 모리시타가 오이스키 오이코세(따라가서 앞지르라)하지 않겠는가.

그러나 황영조는 좀처럼 앞으로 나서지 않았다. 쑥 먹고 마늘 먹고 환생한 곰처럼 모리시타의 뒤에서 그저 따라오기만 했다.
모리시타는 하는 수 없이 김완기를 앞세운 채 황영조를 혹처럼 매달고 달려야만 했다.
이 혹을 언제 어떻게 한다? 그때 길가 군중들 틈에서 귀에 익은 일본말 한마디가 날아왔다.
기미가와 지요니 야지요니!
모리시타의 귀는 나발처럼 입을 열고 그 소리를 빨아들였다. 그것은 언제 들어도 달콤한 조국이었다.

"기미가와 지요니 야지요니!"(천황의 세대는 천대 만대!)
그것은 모리시타에게 외치는 어떤 일본인의 응원임에 틀림없었다.
그것은 '네덜란드인의 피에 끓는 것(네덜란드 국가)'도 아니었고 '이탈리아의 형제들이여(이탈리아 국가)'도 아니었고 '왕의 행진곡(스페인 국가)'도 아니었다.
그것은 언제 들어도 뭉클한, 야키소바(묶음국수)처럼 그리운 일본의 와카(和歌) 일본의 국가(國歌)였다.
그것은 일본인 모리시타의 피를 끓게 하기 위하여 일본의 형제들이 보내는 일본왕의 행진곡이었다.
김완기와 황영조의 틈바구니에서 괴로움을 씹던 모리시타에게

제4장 따라가서 앞지르라 181

그 외침은 폐부라도 적실 듯한 한 줄기 소낙비였다.

… 천황의 세대는 천대 만대, 조약돌이 큰 바위가 되어 이끼가 낄 때까지.

나라라는 게 뭔지, 스페인 땅에서 듣는 기미가요의 한 구절이 이렇게 짜릿할 줄이야.
그러자, 기미가요의 뒤를 이어 마치 기다렸다는 것처럼 또 다른 외침 하나가 날아왔다.
"김완기 황영조! 오늘은 손기정이 우승한 날이야!"
무슨 소리인지 알 수는 없었지만 모리시타는 손기정이란 말을 듣는 순간 직감적으로 그들이 한국인이라는 걸 깨달았다.
손기정,
1936년 베를린 올림픽에서 히노마루(일장기)를 달고 뛴 조선의 '기테이 손'을 가리키는 이름이리라.

안 됐지만 김완기, 그는 조선의 손기정이 아니라 닛봉의 기테이 손이다.
황영조, 아무리 고개를 저으며 피눈물을 흘려봤자 기테이 손의 가슴에 붙었던 것은 너희들의 태극기가 아니라 우리들의 히노마루였다. 그것이 역사의 진실이란 거다.
도대체가 조센징, 너희들은 왜 과거에만 집착하는가.
좋다, 너희들은 과거를 향해 돌아가거라. 이 모리시타는 내일을 향해 뛰겠다.

일본이 사랑하고 일본이 열렬히 존경하는 인물 중의 하나가 도고 헤이하치로 해군제독이다. 청일전쟁 때에도 함장으로서 눈부신 전과를 올렸지만 러일전쟁에서 그는 러시아의 발틱함대를 격파한 연합함대 사령관으로서 일약 일본의 영웅이 되었다.

그 도고 제독이 발틱 함대와 결전을 벌이기 직전에 본국에 보낸 전문의 첫머리는 '파도는 높고…' 였다.

파도는 높고 …

모리시타는 기미가요와 손기정을 뒤로하며 문득 그 말을 떠올렸다. 일본인의 가슴 속에서 도고 제독의 아름다운 한 마디는 언제나 비장한 결의로 살아 꿈틀거린다!

아아, '파도는 높고 …'

와타나베 선배님, 드디어 '파도는 높고 …'입니다.

한 시간 30분 정도가 지나면 일류의 마라토너들은 대체로 30km 지점을 통과한다.

이때부터 그들은 극심한 고통으로 차라리 죽고 싶다는 유혹에 시달린다. 그런데 기미가요와 손기정, 둘 중의 어느 응원 하나가 그랬는지 아니면 둘 다가 그랬는지 모리시타의 가슴속에서 불꽃이 새삼 되살아난 것만은 사실이었다.

'파도는 높고 …'.

모리시타는 전의를 달구었다.

가자, 모리시타의 일장기는 새롭게 뜨거워져서 힘차게 펄럭였다.

모리시타가 깃발처럼 나부낀다.

모리시타가 힘차게 펄럭인다.

모리시타가 날치처럼 물살을 가르며 퍼득인다.

모리시타의 싱싱한 냄새를, 김완기는 짐승처럼 온몸으로 빨아들이고 느꼈다.

모리시타가 왜 갑자기 새삼, 버들개지 물오르듯 파릇파릇해졌을까?

4분의 3을 넘으면서부터는 드러내지만 않을 뿐 어떤 마라토너라도 지치게 마련 아닌가.

이상하다. 알 수 없는 일이다.

완기는 고개를 갸웃거렸다.

모리시타의 위장일지도 모른다.

조금만 더 지켜보자, 조금만 더.


마라톤의 주파는 크게 두 가지 경쟁형태로 나타난다.

30km지점을 전후로 일찌감치 경쟁자들을 따돌리고 독주하는 형태가 그 하나고 엎치락뒤치락 막판에 이르기까지 다툼을 벌이다가 극히 짧은 시간만을 비로소 독주하는 형태가 그 둘이다.

경쟁자를 일찌감치 따돌린 하나의 경우는 자신과 자신이 싸우는 철저한 '절대고독'일 수밖에 없다.

그러나 둘의 경우라고 해도 마라톤이 가진 고독의 본질이 달라지는 것은 아니다. 경쟁자와 동행하는 시간이 길다고는 해도 뭐랄까, 그것 역시 '견고한 고독'이라고 말할 수 있다.

셋이 함께 달리면서도 혼자만이 느끼는 견고한 고독, 완기는 그

늪에 빠져 있었다.

동아마라톤에서 김재룡과 처절하게 각축했던 것처럼 영조가 됐든 모리시타가 됐든 완기는 목숨을 건 진검 승부를 하고 싶었다.

상대가 모리시타 아닌 황영조라 할지라도 결코 지고 싶지는 않았다.

영조야, 나도 길을 사랑하는 마라토너다.

들러리가 되기는 싫다.

길이 있기에 나는 내 길을 가고 싶을 뿐이다.


…그러나, 황영조!

오늘의 이 길은 아무래도 내 길이 아닌 것 같다.

이 길은 아무래도 우리들의 길, 현해탄을 사이에 둔 숙명적인 한일의 길인 것 같다. 42.195km.

황영조 너는 그것이 무엇을 의미한다고 생각하는가?

지금 모리시타와 달리고 있노라니 …42.195, 그것은 일본이 우리를 짓밟은 세월처럼 느껴진다.

황영조 한일의 마라톤 역사는 아무래도 다시 써야 한다.

그들이 우리들의 영혼을 목 조르고 우리들의 땅을 갉아먹으며 지배의 첫걸음을 내디딘 것은 1902년 어느 날이었다….

황영조, 우리는 42.195년 동안 그들에게 조선의 순결을 짓밟혔던 것이다….

42.195의 길고 긴 시간은 우리들이 짓밟힌 고통과 수난이다.

우리가 우리의 길을 달리지 못했던 42.195년의 세월.

자 황영조, 이제 우리의 앞에는 42.195의 고통이 뻗어 있다. 그

길에 일본인 모리시타가 뻔뻔한 얼굴로 일본의 길을 가고 있다.
 황영조, 세계가 지금 우리를 보고 있다. 56년 전의 베를린을 보고 있다.
 우리는, 너는 기테이 손이 되겠는가, 손기정이 되겠는가.
 황영조, 오늘의 최후 결전은 네가 말아라.
 나는, 다음에, 영조 너에게 도전하겠다. 아니, 나 자신에게 도전하겠다.
 부디, 이 김완기의 피눈물을 기억해다오.

 완기는 드디어 장렬한 죽음의 순간을 노리기 시작했다.
 더 끌어주고 싶지만, 영조. 내 영혼은 나래를 접고 쉬고 싶어한다… 내 시체를 넘어, 영조, 이제는 홀로 가라.
 33km지점에서 완기는 마침내 영조에게 눈짓했다.
 가아, 어서 가아!
 영조의 눈이 완기의 그윽한 눈빛을 빨아들였다. 완기 형, 고마워.

 너는 끝장이구나.
 모리시타는 김완기가 뒤로 쳐지는 순간 신음했다.
 황영조, 드디어 너와 나만인가!
 황영조가 슬쩍, 모리시타를 앞질렀다.
 모리시타의 입가에 싸늘한 웃음이 희미하게 번졌다.
 모리시타는 황영조의 신발을 보았다.
 황영조, 너는 넉살좋게도 일제 마라톤 신발을 신고서 달리고 있군. 네 꼴은 마치 기모노를 입고 조선춤을 추겠다는 이야기가 아닌가.
 차라리 아베베처럼 맨발로나 뛰실 걸.

 모리시타, 기운이 아직 남았는가?
 황영조는 모리시타의 기력을 저울질한 뒤에 다시 모리시타에게 선두를 넘겨주었다.
 한 달 전, 스페인으로 떠나오던 날, 코오롱회사는 황영조를 비롯한 선수들에게 특별히 자체 개발한 마라톤 신발을 건네주었다. 그러나 황영조는 길들일 겨를이 없어 할 수 없이 늘 신던 일제 신발을 신어야 했다.

 아쉽다, 분하다.
 황영조는 모리시타의 눈길이 신발에 닿았던 것을 느꼈다.
 모리시타, 나는 일제 신발을 신은 것이 아니다. 나는 일본을 신은 것이다.
 나는 일본을 밟고 있는 것이다. 일본은 지금 내 발 아래에서 비명을 지르고 있다.
 모리시타여, 너는 아는가? 황영조는 지금, 일본을 신고 있는 것이다.

 35km지점을 지나면서 황영조는 2m가량 앞서 달리는 모리시타에게 다가가 어깨를 나란히 했다.
 황영조는 짐짓 어깨를 부딪쳤다.

모리시타, 근력은 여전하신가? 저어기, 콜럼부스 동상이 서있군 그래.

모리시타는 흠칫, 놀라는 듯했으나 살기 어린 눈빛을 대답으로 되돌려보냈다.

기미가요와 지요니 야지요니(천황의 세대는 천대 만대) …
모리시타는 달렸다.
동해물과 백두산이 마르고 닳도록…
황영조도 달렸다.
사사레이시노 이와오도 나리데(조약돌이 큰 바위가 되어) …
모리시타는 달렸다.
하느님이 보우하사 우리나라 만세…
황영조는 달렸다.
고케노 무스마데(이끼가 낄 때까지) …
모리시타는 또 달렸다.
황영조도 쉬지 않고 달렸다.

황영조는 달리고 달렸다.
어머니가 물질하던 동해바다의 쪽빛. 영조는 어머니의 자맥질을 떠올렸다.
상산 조자룡이 예 있다. 모리시타는 청총마처럼 달렸다.
전복을 따기 위해 한겨울에도 뛰어들던 어머니, 잠수를 끝낸 뒤의 어머니 입술은 시푸르둥둥했다. 물속에서 나오자 마자 어머니는 온몸을 부랴부랴 문지르기 일쑤였다.

모리시타는 황영조를 한 발 앞서 달렸다.
두어 번, 앞서거니 뒤서거니 선두를 주고받기도 했지만 황영조는 결국 모리시타의 뒤에서 줄기차게 뒤쫓아가기만 했다.
황영조, 너는 내 뒤에서 구린내만 맡을 셈인가? 앞장서거라!
그렇다, 모리시타. 구린내를 앞세우겠다. 모두들 일본 냄새를 알아야 하니까.

앞장 서! 모리시타가 으르렁거렸다.
어림없다, 모리시타. 내 인생은 나의 것, 네 앞길이나 걱정해라.
황영조도 거친 숨을 가다듬으며 말없이 대답했다.

바카야로(바보자식), 이 조센징! 네놈들 토끼처럼 생긴 조선땅을 다시 짓밟아 주겠다.
모리시타가 파르르 성깔을 부리는 듯 눈꼬리를 찢었다.
뭐야? 네놈들 일본 땅덩어리는 축 늘어진 사내 좆같지 않은가. 원한다면 주물러 줄 수도 있지.
영조도 활활 불꽃을 이글거렸다.

황영조, 너는 지금 죽고 싶을 정도로 고통스러울 것이다.
모리시타가 황영조를 뒤돌아보았다.

모리시타, 잘 말했다. 나는 괴로워서 죽고만 싶다. 그러나 죽을 수는 없다.

너는 살고 싶은가? 그렇다면 어디 나무 그늘이라도 찾아서 엎어지게.

황영조, 이제 곧 4km의 비탈길, 자살의 언덕이 나타날 것이다. 그곳은 네 무덤이 될 것이다. 어떤가, 그곳에서 포근히 잠들지 않으려는가?

모리시타, 아흐레 삶은 호박에 이빨도 안 들어갈 소리다. 내 고향 동해바다의 쪽빛이 금빛으로 보일 때까지 나는 뛰고 또 뛸 것이다.

황영조, 이 모리시타는 1만m 아시아 기록 보유자다. 네가 감히 나를 상대한다는 것이냐?

모리시타, 너는 작년 뱃푸 마라톤 대회에서 두 시간 8분 53초였지 않은가. 나, 황영조는 뺏푸에서 두시간 8분 47초였다. 이래도 1만m 기록이니 어쩌니 흰소리를 늘어놓겠는가.

너는 나에게 6초가 뒤지고 있다는 걸 알아라. 그러나 오늘 이 바르셀로나에선 적어도 20초 이상 앞질러 주겠다.

모리시타는 자살의 언덕을 오르기 시작했다.
황영조도 자살의 언덕을 오르기 시작했다.

어머니, 이곳은 마라토너의 영혼을 영원히 잠재운다는 지옥의 언덕입니다.

어머니, 저를 조금만 밀어주십시오.

영조는 어머니가 바르셀로나의 더운 바람으로 불어와 등을 어루만지고 있다고 생각했다.

38km지점, 모리시타가 슬금슬금 영조의 눈치를 몰래 훔쳤다.

영조는 모리시타의 눈빛이 흐리다고 생각했다. 숨소리도 거칠다고 생각했다.

언덕이 끝나가고 있었다.

그 누가 말했던가. 오르막이 있으면 반드시 내리막도 있다고.

모리시타여, 우리는 이제 헤어질 때가 된 것 같다. 만나는 자 헤어지고, 헤어지는 자 언젠가는 또 만나리.

영조는 운명의 주사위를 던지기로 결심했다.

잘 있거라, 모리시타여…

40km를 200m쯤 앞둔 내리막길.

어머니이, 영조는 갑니다.

모리시타, 모리시타.

영조는 모리시타를 뿌리치고 시위를 떠난 화살처럼 내달았다.

● 최후의 2.195

강호의 소문도 짜하니 두 패로 갈라졌다.

날으는 제비도 벤 사사키 고오지로오야말로 당대 제일의 검객이다.

천만의 말씀. 미야모도 무사시의 검법은 바야흐로 활인活人의 경지라 하지 않는가. 사사키 고오지로오는 그의 적수가 아니다.

소문을 숨죽이기 위해서가 아니라 두 사람의 대결은 피할 수 없는 하나의 운명이었다.

작은 섬의 은빛 백사장에 갈매기는 오락가락 날고 푸른 바다가 햇살에 유난히 눈부시다.

사사키는 그 유명한 장대칼, 무사시는 목검.

목숨을 건 두 사람의 일전은 차라리 평화로워 보였다.

몇 합을 겨룬 끝에 천 년이라도 갈 듯한 고요가 찾아들었다.

피맛에 굶주린 사사키의 장검이 고독한 살기를 띠고 무사시의 가슴을 겨누었다. 무사시는 무심히 땅을 보는 자세였다.

정중동靜中動인가, 동중정인가.

얏!

사사키의 장검이 일순, 정적을 깨며 날았다.

한 길 가까이 몸을 솟구친 사사키는 머리에 질끈 동여맨 무사시의 수건이 너풀거리는 걸 보았다. 그 수건과 함께 무사시의 머리가 수박처럼 쪼개졌다.

이겼다.

마음 속으로 뇌이며 사사키는 싱긋 웃었다.

그러나 그것은 한낱 환영에 지나지 않았다. 사사키의 장검은 무사시의 수건을 잘랐을 뿐, 그 순간 사사키의 머리통은 무사시의 일격에 무참히 으스러지고 말았다.

초창기의 올림픽 마라톤이 지구력의 싸움이었다면 1972년 미국의 프랑크 쇼터가 2시간 12분 19초의 기록으로 뮌헨올림픽에서 우승한 뒤부터 마라톤은 눈부신 속도로 질주하는 자만이 살아남을 수 있었다.
그런 뜻에서 1만m 아시아 최고 기록 보유는 모리시타가 자랑하는 눈부신 장검, 사사키의 장대칼이었다.

황영조, 지금껏 지구력으로 버티어 온 것만도 장하다. 그러나 스피드 없는 지구력은 아무 짝에도 쓸모가 없다. 그건 결국 등뼈 부러진 호랑이나 마찬가지다.

모리시타는 황영조를 단칼에 벨 틈을 엿보고 있었다.
40km지점이 될는지 41km지점이 될는지 섣불리 장담할 수는 없었지만 기회는 오리라. 모리시타는 그렇게 그렇게 발톱을 감추고 있었던 터였다.
그런 차에 황영조가 내리막길에서 화살처럼 내달았던 것이다.
설마…. 그런데 설마가 모리시타를 잡고 말았다.

뚜우—.
떠나는 뱃고동 소리는 구슬프기만 하다.
모리시타는 점점 멀어져가는 황영조를 망연히 바라보았다.

마음과는 달리 다리가 떨어지질 않았다. 이럴 수가….

졌다!
무사시의 목검에 사사키는 졌다.
황영조의 목검에 모리시타의 장검이 졌다.
황영조에게, 막판 질주에서 나는, 나는, 나는… 졌다.
20m… 30m… 40m… 황영조는 아스라히 사라져갔다.

한 사나이가 도道를 찾아 사람의 발길이 닿지 않는 깊고 깊은 산속을 찾고자 했다.
산을 넘고 또 산을 넘고 그는 첩첩산중으로 깊이깊이 들어갔다. 그러던 어느 날, 그는 문득 깨달은 바 있어 길게 탄식했다.
어느 새 인가가 가까워졌구나. 너무 깊이 산 속에 들어와 버려!
내가 마치 그 사나이의 꼴이 되고 말았다.
황영조를 의식하되 결국은 황영조를 의식하지 말았어야 했다. 나는 황영조라는 산속에 너무 깊이 들어간 나머지 결국은 황영조의 바깥쪽으로 나와버리고 말았다.
길은 이미 있었다. 그런데 나는 사람이 가지 않은 새 길을 찾으려고 지나치게 집착했는지도 모른다.
모리시타는 사라지려는 황영조의 뒷모습을 놓치지 않으려고 안간힘을 썼다.
어림잡아 70m는 떨어진 것 같다.
놓쳐버린 기차처럼 기적소리를 끌며 황영조는 자꾸만 저 멀리 어디론가로 혼자만의 길을 달려가고 있다.

황영조, 인생은 마라톤이다.

너와 나의 마라톤은 이제 시작일 뿐, 끝났다고 생각하면 오산이다.

이 응어리는 반드시 되돌려 주겠다.

와타나베 선배님, 모리시타는 졌습니다. 따라가서 앞지르라고 하셨습니다만 오히려 황영조에게 당했습니다.

이 모리시타는 쫓기다가 되레 뒤지고 말았습니다. 쫓기는 걸 싫어하는 일본인의 근성에 먹칠을 했습니다.

그러나 모리시타는 '죽어도 아니 눈물 흘리겠습니다.'

모리시타는 황영조가 뿌린 진달래꽃을 밟기라도 하듯 몬주익 경기장을 향해 통한의 발걸음을 재촉했다.

모리시타가 바짝 쫓아오는 낌새는 없다.

흘깃, 뒤를 훔쳐본 뒤에 황영조는 비로소 모리시타를 이겼다고 확신했다. 그러나 아직 고삐를 늦출 때는 아니다. 황영조는 달리면서 생각하고 생각하면서 또 달렸다.

나머지, 최후의 2.195km.

자, 막이 내리려 한다.

가자!

모리시타를 해치웠다.

일본을 해치웠다.

황영조는 달렸다

황영조는 달렸다.

저것이 몬주익이다.
황영조는 마침내 스타디움에 첫발을 내디뎠다.
전광판 시계가 두 시간 12분 22초를 가리키고 있었다.
최후의 2.195km도 끝나려 한다.
남은 것은 기껏해야 0.095Km도 채 안 되는 거리일 뿐.
와아… 와아!
함성이 일고 있다. 그것은 8만의 소리였다.

1920년 10월 12일. 유관순은 감옥에서 잔혹한 고문과 영양실조로 죽었다.
이화학당은 시신을 넘겨받았다.
시체는 머리, 몸통 그리고 팔다리 모두 여섯 토막이었다.
밥에다는 모래와 횟가루를 섞어서 먹이고 머리에는 콜타르를 칠하고 머리가죽은 벗겨내고 겨드랑이와 음부의 털은 불에 달군 인두로 태우고. 코와 귀는 면도날로 자르고 손톱 발톱도 집게로 뽑고. 그것이 주검으로 변한 유관순의 모습이었다.

1895년 10월 7일밤. 오카모토 류우노스케라는 자가 지휘한 일본 군인들이 궁궐에 잠입하여 명성황후 민비를 난도질했다. 심장이 채 멎지 않은 명성황후를 그들은 다시 숲 속으로 옮겨 능욕한 뒤

석유 불길 속에 던져 태웠다.

 고향은 부산. 꽃다운 나이의 그 처녀는 샘에서 물을 긷고 있었다. 물동이를 막 머리에 이려는 순간 일본인 순사가 붙잡았다. 처녀는 놀라서 물동이를 떨어뜨렸다.
 처녀는 손을 묶인 채 싱가폴로 끌려갔다. 아침부터 일본 군인들은 짐승처럼 달려들었다. 처녀는 하루에 60명 이상을 상대하기도 했다. 그 이름은 종군 위안부, 정신대.

 1919년 4월, 수원의 제암리 마을. 교회당에 수십 명을 가두고 문을 잠근 일본군은 총알 세례를 퍼부은 뒤 불을 질렀다. 쏴서 죽이고 다시 태워서 죽였다.

 모리시타가 아직도 안 보이는 걸 보면 20초 이상 뒤진 것 같다.
 마침내, 모리시타를 제쳤다.
 일제히 일어선 관중들을 향해 손을 흔들면서 황영조는 문득 어머니를 생각했다.

 쓰러지면 안 된다.
 100m만 더 달리면 된다.
 90m… 80… 70….
 사람들의 물결 속에서, 아우성 속에서 아까부터 할아버지 하나가 뭐라고 비명 같은 소리를 지르고 있었지만 영조는 알 턱이 없었다.

눈부시게 하이얀 모시옷에 성성한 백발, 여든 살은 아마 되어 보였다.
잊어서는 안 된다. 그는 숨이 찬 듯 중얼거렸지만 아무도 귀담아 듣지는 않았다.

나는 나의 길을 달려갈 따름이다..
황영조는 달렸다.
까마득한 황영조의 뒷모습을 바라보는 모리시타의 가슴을 절망이 짓누르고 있었다.

황영조는 마지막 1m를 단숨에 내달았다.
그리고 쓰러졌다.

황영조를 보면서 일본은 울었다.

2002년 6월 18일, 일본은 또 울었다.
이날 미야기 경기장엔 비가 내렸다. 슬픈 눈물이 주룩주룩 하염없이 내렸다.
일본은 터키에게 1-0으로 졌다. 일본은 16강에서 주저앉고 말았다.
언제나 한국 축구에게 밀리던 일본은 유소년들을 브라질에 유학시키는 등 바탕을 마련하는 한편 J리그에 생명을 불어넣어 드디어 한국을 앞질렀다.
일본은 아시아의 수준을 벗어났다고 기고만장했다.

'오이스키 오이코세(따라가서 앞지르라).'는 메이지유신이래 근대화를 향한 일본의 국민적 구호였다. 서양의 문물을 받아들이되 언젠가는 서양을 앞지르겠다는 의지가 서린 구호였다.

그 의지대로 일본은 서양을 따라가서 앞질렀다.

마라톤에서도 일본은 한국을 제치고 강국으로 발돋움했다. 조선 사람의 가슴에 일장기를 달게 하지 않아도 그들은 뛰어난 마라토너들를 보유하게 되었다.

마라톤에서도 그들은 한국을 따라가서 앞질렀다고 생각했다. 그리고 그것은 한 동안 사실이었다.

그런데 스페인에서 일본과 한국은 완전히 그 처지가 바뀌고 말았다. 황영조는 두 시간 10여 분 내내 모리시타의 뒤를 따르다가 막판에 앞질렀다. 황영조는 일본의 국민적 구호를 농락한 셈이고 일본은 자존심을 구겼다.

축구에서도 일본은 그만 마라톤의 전철을 밟고 만 것일까?

한국에게 지기만 하던 일본 축구, 그래서 일본은 다시 똑같은 목표를 설정하고 내달렸다. 한국을 '따라가서 앞지르라.'

이것 역시 한 동안 사실이었다. 그런데 다시 비극이 되풀이된 것이다.

일본은 터키를 이기고 8강에 오르지만 한국이 이탈리아를 이기고 8강에 오르기는 힘들 것이다. 축구 전문가를 비롯한 세계의 어느 누구도 그랬고 일본의 언론과 축구팬들도 내심으론 은근히 그랬다.

그랬는데, 그랬는데. 모든 게 어긋나고 말았다.
한국만이 8강에 올랐다. 일본은 졌다.
비가 내린다. 비가 내린다. 일본 열도에 비가 내린다.

## 제5장   로마로 가는 길

 

올라가는 기차나 내려가는 기차나 나그네길에 지친 몸을 달래기 위해 담배 한 대를 빼어 물고 잠시 차창 밖 사투리에 귀를 기울이는 곳.

상행은 연기를 말아 올리며 한양길을 재촉하고 하행은 뱃고동처럼 구슬피 울며 유달산의 목포로 달음질치는 갈래진 길목.

역사의 세월이 덧없이 흘러 이제는 연기 뿜는 기차도 이별의 기적 소리도 사라졌지만 밤 열차의 늙은 길손은 아직도 버릇처럼 얼핏 내려 가락국수로 빈속을 달래나니 여기는 이름하여 한밭 대전.

사람이 그래서 그러한지 산세는 어디를 보나 부드럽고 유장하다.

한가을 단풍이 수삽하게 물들면 청풍은 소슬히 계룡의 허리를 비껴 흐르고 동짓달 시오야 깊은 밤이면 명월은 텅 빈 산에 휘영청 가득하다. 오호라, 청풍과 명월이 짝을 지어 청풍명월 한 쌍이 되었구나.

예로부터 팔도八道의 기질을 넉 자로 추려 말한다.

함경도 사람들은 맹호출림(猛虎出林 용맹한 호랑이 숲에서 나오다)이니 그 기상이 씩씩하고 평안도 사람들은 이전투구(泥田鬪狗 진흙밭에서 싸우는 개)라 끈질긴 투쟁심이 있다.

황해도 사람들은 석전경우(石田耕牛 돌밭을 가는 소)니 끈기가 있고 강원도는 암하노불(巖下老佛 바위 밑의 늙은 부처)이라, 생각이 깊다.

경상도는 태산교악(泰山喬嶽 큰 산과 큰 산)이니 듬직한 맛이 있고 경기도는 경중미인(鏡中美人 거울 속의 미인)이라 명분을 중히 여긴다.

전라도는 풍전세류(風前細柳 바람 앞의 가는 버들)니 붙임성이 좋고 충청도는 청풍명월(淸風明月 맑은 바람 밝은 달)이라 그 가슴이 순정純正하다.

대전. 눈 들어 사방을 휘 둘러보니, 동쪽엔 먹빛 식장산이 우뚝이 머리 들어 대전천을 굽어보고 동남쪽엔 보문산, 북엔 계족산이 섰다.

계족산을 수장首長으로 봉우리 봉우리는 병풍 같은 바람막이. 서쪽으로는 멀리 계룡산이 뭇 뫼를 제압하여 불끈 솟았다. 그러니 철마다 바람은 식장과 계룡을 오가고 달빛은 계족과 보문 사이를 노닐며 천 년을 보듬는다.

둘러싼 산이 있으니 산 그림자를 실어 나를 물은 왜 없겠는가. 대전을 꿰뚫어 흐르는 물이 여덟이 있었으니 그 중에서도 갑천, 유등천은 이십 오리를 흘러가고 대전천은 이십 리를 뻗어 닫는다.

대전천과 유등천은 삼천동에서 남몰래 그윽이 만나 금강으로 떠나고 금강은 다시 흘러 서해에 뜻을 둔다.
그러나 아뿔사, 산은 옛 산이로되 물은 옛 물이 아니던가.
명월은 옛 달 그대로이되 사람만은 다르던가.
대전의 한쪽에선 대청호의 큰 맑음이 차갑게 일렁이고 또 한쪽에선 유성의 온천물이 뜨겁게 솟구친다. 그 차갑고 뜨거운 상반의 이념 속에서 대전은 커지려고 커지려고 몸부림을 친다.
섬나라의 개, 일제 총독부가 공주에서 대전으로 충남 도청을 이전한다던 1931년 당시에 인구라야 2만 너댓 천 명이던 대전, 그 대전이 2002년 지금에 이르러선 150만(?) 식구를 품에 안았다.
백제 시대 회덕군의 작은 마을로서 닭 울고 개 짖던 대전, 그 미미했던 한촌寒村이 오늘에 와선 거꾸로 회덕을 삼키고 대덕을 낳았다
일찍부터, 대도大都가 되리라는 풍수지리설이 있던 곳. 마한 시대의 소국小國이었던 곳.
남으로 남으로 피난의 보따리를 이고 지고 부산까지 내려갔던 함경도 평안도 황해도 사람들이 다시 올라와 눌러앉으며 저자 거리 상권을 휘어잡은 곳.
바람이 통하는 코리아의 네거리, 가라사대 교통의 요충지.
조선 팔도의 이놈이 집적거리고 저년이 기웃거려도 사람 좋게 멀건히 바라만 보는 곳, 그래서 마침내 서울의 온갖 잡놈이 만만히 보고 달려드는 곳, 청풍명월 대전.

이탈리아와 맞장 뜨자. 주사위는 던져졌다.

청풍명월 대전은 이제 루비콘강을 건넜다.
로마야, 기다려라.

해방이 되자 김사랑이 작사하고 박시춘이 작곡한 남인수의 노래 하나가 나왔다. 제목은 '감격시대'. 해방의 감격을 토해내는 격정적인 노래였다.

> 기리는 부른다 환희에 빛나는
> 숨쉬는 거리다
> 미풍은 속삭인다 불타는 눈동자
> 불러라 불러라 불러라
> 불러라 거리의 사랑아
> 휘파람을 불며 가자 내일의 청춘아.

이 노래가 거리를 울리면 일제의 사슬에서 풀린 사람들의 눈동자는 노랫말처럼 타올랐다.
이탈리아와 8강행을 다투는 일전을 앞두고 대전의 네거리, 거리가 그랬다.
불타는 거리, 붉은 악마들의 불타는 셔츠.
불타는 사람들, 불타는 가슴, 뜨거운 숨결.
노은동 월드컵 경기장은 밤새 잠을 못 이루고 설렜다.

6월 16일, 천안 국민은행 연수원에서 이탈리아팀은 기자 회견을 가졌다.
회견장에는 내외신 기자 60여명이 몰려들었다.

회견장에는 플레이 메이커이자 공격수인 프란체스코 토티를 비롯해서 미드필더 참브로타, 수비수 율리아노, 파누치가 나와 앉았다. 기자들이 질문하면 대답은 주로 토티가 맡았다.

"예선 세 경기에서 한 골밖에 허용하지 않았을 정도로 강한 한국 수비진을 상대로 골을 넣을 수 있겠는가?"
"한국 수비가 원한다면 우리는 언제든 골을 넣을 수 있다."
'한국 수비가 원한다면', 이 말에 이탈리아 기자들은 와그르르 웃음을 터뜨렸다.
"몇 골이나 넣을 수 있겠는가?"
토티가 어깨를 으쓱하며 말했다.
"한 골이면 충분하다."
이탈리아가 자랑하는 빗장수비 카테나치오를 염두에 둔 표현만은 아니었다. 한국 정도와 싸우는데 땀 뻘뻘 흘리며 한 골 이상 넣을 필요가 있을까? 나머지 골은 아껴두었다가 8강전 4강전 때 써먹을 것이다. 그런 의미도 들어있는 듯했고. 이탈리아의 수비능력은 그만두고라도 한국이 이탈리아 골문에 과연 골을 넣을 수 있을까? 한국의 능력은 어차피 그쯤일 것이다. 듣기에 따라서 이렇게도 저렇게도 해석할 수 있는, 아무튼 기묘한 대답이었다.

영국의 극자가 버나드 쇼에게 어느 날 기자들이 물었다.
"13일의 금요일에 결혼한 사람은 불행하다는데요?"
그러자 버나드 쇼는 준비라도 해놨다는 듯이 곧바로 대답했다.
"금요일뿐이겠습니까?"

어느 날 어느 요일에 해도 결혼이란 원래 그 자체가 불행한 것이다. 그런 뜻이었다.

"한 골이면 충분하다."
토티의 이 말은 버나드 쇼처럼 재치 넘치는 표현이었다.
그러나 이 말을 토티 개인의 언어 감각으로만 볼 수 있을까? 그렇게 넘기기에는 뉘앙스가 지저분했다. 이탈리아 축구의 자존심, 아니 자존심을 넘어선 우월감이 깔렸음은 물론 한국 축구를 깔아 뭉개는, 폄하가 물씬 풍기는 말이었다.
열일곱 살에 벌써 AS로마에서 주전으로 뛰었을 만큼 토티는 일급 선수였다. 그러나 일급 선수라 할지라도 토티의 국적이 세네갈이었다면, 크로아티아 선수였다면 토티가 그런 소리를 할 수 있었을까?
토티가 그런 말을 할 수 있었던 근본적인 원인은 물론 그 자신의 개인적인 자질에서 이유를 찾아야할 것이다. 그렇지만 이탈리아 선수가 아니었다면, 토티가 그런 말을 할 수 없었으리라는 가정도 할 수 있다.
이탈리아 역사에 대한 자존 의식, 축구 선진국이라는 우월감, 로마라는 도시가 가지고 있을 문화적 자부심 따위가 오히려 토티의 사람 됨됨이를 B급 이하로 떨어뜨린 것은 아닐까?
토티의 말은 이탈리아가 하고 싶은 말이었다. 토티는 이탈리아 축구의 앵무새였을 따름이다. 이탈리아 기자들이 일제히 웃음을 터뜨린 것도 그런 맥락에서 벗어나지 않는다. 의식이든 무의식이든 간에.

그러나 김남일의 말은 어디까지나 김남일이 한 말이었다.

김남일은 에둘러 표현하지 않는다.

김남일의 반응은 직선적이다.

김남일은 토티의 기자 회견 소식을 전해 들었다. 얼마 뒤에 이탈리아 기자 하나가 김남일에게 물었다.

"이탈리아 선수 중 누구를 좋아하느냐?"

기자의 질문은 질문 같은 질문 뒤에 으레 따르는 양념 같은 것이었고 만찬 뒤의 후식 같은 것이었다.

이탈리아팀은 세계적인 스타 군단이니까 축구의 변방 코리아의 김남일이 우상으로 여기는 선수 하나나 둘쯤은 당연히 있을 것이다. 지레짐작으로 이탈리아 기자 역시 무심결에 우쭐한 우월감으로 질문을 했을지도 모른다.

김남일은 짧게 대답했다.

"좋아하는 이탈리아 선수는, 한 명도 없다."

이탈리아 기자는 머쓱할 수밖에 없었다. 토티의 말을 의식한 김남일의 복수였다.

토티와 김남일은 6월 18일 화요일 오후 여덟시 30분, 대전 월드컵 축구 전용구장에서 만나야 할 불과 물이었다.

이탈리아 축구의 공격 스타일은 '먼저 수비 나중 공격' 스타일이다. 카테나치오 수비로 상대의 공격을 빈틈없이 봉쇄한 뒤에 수비라인에서 최전방 공격수들에게 급격히 보내는 긴 패스가 언제나 일품이다. 긴 패스는 역습적인 상황을 연출한다. 그러나 공격수가 무능하면 이 방법은 그저 방법일 수밖에 없다. 이탈리아 공격수들의 능력은 탁월했기 때문에 이 전략은 전통적으로 이탈리아의 핵심 전략이었다.

그렇지만, 만약에 이탈리아 공격수들이 꽁꽁 묶이기라도 한다면 오히려 치명적인 약점이 될 수도 있었다.

토티를 가리켜 유럽 축구계는 천재 플레이 메이커라 평한다. 그는 이탈리아의 중원을 지휘한다. 지난해에는 AS로마의 주장으로 맹활약했으며 AS로마는 이탈리아 세리에A 리그 이탈리아 슈퍼컵에서 우승했다.

이번 월드컵 조별 돌려붙기에서는 인차기의 부상으로 플레이 메이커 대신에 비에리와 투톱을 이루어 공격수로 뛴다. 이런 까닭에 김남일과 토티는 18일의 경기에서 맞상대할 수밖에 없다.

김남일은 토티의 전담 수비수 노릇을 할 것이다.

토티의 탁월한 개인기가 그라운드를 누빌 것인가?

토티는 한국의 문전에서 날카로운 스루패스를 할 것인가, 아니면 김남일이 꽁꽁 묶을 것인가?

프랑스와 치른 평가전에서 지네딘 지단을 무력화하여 스타 킬러가 된 김남일. 폴란드의 공격형 미드필더 시비에르체프스키와 미국의 레이나도 김남일의 로였다.

포르투갈의 핀투와 후이코스타가 들소라면 김남일은 투우사 중의 투우사 마타도르였다. 붉은 천을 두르고 조종하다가 마침내 핀투의 심장 깊숙이 칼을 꽂았던 김남일.

2002 월드컵 8강 진출을 다투는, 6월 18일의 경기.

내외신기자들이 김남일과 토티를 주목해야 할 까닭을 열심히 기사화한 것은 너무나 당연했다.

김남일과 토티의 맞상대 대결이 하나의 관전 포인트라면 홍명보와 파울로 말디니의 대결 역시 볼거리라 할 수 있다.
예선 리그 세 경기에서 한 골만 실점한 한국 수비의 핵은 누가 뭐래도 역시 홍명보였다. 카리스마가 있는, 한국팀의 맏형. 홍명보는 아시아를 대표하는 수비수이며 아시아 축구의 상징이다.
경기 매너는 깨끗하다. A매치 출전 129회.
16강 진출이 확정된 14일 김대중 대통령이 선수들을 격려했다. 그 자리에서 홍명보는 무거운 입을 열어 대통령께 건의했다.
"2006년 독일 월드컵에서도 좋은 성적을 낼 수 있도록 병역을 미필한 선수들의 문제를 해결해 주십시오."
아무나 할 수 있는 말이 아니었다.
예나 지금이나 대통령 앞이라면 냉동실의 돼지고기처럼 얼어터져서 뻣뻣하기 일쑤인 판에 감히 건의라니. 그것은 용기도 필요하지만 맏형 구실이 몸에 밴 사람만이 할 수 있는 행동이었다.
그 자리에서 홍명보의 말과 행위를 보고 들은 후배들은 맏형의 싸나이와 의리에 감복하여 깜빡 죽을 수밖에 없었다. 병역미필자 모두는 너나없이 감격시대의 거리였다.
그러니 홍명보는 믿음직한 맏형이자 보스였다. 후배들이 즐거이 따를 수밖에 없었다.
토끼가 다니는 길목은 일정하다. 홍명보는 토끼를 잡는 길목을 알고 있다. 경기의 흐름을 읽는 눈은 예리하다. 판단력은 뛰어나다.

그는 영원한 리베로다.

홍명보가 서른 셋이라면 파울로 말디니는 서른 넷이다.

아버지 체사레 말디니는 파라과이의 감독을 맡고 있다. 말디니는 아버지의 축구와 피를 이어받았다. 1985년, 열여섯 살 때에 그는 이탈리아의 세리에A에 데뷔했다.

1m 87에 85kg의 탄탄한 체격으로 말디니는 주로 왼쪽 윙백을 맡는다. 대인마크에 능하고 공중볼 처리가 탁월하다. 네스타, 칸나바르와 함께 스리백을 형성하거나 파누치를 가세시켜 포백 수비라인을 완성한다.

A매치 125회 출전.

오라, 아주리 로마 군단이여.
대전이 이탈리아 로마를 부르고 있었다.

한국이 조별 리그를 치른 부산, 대구, 인천은 모두 종합운동장 구장이다.

이탈리아와 격돌할 대전 월드컵 경기장은 축구 전용구장이다.

종합운동장과 전용구장은 차이가 많다.

종합운동장은 그라운드와 관중석 사이에 육상 트랙이 있다. 골문 뒤라면 그라운드는 관중석에서 50m나 떨어져 있다. 사이드 라인이라도 관중석에서는 30m나 떨어졌다.

축구 전용구장은 그라운드와 관중석이 맞붙어 있다. 골문 뒤도 그라운드와 관중석의 거리는 7.5m, 사이드라인이라면 그라운드와 관중석의 거리는 6m밖에 되지 않는다. 홈그라운드의 응원이 상대팀에게 부담을 줄 수 있는 거리다.

불과 7.5m 떨어진 골문 뒤쪽에선 쉴새없이 붉은 악마들의 고함과 야유가 들려온다. 붉은 악마들의 뜨거운 숨소리마저 잡힐 듯이 가깝다.

대전 전용구장에서 이탈리아 문지기 부폰은 아마 반쯤은 넋이 빠져 얼얼할지도 모른다.

'AGAIN 1966'

붉은 악마들이 준비한 카드 섹션 문구는 주술 같은 비수였다. 아주리 군단의 심장을 겨눈 칼끝 앞에서 그들은 섬뜩한 느낌을 받았을 것이다.

아주리 군단 선수들에게 'AGAIN 1966'은 떠올리기조차 싫은, 하나의 저주였다. 이탈리아 선수단과 기자들이 FIFA측에 항의한 것도 역지사지易地思之하면 이해할 만했다.

그러나 'AGAIN 1966'은 비범한 발상이었다.

기억하라, 이탈리아여 'AGAIN 1966'.

기억하라 이탈리아여, 1966년의 박두익을.

기억하라 이탈리아여, 태극선수들은 누구든지 박두익이라는 것을.

이탈리아가 이빨을 드러내고 신경질적으로 으르렁거렸다.

우리는 기억하지 않는다, '1966'을. 그것은 사라진 과거일 뿐.

우리는 언제든지 골을 넣을 수 있다.

칼타고와 로마의 2차 포에니 전쟁.

B.C 217년, 칼타고의 명장 한니발은 피레네 산맥을 넘고 다시 알프스를 넘었다. 로마를 정복하려는 칼타고의 기세는 하늘을 찔렀다.

로마는 떨었다. 스키피오, 스키피오 어디 있는가? 어서 빨리 한니발을 막으라.

로마는 당황했다.

한국팀의 11명은 알프스를 넘어 로마를 정벌하러 한밭 벌 월드컵 축구 전용구장 그라운드에 나섰다.

누가 먼저 선전포고를 한 것인가? 한국인가, 이탈리아인가?

1966년에 이어 한국과 이탈리아는 AD 2002년 6월 18일, 제2차 포에니 전쟁을 시작했다.

휘슬이 울렸다.

### 그대에게

만약에 나를 만나고 싶거든
두메 두메 산자락 어느 모롱이
아무도 밟지 않은 흙으로 오라
잠 못 들어 뒤척이던 까닭으로 오라

해거름이 오면
비로소 그윽한 우리들의 마주보기

언제나 그대를 시리도록 보고 싶다

행여 그대가 두둥실 달로 뜨면
나는 청솔가지 지핀 연기가 되어
머리 풀고 하늘 끝에 피어 닿으리

자, 빈 잔에 그대를 가득 채워서
흘러가는 나를 취하게 하라
그곳이 가야할 청산이라면
맨발에 피가 맺혀 이리더라도
이 밤도 우린 또 가야 하니까.

  설기현과 이영표는 순수한 열정으로 달렸다. 두메 산골 어느 모퉁이, 아무도 밟지 않은 흙처럼 그들은 유럽에 물들지 않은 자연이었다.
  박지성은 잠 못 들어 뒤척이던 까닭으로 뛰었다. 돈은 결코 뛰는 까닭이 될 수 없었다. 까닭은 오로지 축구를 사랑하는 일념, 그 하나였다.
  만약에 피버노바가 두둥실 달이 되어 밤하늘에 매달린다면, 유상철과 송종국은 피버노바를 찾아 하늘 끝까지라도 머리 풀고 쫓으려는 사나이들 같았다. 유상철과 송종국의 집념은 이탈리아를 지배했다.
  최진철과 김태영은 맨발에 피가 맺히더라도 이 밤 내내 청산에 가겠노라고 이를 악물었다. 최진철과 김태영의 의지는 깊고 비장했다.
  태극선수들의 흰색 상의 유니폼은 5분도 되지 않아서 진실과 용기, 순수와 이상의 땀으로 젖어갔다.

포르투갈팀은 몸싸움을 싫어했다. 콘세이상이나 피구를 봉쇄한 것도 한국 선수들이 악착같이 달라붙었기 때문이었다.

이탈리아는 포르투갈과 달랐다.

그들은 뛰어난 체격을 바탕으로 아예 처음부터 싸움꾼처럼 거칠게 나왔다. 이탈리아는 심판의 눈을 피해 폭력을 휘두를 줄 아는 팀이었다. 선수 하나 하나는 비록 그런 점에서일지라도 역시 유럽 일급 프로다웠다.

그들은 기술적으로 폭력을 위장했고 휘둘렀다. 한국을 꺾을 비책이 있다고 호언장담했을 때 이탈리아가 세운 비책 중의 하나는 바로 이것이었는지도 모른다.

이탈리아 선수들은 태극선수들을 초반부터 힘으로 눌렀다. 그 주역은 비에리였다.

비에리는 시작하자마자 김태영의 코를 왼쪽 팔꿈치로 내리쳤다. 헤비급 복서 출신 비에리, 팔꿈치로 KO시키는 방법을 복서 시절에 이미 터득한 비에리. 김태영은 맞아 쓰러졌고 김태영의 플레이는 위축될 수밖에 없었다.

이탈리아는 전반 초반, 거친 몸싸움으로 한국 선수들의 기를 죽였다. 의도대로 이탈리아는 주도권을 쥘 수 있었다.

그러나 전반 5분, 페널티킥을 얻은 것은 오히려 한국이었다.

송종국이 코너킥을 찼다.

코너킥이 있기 전, 선수들은 문전에서 심한 몸싸움을 했다. 축구에선 흔한 일이다.

이탈리아의 크리스티안 파누치가 설기현의 유니폼을 잡고 늘어지다가 잡아당겨 쓰러뜨렸다. 주심은 페널티킥을 선언했다.

경기장 화면에 삼단처럼 치렁치렁한 머리칼이 나타났다.

하늘을 찌를 듯한 붉은 악마들의 환호성.

하느님 잠자기는 다 틀렸다. 키커는 안정환이었다.

안정환은 낮게 깔았다. 골문 왼쪽을 향해 슈팅했다. 이탈리아 골키퍼 잔루이지 부폰은 날치처럼 튀어 안정환의 공을 막아냈다.

페널티킥을 못 넣었다? 그건 실축이다. 그렇다면 실축이랄 수 있겠지만 안정환의 실축이라기보단 부폰의 선방이라고 해야 옳을 것이다.

가정은 부질없는 것이다.

안정환이 페널티킥을 성공시켰다면 게임의 흐름은 완전히 한국으로 넘어왔을 것이다.

한국은 한 골을 지키기보다는 맹렬한 공격을 선택했을 것이다.

신바람, 한국팀은 유난히 신바람을 탄다. 신나는 신바람은 한겨레 특성의 하나일지도 모른다.

페널티킥이 성공했다면 신명 난 한국팀은 전반전을 2-0 쯤으로 끝냈을 것 같다. 그런 다음 만회하려고 수비의 허점을 보인 이탈리아에게 다시 일침을 놓아 후반전에 한 골을 더 넣는다. 그래서 3-0으로 끝났을 수도 있고 3-1로 끝났을 수도 있겠다.

위기 뒤의 찬스라던가?

페널티킥을 막아내자 이탈리아는 '요것들 봐라'는 듯 기세 등등

했다. 주도권은 당연히 이탈리아에게 넘어갔다. 흐름으로 보아 그건 자연스런 현상이었다.

전반 14분에 델피에르가 위협적인 프리킥을 쏘았다.

17분에 델피에로가 페널티박스 근처에서 슈팅했다. 간담을 서늘케 하는 것이었다.

이탈리아는 옥죄고 한국은 숨이 막히고.

다시 1분이 지났다. 전반 18분. 토티가 한국의 왼쪽에서 코너킥을 감아찼다. 프란체스코 토티의 코너킥은 정확하게 한국의 문전으로 감기듯 날아들었다. 쇄도하던 비에리가 최진철을 찍어누르듯 밀어내며 육중한 몸을 솟구쳐 머리로 받았다. 눈 깜짝할 사이에 공은 왼쪽 골네트를 갈랐다.

어이쿠, 골인이었다.

이탈리아는 1-0으로 앞서갔다.

선취골은 이탈리아의 기세에 불을 질렀다. 이탈리아는 마른 봄날에 일어난 산불 같았다. 그들은 온 산을 태울 것처럼 타올랐다.

20분에 비에리가 쏘아대면 28분엔 델피에르가 쏘아대고. 한국은 막고 또 막고.

37분, 수비형 미드필더 톰마시가 2선에서 한국 문전으로 침투했다. 토티는 톰마시에게 날카롭게 패스했다. 골키퍼 이운재는 톰마시와 1-1로 맞섰다. 이것으로 모든 것이 끝날 수도 있는, 아찔한 순간이었다. 이운재는, 선방했다.

처절한 혈투였다.

한국도 여러 번 동점골의 순간을 맞았지만 행운은 따르지 않았다. 페널티킥의 악령이 달라붙은 탓일까?

한 골을 얻은 뒤, 이탈리아는 스리백에서 포백으로 수비수를 늘였다.

어이, 코리아팀, 이게 이탈리아의 카테나치오 포백 시스템이야. 어디들 뚫어보시지!

비웃기라도 하듯 이탈리아의 빗장수비는 뚫리지 않았다.

후반전이 시작되었다.

물러설 순 없다. 물러서면 우리의 뒤엔 시퍼런 강물이 우리들의 주검을 안을 것이다. 살 길은 오직 눈앞의 적을 베고 찌르며 적진을 헤쳐 나아가는 길만이 있을 따름이다. 그 이름은 배수진背水陣.

배수진을 친 한국.

죽기를 무릅쓰고 다가서는 한국과 한국을 거부하는 이탈리아의 카테나치오.

태극인들의 얼굴에 비장미가 서린다.

전반전의 페널티킥은 잊어버려라.

불운을 행운으로 바꾸는 의지, 신은 그런 의지를 짓밟지 않는다. 신은 불운을 신의 탓으로 돌리는 무기력을 징벌한다.

태극의 몸놀림이 빠르다.

이영표의 오버래핑이 있었고 설기현은 측면을 돌파했다.

후반 7분, 안정환은 아크 왼쪽에서 이탈리아 골문을 저격했고 박지성은 아크 지역에서 프리킥을 얻어내 쉴 새 없이 로마를 노렸다.

시간은 흘러갔다.
시간은 누구의 편인가?
시간이 쌓여 세월이 된다. 무정세월 약류파無情歲月若流波, 무정한 세월은 흐르는 물결과 같다.
대전 월드컵 축구 전용구장에선 아득한 세월이 흐르고 있다, 아득한.


후반 18분, 터치라인에서 황선홍이 나올 채비로 몸을 풀고 있다. 아마 페널티킥을 실패한 안정환과 교체할 것이다. 스트라이커와 스트라이커의 교체, 그것은 상식이다.
그런데 이상했다. 황선홍과 교체된 사람은 수비수 김태영이었다.
히딩크는 동점골을 얻기 위해 공격진을 강화할 모양이다. 누구든 그렇게 생각했다.
그로부터 5분 뒤, 참브로타의 발을 밟으면서 왼쪽 발목을 몹시 접질린 미드필더 김남일이 나왔다. 이천수가 김남일 대신 들어갔다.
후반 24분 설기현은 왼쪽을 돌파하여 골문 앞 안정환에게 크로스 패스했다. 절호의 기회였으나 이탈리아 수비는 안정환에게 슛 타임을 허용하지 않았다.
후반 28분 경, 비에리가 단독으로 치고 들어가 이운재와 1-1로 맞섰다. 비에리의 슛은 골대 오른쪽으로 벗어났으나 벗어난 순간 관중석이 술렁였다.

한국과 이탈리아의 일진일퇴, 주거니 받거니.
일진일퇴로 오갈 때 이탈리아는 느긋했고 한국은 초조했다.
안 돼, 안 돼.
안정환은 심한 자책감으로 울며 울며, 울면서 뛰었다.

후반 38분, 히딩크는 홍명보를 빼고 차두리를 투입했다.
수비의 핵인 홍명보를 뺐다? 이것은 무슨 뜻일까?
붉은 악마들은 고개를 갸우뚱했다.

김태영과 홍명보가 빠진 수비, 그러고도 버틸 수 있을까? 또 한 골을 먹을 수도 있는데, 한 골 더 먹으면 상황 종료다. 이건 도박이 아닌가.

도대체 공격수는 몇 명이란 말인가?
안정환, 설기현, 황선홍, 이천수, 차두리, 모두 5명이다. 박지성과 유상철은 수비로 전환했다.
히딩크의 뚝심, 히딩크의 모험, 히딩크의 도박, 히딩크의 배짱이었다.
종반으로 치달을수록 수비에 치중하는 이탈리아, 따라서 이탈리아의 공격력은 둔탁할 수밖에 없다.
수비에 다소 부담이 있다 하더라도 숨 못 쉬고 죽으나 맞아 죽으나 죽기는 마찬가지다. 황산벌 계백장군의 5000 결사대처럼 태극선수들은 서녘하늘을 붉게 물들이는 노을이었다.

공격, 공격, 죽어도 공격.
히딩크는 공격 명령을 내린 것이다.
"죽어도 고!"

유상철과 박지성은 이탈리아의 공격을 빈틈없이 막았다. 그 덕분에 태극은 엄청난 에너지로 핵 분열, 이탈리아 문전을 압박했다.
차두리는 펄펄 날았다. 이제 마악 들어와 힘이 철철 넘치는 차두리는 그러잖아도 남아 도는 힘을 주체할 길이 없던 터라 11초대의 100m 스피드로 조폭처럼 이탈리아를 휘젓고 다녔다. 호랑이 애비에 개자식 없다더니 차범근 아들 차두리는 역시 대성의 싹이 보였다. 과시 차두리로고!
총알 탄 사나이처럼 측면을 돌파하는 차두리를 막으려고 이탈리아는 헉헉거렸다. 몸싸움을 걸어온 이탈리아는 오히려 차두리와 부딪쳐 튕겨 나갔다.
이탈리아 문전 혼전 중에 차두리는 강력한 오버헤드킥을 때렸다. 골키퍼 정면으로 갔기에 망정이지 방향이 조금만 틀어졌어도 그것은 그대로 골이 될 뻔했다.
이탈리아는 차두리를 극도로 경계하기 시작했다.

전광판 시계가 후반 43분을 가리켰다.

폴란드 작가 마레크 플라스코의 전후 문제 작품에 '제 8요일'이란 소설이 있다.
전쟁으로 폐허가 된 폴란드.

여주인공 악니에스카의 소망은 단 한 가지다. 사면이 벽으로 둘러싸인 방 하나, 애인 폴과 인간답게 사랑을 나눌 방 하나이다.

누군가의 시선이 스며들지도 모르는 들판에서 짐승처럼 야합하기는 싫다.

그런 소망 때문에 폴의 뜨거운 욕망을 거부하고 돌아오는 길에 포격으로 허물어진 건물 지하에 끌려가 악니에스카는 불량배들에게 윤간을 당한다. 사랑하는 폴에게, 사면이 벽으로 둘러싸인 인간의 공간에서 주고 싶었던 순수한 몸을.

악니에스카 아버지의 소망은 일요일에 낚시질을 가는 것이다.

전쟁 전에 다니던 주말의 낚시질, 그때 낚았던 연어의 꿈틀거림이 아직도 팔뚝에 생생히 느껴진다. 그러나 악니에스카 아버지의 바람도 언제나 산산이 부서지고 만다.

주말이 되면 어김없이 비가 내리는 것이다.

악니에스카와 악니에스카 아버지의 소망, 그들의 꿈을 이룰 날들은 없다.

월화수목금토일, 이 현실적인 요일들은 그들의 소망을 이룰 요일들이 아니다.

그래서 그들은 소망한다.

월화수목금토일이 아닌, 꿈을 이룰 제 8요일을.

전광판 시계가 가리키는 시간은 후반 43분.

한국팀은 제 8요일을 기다릴 수밖에 없다.

'후반 43분' 그것은 절망과 동의어이다.

그런데 티노가 있었다.
이번엔 그라운드에서 태극선수들과 함께 뛰고 있었다.
아우구스는 자신의 눈을 의심했다.
티노!
티노는 황선홍과 함께 달리고 차두리, 이천수 옆에서 고래고래 소리지르며 뛰어다니만 어느새 박지성 옆에 가 있는가 하면 또 유상철 옆에 가 있곤 했다.
티노도 땀을 비오듯 흘리고 있었다.

아우구스는 일곱 잔째 소주를 들이켰다.
아우구스도 텔레비전도 좀체 취할 것 같지 않았다.
아우구스는 말없이 티노를 바라보았다.


바로 그때, 이탈리아 페널티지역 오른쪽에서 황선홍이 올린 센터링이 길게 뻗어갔다.
공은 이탈리아 수비수 마르트 율리아노 앞에 떨어졌다. 율리아노는 다급하게 공을 걷어냈다. 그러나 당황한 공은 힘없이 설바우드 설기현 앞으로 굴러왔다.
설바우드는 지체하지 않고 왼발 인사이드 킥으로 공을 때렸다.
잔루이지 부폰이 새처럼 몸을 날렸다.
그러나 피버노바는 새보다 더 빨리 골네트를 갈랐다.

그 순간 이탈리아는 털썩 주저앉았다.

이탈리아가 비명처럼 외마디 소리를 질렀다.
"신은 변태다."

아마도 여대생들이 아닐까? 태극기로 치마와 바지를 만들어 입고 뺨에는 모두 태극기 페인트 페이스를 했다. 그 중 하나가 들뜬 소프라노로 말했다.
"너희들 첫사랑 해봤니?"
"이런 마당에 뜬금없이 웬 첫사랑?"
"이제야 고백하는데, 내 첫사랑은 축구야."
"얼씨구, 축구 열녀 났네."
"후반 43분에 동점골, 이런 게 짜릿한 첫사랑이야."

### 첫 사 랑

> 그것은 마술사의 꽃
> 가슴에 꽂힌 찰나
> 혁명을 꿈꾸는 자살 그리고 미수
> 눈 뒤집힌 폭포 그 물보라
> 몰라 몰라 아아아아 몰라몰라.

"동점골이 첫사랑이라면, 결국 깨진다는 거 아냐?"
"깨지는 건 20세기 식."
"21세기 식은 다르니?"
"물론."
"어떻게?"

"동점골로 시작해서 역전골로 마침표. 21세기 첫사랑은 깨지지 않음."

쫑알거리던 여대생들의 입이 다시 꼭 닫혔다. 연장전이 시작된 것이다.

연장전을 시작하자마자 한국은 안정환이 뛰고 설기현이 누비고 황선홍이 날고 이천수가 번쩍이고 차두리가 질주하면서, 갈기를 날리며 내닫는 야생마처럼 이탈리아 문전으로 달려들었다.

연장 전반 14분 토티는 한국의 페널티 지역 오른쪽을 파고들었다. 송종국은 토티를 따라붙으며 태클을 했다. 송종국의 발은 토티보다 먼저 공에 닿았다. 전력으로 달려들던 토티는 큰 동작을 일으키며 넘어졌다. 넘어진 토티는 심판 쪽을 바라보며 두 손을 쳐들었다. '파울을 당했다'는 손짓 몸짓이었다. 그러나 모레노 주심은 토티의 동작을 시뮬레이션 액션 일명 할리우드 액션으로 판정하고 경고를 줬다. 토티는 이미 전반전에 경고를 받은 바 있었다.
 토티는 퇴장 당했다.
 짜르르, 가슴을 찌르는 이상한 느낌.
 행복한 예감!

연장 후반 12분, 경기 시작 117분.
 이영표가 문전을 향해 높게 띄운 센터링이 무지개 포물선으로 날아갔다.
 무지개 포물선의 3분의 2 지점 그곳에 안정환이 있었다. 미국전에서 솟구치던 바로 그 자리였다.
 안정환은 솟았다.
 그 순간 첫사랑의 소프라노, 붉은 악마들의 함성이 폭죽처럼 터져나왔다.

 한국과 이탈리아의 제 2차 포에니 전쟁.
 대전이 로마를 함락하다.
 한국, 8강 진출.
 오, 필승 꼬레아.

 대전은 정복의 도시 로마를 삼키고 더 커지고 싶은 몸짓으로 꿈틀거렸다.

## 제6장  모두 모두 'Be the Reds'

1966년 6월 25일, WBA 주니어 미들급 세계 타이틀매치가 서울 장충체육관에서 열렸다.

챔피언은 이탈리아의 니노 벤베누티, 도전자는 한국의 헝그리 복서 김기수.

니노 벤베투티는 힘과 기술을 겸비한 이탈리아의 국민적 영웅이었다.

동양에선 무적으로 승승장구하던 김기수는 니노 벤베누티를 맞아 영리하게 싸웠다. 치고 빠지는 전술로 착실히 점수를 따서 김기수는 15회 판정승했다.

이탈리아의 신문과 방송은 격렬히 비난했다.

벤베투티는 타이틀을 도둑맞았다.

권투가 됐든 축구가 됐든 이탈리아를 이기는 일은 여러 모로 힘든 일이었다.

한국과 이탈리아의 16강전 결과는 뉴스와 뉴스를 낳고 뒷골목 농담이나 심심풀이 땅콩 같은 뒷이야기를 푸짐하게 쏟아냈다.

홍콩의 동방일보는 기묘한 뉴스를 전했다.
한국이 이탈리아를 이기는 바람에 막대한 손해를 본 축구 도박 마피아가 주심을 본 에콰도르의 심판 모레노를 살해할 계획을 세웠다고.

이탈리아의 일간지 '라 레프 블리카'와 '일 메사세로'는 바이론 모레노 심판 인터뷰 기사를 실었다.
이탈리아 기자들의 취재는 집요한 악의로 가득했고 질문 하나 하나마다가 뒤틀려 있었고 가시 그 자체였다.
가시는 가혹할 정도로 모레노씨의 인격에 파고들었다.

"모레노씨 잘 잤는가. 이탈리아에서는 한국전을 스캔들이라고 한다."
"아주 잘 잤다. 내 결정에 만족하며 양심에 걸릴 것은 없다. 나보고 '로봇이다. 절도다'라고 하는 소리를 다 듣고 있다. 당신들의 여론을 존중한다. 지금은 이성을 잃은 때이다. 곧 지나갈 것이다. 이탈리아가 탈락한 것은 내 탓이 아니다."
"톰마시가 경기 시작 전에 악수하려는데 왜 거부했나?"
"FIFA가 정한 규정에 따랐다. 심판은 선수의 몇 걸음 뒤에 서야 하고 의혹을 피하기 위해 경기 전에는 인사를 나누지 말아야 한다."

"40m나 떨어진 곳에서 어떻게 토티의 행동을 볼 수 있나?"
"FIFA의 시력검사에서 양쪽 눈이 2.0으로 나왔다."
"무엇을 봤나?"
"토티는 나를 속이기 위해 넘어졌다. 접촉은 없었다."
"왜 항상 이탈리아 선수들에게만 휘슬을 불었나?"
"통계를 봐라. 한 팀에 네 번씩 경고를 주었다. 공평했다."
"한국에 페널티킥을 주지 않았는가."
"파누치가 잡아당겼기 때문이다."
"FIFA는 당신 판정을 어떻게 평가하는가?"
"축하 인사를 받았다."
"이탈리아 선수들은 당신이 뚱뚱하다고 하는데…, 균형이 잡혔다고 말하고 싶은가?"
"뚱뚱하지 않다. FIFA 신체검사를 통과했다. 50m 달리기에서 7초를 기록했다."
"진짜 축구선수였나?"
"18세까지 1부 그룹에서 뛰었고 19세부터 심판이 되기 위해 진로를 바꿨다. FIFA 심판으로 활동한 지 7년이 됐다. 1년에 국제대회 20 경기를 비롯해 모두 60 경기 정도를 뛴다."

모레노씨가 자리를 박차고 나오지 않은 것, 기자의 따귀라도 갈길 듯한 시늉도 하지 않은 것, 독설에 독설로 맞받아 치지 않은 이유는 무엇일까?

한국에 진 뒤, 안정환이 몸담고 있는 페루자 구단의 루치아노 가우치는 안정환을 겨냥하여 분노에 찬 욕설을 퍼부었다.

"돈이 없고 길 잃은 염소."

인신공격 끝에 그는 안정환 방출을 내비쳤다. 한마디로 내쫓겠다는 것이었다.

그러나 이 소식은 세계 여론의 몰매를 맞았다.

"유치하다."

"이탈리아는 질질 짜는, 세상에서 가장 큰 아기."

"아이들만 가득찬 나라."

가우치의 아들, 페루자 단장 알렉산드로 가우치는 곧바로 해명하는 등 허겁지겁 불 끄기에 나서기도 했다.

8강을 확정한 골든 골의 주인공 안정환도 이탈리아 신문과 인터뷰를 가졌다.

"지금 이탈리아 국민이 모두 울고 있다."

"나는 조국을 위해 할 일을 했을 뿐이다."

"페루자에서는 네 골밖에 넣지 못했는데."

"이탈리아에 온 지 얼마 되지 않았을 때는 그야말로 비극적 상황이었다. 말도 모르고 음식도 맞지 않았다. 처음 3개월은 아이스크림과 초콜릿만 먹고살았다.

게다가 첫 번째 통역사가 너무나 무책임했다. 감독이 '앞으로 패스하라'고 했는데 '뒤로 처져서 플레이하라'고 통역했다. 그러니 감독 눈에 내가 얼마나 바보로 보였겠는가.

통역사는 바로 바꾸었다."

"가우치 구단주가 당신의 완전 이적을 위해 1백 50만 달러를 지불할 것 같지 않은데."

"가우치 구단주가 뭐라든 지금은 월드컵에서 이기는 것만을 생각하고 있다. 이탈리아 사람들은 한국을 이기는 것이 당연하다고 생각했기 때문에 나만 나쁜 사람이 되었다. 하지만 이탈리아에서 겪은 경험이 나를 더 큰 사람으로 만들어 주었다. 고맙게 생각한다."

"장래가 걱정되지 않는가?"

"걱정하지 않는다. 여러 팀에서 관심을 보인다."

안정환의 골 뒤풀이 반지 키스는 '붉은 악마 우와 우들'의 술자리에서 술안줏감으로 오르내렸다.

폴란드전 첫승은 감격을 낳았고, 감격은 미국전 무승부를 낳았고, 무승부의 아쉬움은 포르투갈전의 희열을 낳았고, 희열은 이탈리아전의 열광을 낳았다.

열광은 또 붉은 악마들을 밤마다 낳았는데 사이가 데면데면하던 사람들도 함께 붉은 악마가 되었고, 어색했던 아버지와 아들도 붉은 티셔츠를 입은 채 어깨동무를 했고, 꼬마에 여고생에 여대생은 말할 것도 없고, 동작 빠른 아줌마들도 어느 새 목이 터져라 쉬어라 붉은 악마의 고함을 질러대곤 했다.

나라고 질소냐, 할아버지 할머니도 붉은 티셔츠를 입고 거리를 나다녔다.

대한민국의 국호는 이제 대한민국이 아니라 '대~한민국'이었다. 그 추임새는 짝짝짝 짝짝.

너도 나도, 아,아, 아,아!
이대로 내버려두면 제주도 돌하루방도 붉은 티셔츠를 입고 나타날 것 같았다.

똥칠을 했다.
속옷에 와닿은 새큼한 촉감으로 보아 어김없이 똥칠을 한 듯하다.
서늘하게 항상 식어 있는 엉덩이 쪼가리에 손가락을 디밀어보니 미끈둥 흘러내리는 홍시 속 같은 물기가 바로 물개똥이었다.
설사 기운이 있었다손 치더라도 어쩌다 이 지경이 됐는지 박영감은 가슴이 섬뜩했다.
바짓가랑이를 타고 똥내가 줄줄 흐른다.
조심을 안 한 것은 아니었다. 행여 볼기짝에 힘이 들어갈까, 조심스럽게 방귀를 내보내려던 참이었는데 똥집이 개개 풀어진 탓인지 어처구니 없이 똥질을 한 것이다. 내 탓은 아니다. 똥탓도 아니다. 억지로 말한다면 먹고 싶지 않은데 먹은 나이 탓이다.
낼모레 80, 적은 나이가 아니다. 차라리 똥감태기 꼴이 됐다면 모르거니와 간릉스럽게도 속옷에 슬그머니 똥칠을 해놓은 꼴이 됐으니 며느리 보기 껑짜쳐서 큰일났다. 아무래도 꼴시럽게 됐다.
늘그막에 내가 똥주머니가 되다니. 기가 막힌다.
웬만큼 식성 좋게 나잇살이나 드셨으면 성큼성큼 황천으로 가실

제6장 모두 모두 'Be the Reds' 231

일이지 깨지락거리며 똥질이나 하는 시아버지, 며느리는 끙짜놓을 게 틀림없다.

눈물이 어렸다. 기분이 게심심했다. 눈물이라도 흘러야 살아온 평생이 조금은 값진 것이 될 것 같다.

겨우겨우 농 서랍을 열어 속옷을 꺼냈다. 똥친 속옷을 둘둘 말아서 구석에다 쳐박고는 할 수 없이 며느릴 불렀다. 할망구가 있었다면 똥을 날마다 싸질러도 무에 그리 창피하겠느냐만 이 모든 주접과 고독을 나에게 등짐 지우곤 저 혼자 훌렁 세상을 떴다.

며느리 몰래 빨까도 했지만, 아니다. 젊어서부터 개집놈 따위 두고 못 보던 박영감의 강퍅한 성깔에는 맞지 않는다.

"왜요, 아버님?"

며느리가 빤히 쳐다본다.

칼을 뺐는데 칼집으로 돌려보낼 수야 있으랴 싶어, 말했다.

"설사기가 있더니만. 저것, 빨으렴."

목소리를 쥐어짜며 박영감은 구석에 쳐박은 속옷을 가리켰다. 창피스럽고 남우세스럽고 발바닥까지 벌개지는 것 같다.

'젊어서 내 성질은 뼈셌다. 그러나 그게 어쨌다는 건가? 젊어서 그러지 않았던 놈 있으면 나와 보라구 그래.'

며느리도 쉰이 다 되었다. 쉰이면 시부모 시중도 시들해지는 나이다.

"쓸데없는 나이를, 내가 너무 먹었어."

"아버님, 갑자기, 무슨…"

안다. 며느리의 속마음을 안다. 늙은이의 어설픈 감상에 대꾸할, 적당한 말이 없는 것이다. 이럴 땐 그저 강주라도 한 잔 마시고 싶다.
"유월 날씨가 이렇게 더워서야, 원."
며느리가 눈치껏 맥을 척 짚는다.
"한 2만 원 드릴까요?"
그래라. 박영감은 비로소 똥친 속옷에서 벗어났다.
"어디 가시게요?"
알면서도 짐짓 던지는 말이다.
"하루 쉬었으니까 김영감한테나 가볼란다."

집을 나서 걸으면서도 똥칠 생각을 하니 구슬프기 그지없다. 밥상머리에서도 늙은이 주접기가 나오는가 보다.
도통 그런 버릇이 없었는데 근자에 내가 몹시 쩌금거리는가 보다. 손자녀석들도 박영감 옆에선 밥을 먹으려 하질 않는다.
박영감은 원래 깔끔한 성미다. 웬만한 사람하고는 겸상도 하지 않았다. 밥찌끼가 붙은 숟갈이 찌개 속을 들락거리면 그 찌개는 그걸로 끝이었다. 숫제 더 이상 숟갈을 대지도 않았다. 물론 숟갈 임자가 눈치 못 채게 배려하긴 했다.
헌데 이제 박영감이 그런 숟가락질을 할 줄이야.
어느 날 우연이었다.
박영감 숟갈이 갔던 찌개는 손자들이 떠먹질 않는다. 숟갈질이 딱 그치는 것이다. 대뜸 지피는 게 있어서 유심히 숟가락을 봤더니만 이게 웬일인고. 박영감 숟가락에 밥찌끼가 붙어 있는 게 아닌가.
모르겠다. 이상하다. 내가 언제부터 이랬는가. 내가 추접기를 떠는구나. 박영감은 놀라고 짠했다.
 "애들하구 드시자면 아무래도 아버님이 불편하실 것 같아서…"
 며칠 뒤, 며느리가 따로 외상을 차려오는데 말은 그렇게 해도 손자들 때문일 것이다.

 박영감, 식구들과 식탁에 앉을 자격을 상실하다.
 허어, 내가, 내가, 내가. 어허, 내가, 내가, 내가. 박영감은 가슴을 앓았다.
 얼굴에 겁기劫氣라도 나타나면 며느리가 무안하리라 여겨 "그러잖아도 내 밥시간이 길어져서 그리 할 참이었다." 어쩌면서 넘기긴 했다.
 남들은 할망구가 끝까지 붙어서 영감 먼 길 가는 것까지 뒷바라지 해준다던데 박영감의 할망구는 시덥잖게 명까지 짧았다.
 '버릇없는 할망구!'
 속으로 씨우적거리며 혼자 밥술을 뜨려니 목이 칵 막히더니 눈 앞이 뽀애졌다. 눈물이었다. 이게 다 추접기가 들어서였다.

 김영감의 이름은 김창식이다.
 박영감하고는 어려서부터 제 불알이 내 불알, 내 불알이 제 불알, 그런 사이였다. 환갑 전까지만 해도 남 안 듣는 데에서는 창식아 창식아 부르던 터였는데 이젠 그리도 못한다. 저나 나나 그럴 듯한 아호라도 있으면 그리 부르겠지만 피차 인생 다 살라먹은 짤라뱅이 주제에 필경은 김영감 박영감 하게 되고 말았다.
 아무도 없으면 다시 한 번 불러봐야겠다. 창식아.

길거리엔 온통 뻘건 애들 투성이었다.

대~한민국. 소리 지르고 손 내밀고.

쟈들이 시방, 기미독립운동이라두 하는 거여?

안다, 알아. 월드컵 축구 바람에 온 나라가 야단이라는 걸. 축구를 왜 몰라, 나도 축구 해봤어.

길거리엔 젊은애들이 개울가 돌멩이처럼 많았다.

저게 다 늙으면 늙은이 될 것들 아닌가. 저것들이 그러니까 늙으면 똥집이 풀려서 바지에 똥칠할 것들 아닌가. 저것들이 장차 할 일없이 밤낮으로 집 지킬 개들이로구나.

박영감의 아버지만 해도 언제나 기세 등등했다.

아버진 툇마루에 앉아 마당 복판을 향해 가래침을 탁탁 뱉곤 했다. 아버지가 기세 좋게 가래침 뱉을 땐 아무도 그 근처에 얼씬거리지도 않았다. 친구라도 와서 아버질 모시고 나가면 그제서야 아버지가 뱉어놓은 가래침을 밟아 문댔다. 아버지의 가래침도 아버지 앞에선 감히 함부로 못할 만큼 외경스러운 것이었다.

김영감 코 빠지게 기다리겠다.

젊은이들 틈바구니에 섞여 이리저리 겨우 탁한 공기 한 모금 얻어마시면서 박영감은 세 시나 되어서야 김영감네 집에 도착했다.

"굼벵이가 기어와도 두 번은 더 왔다 갔겠다?"

김영감이 늦었다고 타박이다. 반갑다는 내색이 내둥 이런 식이다.

"그런 말 말어, 앉아서 기다리는 꼴에. 젊은애들 걷듯 휘적휘적 걸으려면 나인 뭣하러 먹어."

그러나저러나 앉자마자 둘은 장기판을 차렸다.

"오늘은 뭔 내긴 줄 아남?"

젊어서부터 둘은 내기를 밝혔다. 모판의 엿내기. 술내기. 대신 꼴 베기, 대신 김매기, 작든 크든 내기였다. 아들인지 딸인지, 피차 마누라 초산 때도 내기였고 나중엔 내기하지 말자면서 '누가 먼저 내기 하자고 하는지' 내기 하자고도 했다.

"장이야, 아 장 받아."

김영감의 기세가 초패왕 항우처럼 거세다.

흥, 초반에 등등하면 대수냐. 막판에는 우미인도 단칼로 베고 저도 물에 빠져 죽을 텐데.

줄달아 세 판을 지고 나더니 김영감이 시들해졌다.

"술이나 한 병 사오라지."

박영감이 슬그머니 돈을 내밀었다.

"웬 돈이야?"

"웬 돈은 쌈짓돈이지."

"악아."

김영감 며느리가 왔다.

"뭘, 굽니?"

그러고 보니 아까부터 무슨 냄샌가가 돌아다니는 듯했다.

"애들이 어찌나 걸터듬는지 속이 허해 그런가 하고 불고기를 좀 구워요."

"그거 잘 됐다. 나 술 좀 사다주렴. 안주하게 고기도 조금 주고.

옜다, 돈."

"웬 돈이에요?"

"박영감 쌈짓돈이야."

쌈짓돈에 힘을 주는 김영감 목소리에 투정이 묻었다.

나는 쌈짓돈도 없어. 쌈짓돈이 없으니까 손님으로 온 박영감 돈으로 술 얻어먹게 됐다. 그런 투정 같았다.

"안주는 뭘…"

박영감은 당황했다. 고기 냄새 맡고 고기 얻어먹으려고 술 사는 꼴이 된 거다.

"속이나 또 불편하시면 어쩌실라구요?"

"안 먹어도 불편하긴 매한가지여."

며느리가 간 뒤에 박영감이 한 마디 했다.

"먹고 삭히지도 못할 걸 고기 고기 해. 똥칠하면 어쩔라구?"

"똥칠은 무슨 똥칠여?"

김영감이 발끈 성깔을 부린다. 무심결에 내뱉은 건데 박영감은 뜨끔했다.

"안 하면 다행이지. 웬 성질여? 내가 똥칠하니까 남도 하는가 싶어 한 소린데."

"아니."

김영감 목소리가 금세 은근하다.

"너도 똥칠하니?"

"그래, 이제 마악 시작했다. 됐는가?"

며느리가 술과 고기를 들여왔다.

"특별히 소증素症(채소를 너무 많이 먹어 고기를 먹고 싶은 증세)이 있는 것도 아닌데 요샌 부쩍 연폿국(무, 두부, 다시마, 고기를 맑은 장국에 끓인 국. 초상집에서 흔히 끓인다)을 먹고 싶으니 별일이야."
"그게 다, 황천에서 빨리 오라는 뜻이야."
"십장생十長生이 아니니 언젠간 가겠지."
박영감이나 김영감이나 둘 다 전신으로 고길 씹는다. 차돌 같은 이빨 대여섯 개만 있어도 하나쯤은 돌밥 씹다가 부러뜨려도 좋으련만, 고게 없으니 우물우물 고기를 달래야 될 성싶다.
행여 다리가 꼬일까, 살금살금 조심조심 박영감이 마당귀 변소에서 술오줌을 누고 오는데 어디선가 김영감 며느리의 말소리가 들려왔다.
"고길 먹으면 그대루 내놓을 텐데 무슨 억하심정으로 고길 탐하는지. 늙으면 죽는 게 젤 편할 텐데."
그 말에 박영감의 술기는 어디론가 다 날아가고 없었다.

"우리, 내기할까?"
들어오는 길로 박영감이 느닷없이 내뱉었다.
"시퉁맞게 술 먹다 말고 내기는 무슨?"
"누가 먼저 죽는가 내기다."
"무어야?"
"누가 먼저 죽는가 내기 하잔 말여."
"누가 이기는 거여?"
"그야, 먼저 죽는 쪽이지."
"이기면 무슨 득이 있는 거여?"

"젊은애들 꼬라지 안 보는 것도 큰 복이지."
노오랗게 술내가 올라왔다. 박영감은 느닷없이 소릴 질렀다.
"집에만 있을 텐가? 길거리루 나가자구."
"길거리엔 왜?"
"하여간 나가 봐. 방안 산송장 노릇보다야 길거리 어슬렁거리는 개 노릇이라도 하자구."

박영감과 김영감은 밖으로 나왔다. 의아스럽게 바라보는 김영감 며느리의 눈길을 남겨두고.

두 시간 뒤에 박영감과 김영감은 시청 앞 광장에서 'Be the Reds'가 되었다.
두 사람 옆에 티노가 졸졸 따라다니고 있었다.

저 영감들은 누굴까? 영감들이 입은 저 붉은 셔츠는, 혹시 티노가 사준 것일까?
아우구스는 이런 저런 생각을 하면서 텔레비전 화면에 어른거리는 티노를 바라보았다.
티노는 손자처럼, 그림자처럼 두 영감 옆에 붙어있었다.
방송 카메라도 '늙은 하루방 붉은 악마'가 신기했을 것이다.
카메라는 박영감과 김영감을 오랫동안 포착하며 따라다녔다.
그러나 이탈리아와 치른 연장전에서 안정환의 골이 들어가는 찰나, 그 오르가슴으로 마지막 똥을 황홀히 내지른 뒤 박영감이 죽는 순간만은 카메라맨도 그 누구도 포착하질 못했다.

제6장 모두 모두 'Be the Reds' 239

티노, 넌, 어쩌자는 거냐?
고삐 풀린 망아지처럼 뛰는 티노.
티노, 제발 돌아와.
아우구스는 티노의 일탈이 걱정스러워 견딜 수가 없었다.


너도 악마, 나도 악마. 어디엘 가도 붉은 악마들이 들끓었다.
처녀 총각 '붉은 악마'가 주종을 이룬 가운데 '나홀로 붉은 악마', '쌍쌍이 붉은 악마', '꼬마 붉은 악마', '아줌마 붉은 악마' '아저씨 붉은 악마', '할아버지 할머니 붉은 악마', '동네 친목계 붉은 악마' '동창회 붉은 악마' 기타 등등 기타 등등, 붉은 악마는 공포영화에 나오는 괴물의 번식력처럼 가지가지 종류로 날마다 무시무시하게 불어났다.
대~한민국, 짝짝짝 짝짝.


한국대학 철학과 서대식 교수는 트럼펫을 불고 싶어 몸살이 났다.
정년도 이제 앞으로 3년 앞으로 다가왔다.
철학은 아직도 모르겠고 앞으로도 알 수 없을 듯하다. 칸트나 헤겔, 스피노자 같은 서양철학의 생각들을 적당히 짬뽕해서 해석하고 소개하고 그 덕에 밥 먹고 살아왔지만 이제는 철학 자체가 시들하다.
난 사기꾼이다. 나 자신조차도 잘 모르는 걸 학생들에게 가르쳐

온 사기꾼이다. 요즘엔 그런 생각만 떠오를 뿐이다.

서대식씨는 트럼벳을 좋아한다. 고등학교 때, 우연히 만난 트럼벳. 그래서 대학 다닐 때도 헤겔이 골치 썩히면 트럼벳을 불었다. 박사 과정을 밟을 때도 칸트가 웃기는 소리를 하면 냅다 트럼벳을 불었다.

밤하늘의 트럼벳 소리가 처절히 고독해서 홀딱 빠져들었다. 그런 세월이 한 10년이었다.

대학 교수랍시고 폼 잡고 사느라 트럼벳을 잊고 산 지 어언 30년 세월이 흘렀다.

어느 날 깜짝 놀란 서대식씨는 큰맘 먹었다. 300만 원 가까이 주고 트럼벳을 하나 샀다.

불자, 불자. 트럼벳을 불자. 그런데 불 수가 없었다.

서대식씨의 아파트는 대전 월드컵 경기장 근처에 있다. 달려가면 금세 닿을 듯 경기장이 가까이 바라다 보인다.

아파트가 어디에 있든 그건 그렇다 치고 그런데 서대식씨는 아파트에서 트럼벳을 불 수가 없다는 걸 알았다.

궁리 끝에 이불 속에서 불기로 했다.

숨이 막혀서는 안 되므로 아내에게 이불귀 한쪽을 들고 있으라 했다.

불었다. 트럼벳 소리가 밖으로 새어나가는 걸 다소 막기는 했지만 그건 못할 짓이었다. 아무래도 이불 속에서 부는 트럼벳은 트럼벳이 아니었다.

젠장, 이런 게 삶의 질인가?

한숨 푹푹 내쉬며 사랑 반 증오 반으로 트럼펫을 보면서 살던 6

월 18일 밤, 밤 하고도 11시가 넘어 자정으로 가는 시간, 서대식씨는 '될 대로 되라 케세라 세라' 심정으로 트럼펫을 꺼내들었다.

아파트의 창문을 열었다. 앞쪽이 아니라 뒤쪽이었다.

들어라, 아파트 사람들아.

뭐가 좋을까? 서대식씨는 신중히 생각한 끝에 애국가를 선곡했다. 애국가라면 설마, 빨갱이로 잡혀가지는 않겠지.

서대식씨의 트럼펫 애국가는 101동에서부터 106동 아니 110동 거기 어디까지 울려 퍼졌을 것이다.

연주를 끝내고 서대식씨는 숨죽이고 몇 분을 기다렸다.

누군가가 아니 어쩌면 떼거리로, 트럼펫질 한 놈을 찾아내 고발하겠다는 항의가 빗발칠지도 모른다.

몇 분이 지났을까? 마침내 경비실에서 연락이 왔다.

올 것이 왔구나. 서대식씨는 간을 졸였다.

그런데 아니었다. '시끄럽다. 고발하겠다. 이 밤중에 미친 놈이 도대체 누구냐?'가 아니었다.

그것은, 그것은, '한 곡 더 연주해달라'는 아파트 주민들의 요청이 쇄도한다는, 경비실의 연락이었다.

서대식씨는 창문이란 창문을 죄다 활짝 열었다. 열려라, 참깨.

자, 이번엔 애국가가 아닙니다.

몽고메리 크리프트가 불었던, 영화 '지상에서 영원으로'의 트럼펫 주제가가 아파트의 밤하늘에, 자정을 향하여 울려 퍼졌다. 이탈리아를 꺾고 8강에 오른 그 날 밤에.

하이랜드, 어메이징 그레이스 등, 서대식씨는 스코틀랜드 민요 세 곡을 더 불렀다.

서대식씨는 그 날 헤겔보다도 '월드컵 축구와 트럼벳의 유기적 상관성'이 더 심오하다는 걸 비로소 깨달았다.

6월 18일, 이탈리아를 깨뜨리고 8강에 진출한 그 바람에 그 날은 '오, 필승 코리아' & 서대식씨의 오, 해피 데이였다.

거리는 온통 붉은 물결, 수백만이 붉게 타고 있다.
바라보고 있으면 붉은 현기증이 인다.
한국이 만든 길거리 풍경, 가도 가도 어디에서나 끝없이 펼쳐지는 물결, 한국은 '붉은 수수밭'이었다. 남들이 감동하고 우리 스스로가 감동하는 붉은 수수밭.
네덜란드의 환호성도 들려왔고 프랑스 르 피가로지의 보도도 들어왔다.
태국, 싱가폴, 베트남, 몽고, 아시아가 들썩거렸다.
'간코쿠 얏타'(한국 해냈다), 일본도 '정종' 대포 몇 잔 들이킨 것처럼 흥분해서 외쳤다.

밟히고 목조이고 꺾이고 찌들리고 억눌리고 살아온 사람들.
민초는 이제 태극기 사랑하는 법을 알았고 아리랑을 신나게 부를 줄 안다.
냄비 속의 황태찜, 황태가 외치는 것처럼 그들은 자유를 자유답게 사랑할 줄 아는 것 같았다.

### 황태사 黃太辭

너희가 나를 낚아 덕장에 세우고는
독한 햇살에 찬바람 그리고 눈보라를
날마다 겨끔내기로 쐬인 뜻은 무어더냐
온몸은 포로 뜨고 대가리는 무치고
장을 치고 파 썰어넣고 후춧가루 뿌려대고
부글부글 속 끓이고 조리고 구워
찜이다 구이다 탕이다 하여
쩝쩝 입맛을 잘도 다시는구나
그러나 네 이 노음들
두 눈 부릅뜨고 다시 날 보거라
얼면은 동태요 마르면은 북어요
더덕처럼 얼부풀면 몸매도 홀쭉한, 빛 누른 황태지만
등쪽은 청갈색 배는 은백색
동해바다 찬 무대를 즐겨 찾던, 내 본시 명선생이 아니더냐
그러나 그보다도 네 이 노음들
일렁이던 쪽빛 물결 물살 가르며
우리 살붙이들 좋아라 나들이할 땐
재잘재잘 속삭이며 무지개 꿈도 꾸던
나는 언제나 신의 사랑이었고
나는 언제나 자유의 재즈 그것이었더니라
그런즉 이 노음들
나를 먹을 땐 삼가 공경하여 옷깃을 여미라
너희가 젓가락을 방자히 놀린다면
설령 냄비 속 찜으로 있다가도
내 영혼에 훠어이 훠어이 부활의 날개를 달아
나는 마침내

은하수 푸른 물로 헤엄쳐 오를 것이다.

월드컵 개최 도시 다섯 군데의 우울증 전문가(?) '안티해피클럽' 회원들도 이때만큼은 '해피'해서 견딜 수가 없었다.

6월 19일 새벽 두 시 정각, 안티해피 클럽 회원들은 대전에서 긴급히 회동했다.

폴란드를 이긴 부산, 미국과 비긴 대구, 포르투갈을 이긴 인천에서 하나씩 셋이 왔다. 서울은 아직 경기를 치르지 않았으나 서울에 있는 회장의 긴급 소집이었으므로 서울에서도 둘이 왔다. 이탈리아를 이긴 대전의 회원이 둘, 모두 일곱 명이었다.

긴급 소집의 안건은 '우린 아직도 자살을 꿈꾸고 있는가?'였다. 장소는 대전의 유천동에 있는 자그마한 카페, 레드클럽.

회장이 긴급소집의 배경을 이야기했다.

"이탈리아를 이기리라는 소망을 가지고, 또 그러리라는 예상을 하면서 우리 모임을 소집했습니다. 우리의 소망과 예상대로 몇 시간 전 그러니까 어제, 우리는 이탈리아를 극적으로 이겼고 그래서 아직도 염통이 뜨겁습니다. 그럼, 먼저 우리들의 현재 상태를 점검하면서 자유토론 형식으로 진행하겠습니다. 참, 호칭은 이렇게 정하겠습니다. 여자는 여자1, 여자2, 여자3, 여자4, 남자는 남자1, 남자2, 남자3, 좋습니까?"

"영화 대본의 엑스트라 호칭 같네요."

"호칭 설명이 조금은 필요하겠군요. 여자는 女子가 아니라 女自입니다. 남자는 男子가 아니라 男自입니다."

"아직 안 들어와요."

"自는 자살 예정자에서 따온 머릿글자입니다."

"그러니까 '여자1'의 경우, 여는 성별을 나타내고 자는 자살 예정자를 나타낸다 뭐 그런 말인가요?"

"총명에 경의를 표합니다."

"칭찬 받으니까 갑자기 많이 살고 싶네요."

"호칭에 찬성하십니까?"

"찬성 안 하면 자살 예정자를 살해할 건가요?"

"예정이 바뀌셨다면. 그 다음엔 자살로 위장해야겠죠."

"긴급 제안, 먼저 목부터 축입시다."

"의사 표명이 부실하면 찬성입니다."

"좋습니다. 술값은 균등 부담. 죽기 전에 유언으로 술값 갚아달라고 했다는 소크라테스 아시죠?"

"술값이 아니라 닭값이었습니다."

"저런, 안주 값이었군요. 착각이었습니다."

술이 돌았다. 둘이서 초면에 죽이 맞았는지 주거니 받거니를 했고 나머진 제 잔을 제가 마셨다. 둘은 소주를 마셨고 나머진 맥주를 홀짝였다.


여自1; 그런데 우리 채팅 회원이 44명인데 왜 이렇게 안 왔죠?

여自2; 예정자에서 실행자로 바뀐 사람이 많다는 건가?

여自3; 안티해피에서 해피로 '적 전환' 수술을 한 거야.

여自4; 적 전환?

여自1; 부정적에서 긍정적으로, 절망적에서 희망적으로, 안티해피에서 해피적으로.

남自1; 여기 온 사람들은 어때? 안티해피, 변함없냐구?
남自2; 아무래도. 기분 째지잖아.
남自3; 그래, 맞아. 이탈리아를 이기다니. 우리가 꿈을 꾸고 있는 거야, 꿈에서 깬 거야?
여自2; 기대도 안 했단 말이야?
남自1; 한국에서, 그 동안 기대대로 되는 게 있었어야지.
여自3; 살 맛 나네.
여自4; 정말? 며칠이나 갈까?
남自2; 월드컵이 항우울제는 된 셈이네.
남自3; 월드컵 끝나면 죽으려고 자살 미룬 사람들 많을 걸.
여自1; 봄을 넘겨서 그래. 자살은 꽃 피는 봄에 하는 거래.
여自2; 여름엔?
여自1; 더워서 죽을 투지도 안 생기나 봐. 피서도 가야겠고.
여自4; 여기 오신 분들은, 요즘에 어때요?
남自1; 아직도 난 우울해.
여自1; 그래요?
남自1; 여자들이 김남일 얘기만 하잖아.
여自3; 그 우울은 좋은 거 아녜요? 질투는 강력한 에너지다.
여自2; 남일이 오빠, 불 꺼.
여自4; 난, 송종국. 금방 샤워한 송종국.
남自2; 미혼만 꿰네.
여自3; 임자 있는 꽃미남도 좋아.
남自3; 꽃 지는 밤에는 울고 싶어라.

안티해피 클럽 회원들은 마시면서 떠들고, 떠들면서 웃고, 웃으면서 다시 우울증에 빠졌다. 물론 그들은 8강의 기적을 만끽했고 4강에 오를 것이라는 확신까지도 확인했다. 그럼 왜, 그들은 우울에 빠져들도록 자학하는 걸까?

회장이 묻고 묻고 얻은 결론은 결국 하나였다.

첫 승도 신났다. 16강은 더 신났다. 8강은 더더 신난다. 4강에 오르면 더더더 신날 것이다. 붉은 악마가 된 우리는 요즘 날마다 신난다.

만나는 사람마다 오빠 같고 애인 같고 동생 같고 삼촌 같고 형님 아우 같다.

쓰레기 뒤처리도 끝내주고 질서며 남을 위한 배려도 끝내준다. 그래서 대한민국 사람으로 태어난 것이 자랑스럽고 '대~한민국 짝짝짝 짝짝'이 무지무지 행복하다.

그러나, 그러나.

월드컵이 끝난 뒤 우린 어떻게 변해 있을까?

월드컵이 끝난 뒤에도 우리는 사랑을 나누는 한국인일까? 월드컵이 끝나도 우리들의 일상은 쓰레기 뒤처리처럼 아름다울까? 사람답게 사는 거리, 신나는 잔치 한 마당, 그런 광장이 우리에게 열릴까?

월드컵이 끝난 뒤 낯선 골목길에서 낯선 사람을 만난다면, 반가울까 무서울까?

그랬더니 답은 '갸우뚱'이었다. 그래서, '우울하다'였다.

안티해피 클럽 회원들은 자신들이 살아가는 삶의 성향과 태도에 문제 있음을 시인하면서도 자신들의 우울증이 터무니없다는 견해에는 전혀 동의하지 않았다.

그러나 한 가지, 여自1·2·3·4, 남自1·2·3 서로는 묵시적 동의에 이르렀다.

억압을 깨뜨린 우리들의 카니발, 붉은 악마의 자유가 꽃처럼 피어나 열매를 맺을 때까지 안티해피 클럽 회원들은 자살을 유보하고 좀더 뛰어보자는 것이었다.

"안티해피 클럽, 우리들의 뇌 속에 있는 화학물질 불균형을 해소하자."
누군가가 외쳤다.
8강을 2로 나누자!
오, 필승 코리아!
"빛고을 광주에서 다시 만나요."
손을 흔들고 그들은 4강을 향하여 떠나갔다.

## 제7장   저곳에 스페인의 2.195가 있다

　이탈리아전의 후유증은 컸다.
　비에리의 왼쪽 팔꿈치에 맞아 코피를 쏟은 김태영은 솜으로 코를 막고 후반 17분까지 야차처럼 싸웠다. 김태영은 경기가 끝나자마자 건양대 병원으로 가서 컴퓨터 단층 촬영을 받았다. '코뼈가 금이 가고 주저앉았다'는 진단 결과가 나왔다. 김태영은 코뼈를 세우는 수술을 받고 안면 보호 보조기를 썼다.

　김남일은 왼쪽 발목을 크게 접질려 얼음찜질 등 물리치료를 받은 뒤 압박붕대로 다친 곳을 고정시켰다. 둘은 회복훈련에도 빠졌다.

　유상철과 최진철은 탈진 증세를 보였다. 최진철은 링거를 맞았고 회복훈련 중에도 유상철은 슬슬 걸어다니며 몸을 추슬렀다.

김태영은 경고를 받았고 최진철, 송종국, 이천수도 경고를 받았다. 따라서 스페인 전에서 옐로카드를 받아서는 안 될 것이다. 이것도 엄청난 부담이었다.

파워 축구, 체력을 전력의 핵으로 삼는 한국팀에게 체력 회복은 무엇보다도 급한 일이었다. 더구나 스페인은 6월 16일에 아일랜드와 8강전을 치른 터였으므로 달콤한 휴식 시간을 한국보다 이틀이나 더 가질 수 있었다.

이틀을 더 쉴 수 있었다. 이것은 스페인팀에겐 은총에 가까운 행운의 알파였다. 이탈리아 신문과 방송은 한국팀의 체력 비결이 인삼에 있었다고 호들갑을 떨어댔지만, 오, 인삼 그것은 정답이 아니었다. 한국 선수들이 체력을 회복하는 비결은 오로지 충분한 휴식 시간에서 찾아야 했다. 그런데 그 시간이 충분치 못했다.

19일 오후 다섯 시 무렵부터 시작한 체력 회복 훈련. 가벼운 달리기. 스트레칭, 격전의 상처를 느끼면서도 한결같은 것은 선수들 하나 하나가 보여준 자신감이었다.

이탈리아전은 기적이 아니다. 요행수로 얻은 승리도 아니다. 그것은 쓰디쓴 땀의 열매다. 모두들 눈빛으로 그렇게 말했다. 스페인을 넘어라.

붉은 악마가 펼치는 초대형 태극기, 무게는 1톤, 가로 60m 세로 40m에 30평 짜리 아파트 24채를 덮고도 남는 태극기.

6월 22일 광주 경기장에서도 초대형 태극기는 물결처럼 흘러내리는 몸짓으로 태극선수들에게 그렇게 명령할 것이다.

'스페인을 넘어라.'

'스페인을 넘어라.'
히딩크는 이 말을 히딩크식 어법으로 표현했다.
Spain is in my heart.
스페인의 축구와 깊은 인연을 맺었던 히딩크, 히딩크는 자신감을 완곡하게 시적으로 표현했다.
히딩크는 스페인 프로 축구팀 감독을 여러 번 맡은 적이 있었다. 발렌시아팀 2년, 레알 마드리드팀 1년, 레알 베티스팀 6개월, 모두 세 차례였다. 따라서 스페인의 장단점을 잘 아는 전문가라 해도 틀린 말은 아니었다.

Spain is in my heart.
그러나 황선홍과 홍명보가 받아들이는 느낌은 좀더 그윽했다. 아니 착잡하고 뜨거웠다.
1994년 미국 댈러스 코튼보올 스타디움에서 한국은 조별 리그 첫 상대로 스페인을 만났다.
코튼보올 스타디움은 경기장 자체가 거대한 도가니였다. 섭씨 40도에 가까운 살인적인 더위, 5만 6천여 명의 관중이 뿜어내는 열기, 숨이 탁 막힐 지경이었다.
우승 후보 스페인에 주눅이 든 한국팀은 후반 6분과 10분에 한 골씩을 잃어 2-0으로 뒤졌고 그렇게 끝날 것으로 보였다. 그러나 후반 40분에 홍명보가 25m짜리 중거리 프리킥으로 한 골을 만회했다. 사기 충천한 한국은 몰아붙이고 붙인 끝에 4분 뒤 서정원이

극적인 동점골을 터뜨렸다. 2-2 무승부였다.

홍명보는 대 스페인전의 한 골로 미국 월드컵 예선 탈락의 울분을 달랬다. 그러나 황선홍은 참담했다. 스페인전에서 황선홍은 정상적인 경기 감각을 갖고 있지 않았다. 오른쪽 무릎 십자인대 부상으로 월드컵 전 열 달 가까이 경기를 하지 못했던 탓이었다.

황선홍은 여러 차례 기회를 놓쳤다. 단 한번만이라도 황선홍이 기회를 살렸다면 스페인을 이길 수 있었다.

마지막 독일전에서 감각을 되찾아 한 골을 넣을 수 있었지만 스페인전의 응어리는 두고 두고 황선홍의 가슴에 남았다.

Spain is in my heart. 히딩크의 이 말은 곧 황선홍의 말이었다.

홍명보의 가슴에, 황선홍의 가슴 깊숙이 스페인은, 있었다.

티노!
내 가슴속에도 스페인은 있다.
아우구스는 남몰래 속삭였다.

스페인과 4강을 다투는 일전은 신의 프로젝트, 신이 기획한 필연이다.

한국은 스페인과 두 시간 이상의 마라톤 축구를 치를지도 모른다.

오오, 스페인.

바르셀로나가 떠오르고 몬주익 언덕이 나타나고 그곳을 땀에 젖은 황영조가 홀로 달리고 있다.

1992년 8월 9일. 제25회 스페인의 바르셀로나 올림픽.

두 시간 13분 23초의 기록으로 황영조는 마라톤에서 우승했다.

육상을 올림픽의 꽃이라 한다. 마라톤을 육상의 꽃이라 한다. 마라톤은 올림픽의, 꽃 중의 꽃이다.

1991년 3월 동아마라톤에서 마라톤 풀 코스에 처음으로 도전한 황영조는 두 시간 12분 35초로 3위를 했고 그 해 6월 영국 세필드 유니버시아드에서 1위를 했다.

1992년 일본 벳푸 마라톤에서는 두 시간 8분 47초로 한국 마라톤 사상 처음으로 마의 10분 벽을 깼다.

벳푸의 꿈을 안고 황영조는 스페인에 도전한다.

스페인은 황영조가 꿈꾸던 무대였다.

해방 이후의 한국스포츠 역사에서 가장 감동적인 사실을 말하라면 아우구스는 황영조의 마라톤을 손꼽는다.

물론 그것은 여러 가지 관점에 따라서 가치 기준이 다를 수 있다.

육상이 스포츠의 기초과학이라면 예컨대 수많은 구기 종목은 응용과학이라 할 수 있다.

기초의 중흥을 이룬 쾌거, 계기라는 점에서 아우구스는 황영조의 마라톤 제패에 큰 의미를 준다.

최후까지 다투었던 경쟁자가 일본의 모리시타였다는 점에서 황영조의 마라톤 우승은 한일 관계의 역사성을 상징적으로 제시한 스포츠 사건이었다.

아직도 청산하지 못한 한일 과거의 찌꺼기들, 그 썩어 가는 찌꺼기와 함께 흘러가는 현재와 다가오는 미래.

축구는 발로 차는 단체경기다. 야구, 농구, 배구, 핸드볼, 필드하키 등 웬만한 단체 경기는 손을 주로 사용하는 종목들이다.
축구만이 발로 찬다. 손을 사용한다는 것이 인류 문화발전의 동인動因이라고 인정한다면 야구 농구 배구 등등은 좀더 문명적인 스포츠라고도 할 수 있다. 축구는 그런 점에서 가장 풍부한 원시적 성향을 가진 스포츠이다.
'발로 찬다'는 격렬한 야만성으로 말미암아 축구는 현대인의 잠재의식 속에서 잠자는 원시성을 불러일으키는 향수 같은 것이다.

축구에서 오프사이드는 미묘한 규칙이다.
오프사이드는 축구라는 게임의 순진성 또는 순수성을 덜 순진하고 덜 순수하게 만든 덫이다. 오프사이드는 무한한 생존 경쟁을 적당히 통제하는 미묘한 도덕률이다. 오프사이드는 인간의 교활함을 위장하는 것 아니면 인간의 이중성을 무심코 드러낸 자기 폭로의 성격이 짙다.
그래서일까, 축구는 지루한 야만성에서 벗어나 아직도 한국인이 좋아하는 스포츠 종목 1위에 올라있다.
마라톤은 발로 뛰는 개인 경기다.
황영조가 의식했든 못했든 그는 가치 있는 의미를 선물했다.

티노, 나는 붉은 악마들에게 그 가치를 전해주고 싶다.

황영조가 우리에게 준 그 날의 주제, 메시지는 '따라가서 앞지르라'였다.

아우구스는 눈을 감았다.
스페인을 이기고 4강에 오를 것인가?

아우구스는 티노를 불렀다. 티노는 언제나 듣고 있을 것이다.
티노. 내 말이 들리면, 대답해!
아우구스가 세 번을 불렀을 때 티노의 응답이 왔다.

"티노, 이젠 스페인이야?"
티노의 볼멘 목소리가 들려왔다.
"티노, 4강에 오르려면 스페인을 꺾어야."
"알아요."
"가서, 태극선수들에게 황영조가 어떻게 뛰었는지 전해."
"하필이면, 그래야 해요?"
"스페인에서 있었던 일이니까. 아니, 사실은 내가 바라는 거니까."
"……"
"폴란드전을 비롯해서 미국, 포르투갈과 격전을 치르고 이탈리아와 연장전까지 치렀다면 그건 기나긴 마라톤."
"그래서요?"
"선수들은, 지금 35km 지점을 지나 40km를 향하고 있어."
"그들은 지쳤어요."

"그들에게 최후의 2.195km를 전해."
"정신력이라면, 그들은 강해요."
"스페인의 2.195를, 티노, 가서 말해! "
"아우구스, 당신은 마치 지친 선수들에게 링게르 주사라도 놓으라고 하는 투군요."
"맞아, 티노. 태극선수들에게 마지막 2.195의 링게르를 놓아야 해."
"난 마법사가 아니라구요."
"아우구스의 티노라면 넌 해야 돼!"

티노의 목소리는 더 이상 들려오지 않았다.
티노가 해낼까?
스페인만 꺾으면 2.195야. 힘내!


PRIDE OF ASIA.
이제, 한국은 스페인과 4강을 겨룬다.
일본—한국—스페인.
신의 속셈은 과연 무엇일까?


내일이면 한국과 4강 진출을 겨룬다.
이에로의 얼굴에 그늘이 있다. 모리엔데스는 이에로의 그늘이 꺼림칙했다.
라울은 부상 때문에 아무래도 출전이 어려울 것 같다. 이에로가 조금 침울한 것은 라울 때문일 것이다. 그렇게 생각한 모리엔데스가 이에로를 툭 쳤다.
"이에로, 우리 프로에겐 몸이 곧 돈이야. 라울은 무리해서 뛸 것 없어. 라울이 없어도 한국 정도야…"
"한국을 만만히 보는 건 아니겠지."
"물론. 그래도, 우린 스페인이야, 한국이 비록 세졌다곤 해도."
"지난 94년에 한국과 2-2로 비겼지, 우리가 두 골을 먼저 넣고도 말이야."
"깔본 탓이야, 방심한 것이지. 이번엔 비겼던 빚까지 갚아야지."
그래도 이에로의 얼굴은 썩 밝지가 않았다.
"갑자기 '황'이 떠오른 거야."
이에로가 머뭇머뭇하더니 결국 입을 열었다.
"황이라니?"
"우리 스페인 바르셀로나 올림픽에서 우승한 코리언 마라토너."
"그게 뭐 어떻다는 거지?"
"그 황이란 자의 마지막 질주는 대단했지, 문득 그 생각이 나서."
40km 내내 2위로 달리다가 몬주익 언덕 내리막길에서 모리시타를 제치고 앞질러 골인한 황영조의 투혼은 스페인에서도 두고두고 입에 오르내렸다.
모리안데스는 비로소 이에로의 불안을 알 것 같았다.
"그래, 코리언에겐 끈기랄까, 뭐 그런 게 있긴 있는 것 같아."

"왜 그런 어줍잖은 생각이 났는지 모르겠어."

"자, 자, 잊어버려. 이에로답지 않게."

그렇게 말은 했지만 이번에는 모리엔데스도 괜히 꺼림칙한 생각이 들었다.

한국 따위가 스페인 앞을 막다니.

퉤, 모리엔데스는 침을 뱉었다. 오늘밤은 꿈도 꾸지 말고 푹 자자.

한국과 이탈리아가 8강의 한 자리를 놓고 격돌한 직후 프랑스 대표팀의 전 감독 자케는 한국팀을 더 이상 격찬할 수 없을 만큼 격찬했다.

"한국은 이탈리아를 상대로 16강전에서 믿기지 않을 만큼 풍부한 경기력으로 세계 축구에 신선한 충격을 주었다.

이탈리아는 경기 내용이 진부했고 한국의 압박 속도와 팀 플레이에 질식상태에 빠졌으며 이러한 한국 축구의 힘은 균일화한, 파괴할 수 없는 팀 정신에서 나오며 이것은 경기를 거듭할수록 새로운 가능성을 열어주고 있다.

한국팀에는 모든 전술이 가능해 보이며 그들은 뒤지고 있는 상황에서도 끝까지 함께 싸웠고 냉정함을 잃지 않음으로써 공격을 서두르거나 상대팀에 틈을 보이지 않았다.

한국팀은 수비를 바탕으로 안정되게 경기를 이끌어나갔으며 충만한 의지로 이탈리아의 모든 것을 뒤흔들어 놓았다. 이것은 98년 내가 지도하며 경험했던 당시의 프랑스 대표팀을 떠올리게 한다.

나는 강력하게 부상한 이 팀의 재능 앞에 찬탄을 금할 수 없다.
 전술적으로 한국 선수들은 끝없이 움직이며 운동장의 전 공간을 활용한다. 브라질 선수들과 반대로 한국 선수들의 드리블은 실제적이고 팀의 전진을 가능케 하는 특징이 있으며 특히 한국팀의 체력은 놀랍다.
 스페인은 두 공격수에 의지하고 있으나 한국 수비는 이미 이탈리아전에서 비장의 무기를 입증했다. 또한 한국의 활기찬 공격수들은 스페인의 무거운 수비를 뒤흔들어 놓을 것이다."

 한국팀 극찬을 하느라 자케의 침이 마르지는 않았을까?
 스페인이 이번에도 그들의 징크스에 허덕인다면 자케의 말대로 우리는 또 하나의 감격을 맛볼 수 있을 것 같다.
 스페인을 짓누르는 8강 징크스는 오래된 진담이다.
 스페인의 축구 수준은 세계 최정상급이며 스페인의 프로축구 리그 프리메라리가는 세계가 알아주는 리그다. 그런데도 스페인은 월드컵에 열한 번 출전하여 1950년 브라질 월드컵에서 딱 한 번, 4강에 오른 것이 고작이다.
 1934년엔 이탈리아에게 8강전에서 1-0으로 패했고, 1986년 멕시코 월드컵 8강전에서도 벨기에에게 승부차기로 졌다. 1990년에도 16강전에서 탈락했고 1994년 미국 월드컵 8강전에서도 이탈리아에게 1-2로 져 탈락했다.
 스페인은 또 역대 월드컵에서 홈팀과 두 번 만났으나 두 번 다 졌다.

한국팀은 결코 스페인이 스스로 부담스러운 그들의 징크스에 기대려 하지는 않았다.

공격수에 설기현, 안정환, 박지성의 3. 미드필더에 이영표, 김남일, 유상철, 송종국의 4.수비수에 김태영, 홍명보, 최진철의 3. 골키퍼는 이운재.

한국은 이번 월드컵에서 즐겨 쓴 3-4-3 전형을 들고 나왔다.

스페인팀은 최전방 공격수로 모리엔테스를 원톱으로 세우고, 모리엔테스를 지원하는 공격수에 호아킨, 발레론, 데페드로의 3, 미드필더에 엘게라, 바라하의 2, 수비수에 푸욜, 나달, 이에로, 로메로의 4. 골키퍼는 카시아스.

스페인은 4-5-1 전형으로 맞섰다.

이탈리아와 벌인 117분의 사투로 지칠 대로 지친 한국팀의 무기는 정신력이었다. 그러나 몸이 따라주질 않았다. 모두 몸이 무거웠다.

스페인도 아일랜드와 16강전에서 연장전까지 치르면서 승부차기로 이기고 올라왔지만 2일을 더 쉰 까닭인지 그들의 몸은 가벼웠다.

오른쪽 공격형 미드필더 호아킨은 스페인이 치른 네 차례의 경기에서 한 번밖에 나오지 않은 신예였다. 나이는 21세, 한창 기운 쓸 나이, 호아킨은 기운이 넘쳐 펄펄 날았다. 호아킨은 자신의 영역을 확장하여 그라운드를 폭넓게 지배했을 뿐 아니라 공격의 물꼬를 텄다.

주도권을 쥔 스페인은 활기찬 공격으로 쉴새없이 한국을 몰아붙였다. 태양의 나라 스페인선수 열 한 명. 그들은 들소의 급소를 노리는 투우사 중의 투우사 마타도르였다.

전반 18분, 수비수 푸욜이 공격선에까지 나와 스로인한 공을 받아 미드필더 바라하는 골문 정면에서 오버헤드킥을 했다. 공은 골대 오른쪽으로 벗어났다.

한국은 여전히 흐느적거리고. 열 한 명의 체력이 바닥에까지 이른 것을 뻔히 아는 만큼 붉은 악마들은 안타깝기 그지없었다.

대~한민국 짝짝짝 짝짝. 오, 필승 코리아, 올레 올레.

전반 27분, 데페드로가 프리킥한 것을 모리엔테스가 페널티 지역 정면에서 헤딩슛 했다. 가슴이 철렁하는 아찔한 순간, 이운재는 깜짝 놀라 힘겹게 막아냈다. 그러나 힘겹게 잡았기 때문에 이운재는 균형을 잃고 왼팔을 골대에 부딪히며 가까스로 몸을 바로 잡았다. 이운재의 감각적 선방이었다.

필사적으로 뛰는 한국 선수들은 애처로웠다.

진공청소기 김남일은 발목 부상을 무릅쓰고 미드필드에서 1차적으로 스페인 공격수들을 저지하느라 안쓰러울 정도로 사력을 다했다.

한국은 전반 32분에 발목이 좋지 않은 김남일 대신 이을용을 투입했다.

이을용은 38분 경에 송종국에게, 40분 경에 안정환에게, 날카로운 패스를 찔러줘 스페인의 수비를 흔들었다.

전반 40분이 마악 지나 스페인 수비수가 걷어낸 공을 잡은 이영표가 아크지역에서 슛을 날렸다. 공은 스페인 수비수의 몸에 맞고 골대 왼쪽으로 벗어났다.

전반 46분, 데페드로가 아크 앞쪽에서 슛, 공은 다시 골대 왼쪽으로 벗어났다.

한국은 전반에 단 한 차례의 슛다운 슈팅만을 기록할 만큼 스페인에 밀렸다.

전반 종료의 휘슬이 울리자 붉은 악마들은 가슴을 쓸어내렸다.

후반 들어서도 스페인은 예리한 공격을 쉬지 않고 시도했다. 호아킨이 패스하면 모리엔테스는 논스톱 슛으로 골문을 위협했고 골대 오른쪽 부근에서 호아킨은 골문을 살짝 빗겨가는 슛을 날리기도 했다.

그러나 전반과 달리 후반에 한국은 떠꺼머리 총각처럼 시퍼렇게 맞섰다.

후반 15분에 유상철과 교체되어 들어간 이천수는 싱싱한 생명수, 감로수였다.

후반 21분, 스페인 골문 앞에서 벌어진 혼전 중에 이천수 앞으로 공이 흘러왔다. 이천수는 기다리고 있었다는 듯 스페인의 수비수 사이로 논스톱 슛을 날렸다. 카시아스가 몸을 날려 선방하긴 했지만 이때부터 한국팀은 몸져누웠던 환자가 훌훌 자리를 박차고 일어난 듯 기운차게 소생했다.

후반 22분에 박지성은 스페인 왼쪽 골에어리어 앞에서 가슴으로 공을 트래핑했다. 포르투갈전에서 결승골을 넣었을 때와 위치만 반대쪽이었을 뿐 상황은 흡사했다. 숨을 멈추는 붉은 악마들의 심장 박동이 느껴지는 순간이었다. 트래핑 하자마자 박지성은 번개처럼 오른발 강슛을 날렸다. 카시아스가 각도를 잘 잡고 나오며 기차고 똥차게 막았다. 오호, 애재라. 아깝도다.

스페인이 경계 대상 1호로 꼽은 설기현은 푸욜과 이에로의 태클과 맞서 거친 몸싸움을 벌이며 사춘기 호랑이처럼 포효했다.

송종국은 그라운드의 끝에서 끝까지 강렬한 체력으로 휘젓고 다녔다. 가히 늠름한 기개로 멀티플레이어의 기량을 유감없이 발휘한 송종국, 그는 그라운드의 왕자였다.

후반 45분에는 김태영을 빼고 황선홍을 기용했다.
스페인도 후반 25분과 35분에 데페드로, 발레론을 빼고 멘디에타, 루이스엔리케로 교체했다.

그렇게 후반전도 끝나고 연장전이 시작되었다.
이탈리아전에 이어 두 번째 갖는 연장전.

붉은 악마들은 지르고 지르고, 소리 질렀다. 지친 태극선수들에게 힘을 주자.
가을은 여름이 타고 남은 것.
시월의 붉은 단풍처럼 태극인들아, 타라!

너는 타라
타서 깊은 가을로 떠나라
사랑은 전율 같은 것
지금은 저 영원을 깨뜨리고자
피를 머금고 분신하는 시간
너는 타라
타서 사람의 가슴속
그 가난한 영토의 산기슭으로 가라.

버들개지에 물오르는 봄. '내 이름은 오랑캐꽃' 속삭이듯 슬픈 보라색 제비꽃이 눈뜨는 봄.
진달래로 물든 머언 산등성이는 꿈꾸듯이 불지르는 미친 내 누이 같다.

옛날 옛적 6·25 직후에는 보퉁이를 하나씩 옆구리에 꿰찬 미친 여자들이 거리를 쏘다니곤 했다. 어쩌다 봄에 산불이 나면 사람들은 미친년들이 질렀을 거라고 지레 짐작하기도 했다. 전쟁의 상처로 떠도는 미친 영혼들. '미치다'와 '불태우다'는 말은 어쩌면 뿌리를 알 수 없는 동의어인지도 모른다.

민들레꽃 조팝나무꽃 살구꽃 벚꽃 복사꽃 꽃 꽃 꽃이 다투어 불을 지피는 그 어지러운 만화 방창, 봄은 제풀에 겨워 스스로 생각을 놓은 미친년이다.
그러나 나물 한 접시를 안주 삼아 봄 술을 기울이는 것도 잠깐, 지금이 어느 때인고? 하고 물으며 춘색에 취하는 겨를은 덧없이 짧기만 하다.
 어느새 꽃은 스러지고 꽃을 보낸 가슴 한 켠은 휑하니 뚫린 참인데 나뭇가지에 달라붙은 연둣빛 신록은 녹음을 찾으려 길을 떠났다더니 이번엔 여름이 목백일홍을 거느리고 성큼성큼 걸어와 귀뚤뚤 귀뚤뚤 풀숲에서 우는 가을 앞에 선다.

 가을이 무르깊어 산엘 가면 아무 데나 지천으로 핀 꽃들이 또 가슴을 짓이긴다.
 연분홍기를 머금은 쑥부쟁이의 수줍음은 언제나 마냥 아리고 하늘색 푸른 개미취는 마주칠 때마다 서러운 듯 뾰로통히 피었다 .
 노른자 같은 꽃판을 가운데에 박아놓고 그 둘레에 하얗게 꽃잎을 메단 구절초는 행실이 조신한 아낙처럼 정갈하다. 이것들을 모두 싸잡아서 들국화라 부르질 말라. 순이는 순이라 부르고 언년이는 언년이라 부르라.

 된장색 고추잠자리가 날 무렵부터 오대산 등성이, 계룡산 어드메쯤, 내장산 산자락의 아기단풍 털단풍은 시나브로 처연히 물들어간다.
 문경 새재의 수십 그루 은행나무는 바람이 불 때마다 맞은 산소나무의 독야청청을 시샘하며 노오란 질투를 흩날린다. 바람에 날려 우수수 우수수 낙하하는 황금빛 잎새 하나 하나, 그것은 바로 가지를 떠나는 은행나무의 넋이다. 가슴 한 귀가 자르르 저려오는 영혼이다.
 본디 이승살이란 허무하고 매정한 것. 나이 백 살도 못 다 살면서 늘 천 년의 근심을 품는다.

지화자 꽃 피던 청춘도 눈을 떠보면 하루아침에 어디론가 흘러 갔고 거울에는 귀밑머리 허연 사바세상의 중늙은이가 낯선 얼굴로 자신을 바라보기 일쑤이다. 그때마다 눈물짓는 갑남을녀 시인 묵객이 어디 한둘일 것인가.

그러나 그대는 울지 말라. 가을은 궁상맞은 눈물 대신에 비장한 분신을 택한다.

어느새 고추잠자리도 찰고추장 빨간 색으로 몸단장했고 하늘도 남 몰래 쪽빛으로 깊어졌다. 그 무렵이면 설악산 덕유산의 가을 골짜기는 물이 은어 등빛처럼 잘랑잘랑 흐르고 산은 가을 진면목 산색으로 고즈넉이 그윽하다.

여기며 저기며가 온통 함빡 물들어 고로쇠 단풍은 첫날밤의 새색시 연지 곤지처럼 붉고 어떤 것은 칠흑 삼경 화로의 참숯 불꽃처럼 온몸을 사르고 있다. 당단풍, 신나무단풍, 단풍이란 단풍은 모두 군집하여 녹의홍상을 떨쳐입었는데 녹의는 어디에다 두었는지 바람에 너울대는 건 그저 홍상 뿐이다 가을 산은 사월의 신록이 갔다고 자탄하지도 않고 오뉴월의 갈맷빛을 잃었다고 울지도 않는다.

지리산 어느 골짜기의 단풍 두어 그루는 온몸이 그대로 선홍이고 진홍이고 뱉어놓은 객혈 한 덩이다. 가슴속이 짠하고 뭉클하면서 슬그머니 눈귀가 젖어들 만큼이다. 문득 이대로 섬진강 어느 푸른 깊이에 몸을 던질까 어쩔까. 아아, 누구든 자진自盡하고 싶을 것이다.

　단풍은 스스로 지어낸 산이 못내 좋아 가슴앓이 하는 신의 상사병이다. 그렇지 않고서야 어찌 저리 황홀히 슬프게 타올라 태우는가.
　선혈 같은 단풍잎 한 장을 따다가 종이 잔 바닥에 깔고 잔에 찰찰 소주를 따르라. 그러면 말갛고 허옇고 빈혈이던 소주가 단풍의 넋에 물들어 소주 아닌 핑크 레이디 아니다, 보드카 선 라이즈 칵테일로 환골탈태할 것이다. 그대는 소줏잔에 담긴 단풍과 홍유수紅流水 가을 산에 취해 벗들과 도도히 적막강산을 주거니 받거니 마시며 사랑할 수 있으리.
　자, 빈 잔에 그대를 가득 채워서 흘러가는 나를 취하게 하라.

　가을은 우리들의 무상한 생애와 코스모스의 가녀린 허리를 두루두루 보듬고 싶어한다.
　그러나 단풍이 어찌 사람에게 한낱 안복眼福만을 주려고 저렇게 타오르겠는가.
　단풍은 품에 지녔던 잎새 그 백팔번뇌를 다 버리고 나목으로 해탈하고자 용맹정진하는 수행자이다.

　활활 타오르는 단풍은 단풍 스스로가 치르는 다비식이다. 이곳저곳 나뭇가지에 영근 열매들은 아마도 다비식이 낳은 사리일 것이다.

　태극선수들이여, 타라.

지금은 그대들을 불태우는 장엄한 다비식의 시간.

베드로와 시몬과 함께 텔레비전 앞에서 오늘도 아우구스는 소주를 기울였다.

그라운드에 갑자기 티노가 나타났다.
티노는 무릎을 꿇고 성호를 그었다.
"성부와 성자와 성령의 이름으로, 아멘."
긋고 나더니 벌떡 일어나 티노는 그라운드를 뛰어다녔다.
이영표 옆에서 함께 뛰다간 박지성과 함께 나란히 뛰었고 다시 송종국 옆으로 가서 뛰었다.
태극선수들의 영혼 속으로 들어가 마라톤의 2.195를 입력하라 했더니, 티노는 아무래도 딴짓만 하는 것 같다.
바보 머저리 병신 같은 놈!
아우구스는 엉겁결에 소릴 질렀다.
"티노!"
베드로와 시몬이 깜짝 놀라서 물었다.
"형님, 왜 그래요?"
"티노라고 그랬어요? 티노가 누군데요?"
아우구스는 어색하게 웃었다.
베드로와 시몬에게 티노가 보일 리 없다는 것을 문득 생각했다.
"태극선수들에게 힘을 주고 싶어서, 나오는 대로 지른 거야."

연장 전분 7분. 페널티에어리어 왼쪽에서 프리킥을 이천수가 찼다. 아름다운 슛이었다. 피버노바는 골대를 아슬아슬히 빗겨 넘어갔다. 붉은 악마들의 안타까운 탄성이 흘러나온다. 쏟아진다.

천수의 슛 1분 뒤엔 모리엔테스가 페널티지역 오른쪽에서 슈팅을 했다. 신이여. 제발 장난치지 마시라. 공은 골대를 맞고 왼쪽으로 비스듬히 흘렀다.

프랑스도 골대를 세 번이나 맞히고 세네갈에 졌다. 골대를 맞히는 팀은 진다.

'가슴 철렁'의 찰나에 붉은 악마들은 서로서로 위로하며 달랬다. 안정환이 페널티마크 왼쪽에서 날린 오른발 강슛은 위협적이었고 스페인은 긴장했다.

연장 후반 4분. 이영표가 아크 왼쪽에서 수비수를 앞에 두고 돌아서면서 슈팅을 했다. 골키퍼 카시아스가 선방했고 스페인 벤치도 안도의 숨을 쉬었다.

연장 후반 6분. 이천수가 크로스 패스했다. 황선홍은 골대 왼쪽에서 논스톱으로 슈팅했다. 공은 수비수를 맞고 나왔다.

김태영이 쓴 검은 색 붉은 색 테두리 안면 보호대는 붉은 악마의 상징 마스크 같았다. 안면 보호대는 숭고하고 비장했다.

김태영과 홍명보와 최진철은 어려운 상황에서도 허둥대지 않고 침착하게, 스페인의 정교한 공격을 막아냈다.

스페인은 뛰어나고 세밀한 기술로 기회가 생길 때마다 드리블로 뚫고 들어왔다. 로메로, 모리엔테스, 호아킨의 돌파는 언제나 조마조마할 만큼 위협적이었다.

그러나 태극선수들은 위치를 선점하고 협력수비를 펼치며 그들의 리듬을 끊었다.

김남일이 나간 뒤에도 박지성, 송종국, 이영표는 김남일의 몫을 나누어 더 많이 더 많이 뛰었다. 그것은 눈물겨운 투혼이자 희생이었고 위대한 분신자살이었다.

무쇠라도 지칠 것이다. 무쇠라도 여려질 것이다. 그래도 뛰었다. 약물을 복용하는 게 아닐까?

도핑테스트를 해야 한다. 물론 받았지만, 그런 의심을 받을 정도로 한국팀은 한 걸음 더 달리고 5센티를 더 솟구쳐 올랐다.

연장전이 끝났다는 휘슬이 울렸다.

승부차기였다.

승부차기.

국제축구연맹 FIFA는 1970년에 승부차기 제도를 도입했다. 그리고 1982년 스페인 월드컵 때부터 적용하기 시작했다.

스페인에게 클로드 여신은 무슨 운명의 수를 놓은 것일까?

스페인 월드컵 때부터 시작한 그 승부차기를 스페인은 16강전에서 아일랜드와 겨루었다. 이번 월드컵에서 승부차기는 두 번째였다.

승부차기는 16강전서부터 있다. 전후반 90분 동안 승부가 나지 않으면 연장 전후반 30분을 치른다. 그래도 승부가 나지 않으면 드디어 승부차기로 승부를 가르는 것이다.

승부차기는 양 팀에서 5명씩을 뽑아 차는 차례를 정한다. 어느 팀이 먼저 찰 것인가를 동전 던지기로 결정한 뒤 한 명씩 겨끔내기로 찬다.

다섯 명씩으로도 승부가 나지 않으면 나머지 선수들이 순서대로 빈갈아 찬다.

승부차기는 승부차기 직전까지 뛰었던 선수들만 찰 자격이 있다. 그러므로 교체된 김남일이나 유상철, 김태영은 찰 자격이 없다.

공은 페널티마크에 놓고 찬다.

페널티마크는 골라인에서 11m 떨어져 있다.

공의 평균 속도는 보통 초속 20m이다.

키커의 발에서 떠난 공이 골인되는 시간은 대략 0.55초가 걸리며 골키퍼가 키커의 슛을 인식하고 몸을 움직여 반응하는 시간은 대략 0.66초가 걸린다. 이론상으로, 키커가 찬 공은 백퍼센트 골인되어야 한다. 골키퍼의 정면으로만 차지 않는다는 전제하에 말이다.

그러나 승부차기에서는 이론으로 설명할 수 없는 상황이 언제나 일어난다.

키커와 골키퍼 사이에서 보이지 않는 갈등이 일어나기 시작한다. 그것은 가슴과 가슴의 갈등이며 머리와 머리의 갈등이며 키커의 발과 골키퍼의 손이 일으키는 갈등이기도 하다.

골키퍼는 골문의 절반을 포기한다. 키커가 차기 전에 포기할 반쪽을 미리 결정할 수도 있지만 키커가 차는 순간 키커의 디딤발이 딛는 모양새와 위치로 방향을 잡기도 한다.

키커는 골키퍼가 예측할 수 없는 쪽으로 차넣어야 한다. 만약에 골키퍼에게 방향을 읽혔더라도 골키퍼가 잡을 수 없는 구석으로 강하게 차면 그만이다. 낮게 깔아 땅볼로 강하게 차면 골키퍼로선 아무리 팔을 뻗어도 속도와 시간을 막을 수가 없다.

심리적으로 불리한 쪽은 키커이다. 골키퍼는 이론상 들어갈 수밖에 없는 골이므로 밑져야 본전이다. 막기라도 하면 거미손이 되는 것이니 괜찮은 장사다. 물론 막아서 팀을 승리케 해야 한다는 부담을 갖는 것은 어쩔 수 없는 일이다.

먼저 차는 팀이 유리하다는 속설이 있지만 아일랜드는 먼저 차기 시작하고서도 스페인에게 졌다. 속설은 속설일 따름이다.

동전은 한국팀을 먼저 차라고 명령했다.
한국은 황선홍—박지성—설기현—안정환—홍명보 순으로 키커를 정했다.
스페인은 이에로—바라하—사비—호아킨—? 순이었다.

120분 끝.
승부차기 골문은 북쪽.
첫 번째 키커는 한국의 황선홍.
황선홍의 얼굴은 서늘하다. 긴장한 것이다.
첫 번째로 차는 사람이 자신을 공포에서 구하려는 극기는 상상을 초월한다. 그것도 동네축구가 아닌, 월드컵 4강을 결정짓는 첫 키커로 나섰으니.
공을 갖다 놓고 나오는 황선홍의 얼굴에 서릿발 같은, 달빛 같은 검기劍氣가 서린다.
황선홍은, ↕답게 오른발로 ▶ 찼다.

골키퍼 카시아스가 왼쪽으로 몸을 날렸다. 카시아스의 방향 선택은 정확했다.
황선홍의 슈팅은 강했다.
카시아스의 손에 닿은 듯 스친 듯, 공은 카시아스의 겨드랑이를 간질이며 빠져 골문 안→에 연착했다. 그리고 피버노바가 웃었다.
황선홍은 주먹을 불끈 쥐었다.

스페인의 첫 번째 키커 이에로, 슛, 골인!

두 번째 키커 박지성.
포르투갈전에서 결승골을 넣은 뒤 히딩크에게 안긴 여드름.
히딩크는, 네덜란드는 달려든 한국을 꼬옥 안았다. ♪♬♩♩ 우리 만남은 우연이 아니야.

당찬 박지성, 슛, 골인.
바라하, 슛, 골인!
둘 다 골인.

세 번째 키커, 설기현.
이탈리아전 동점골의 주인공.
한국을 패배 일보 직전에서 구한 설순신 장군.
자신 있게 슛, 골인!
스페인의 세 번째 키커, 사비, 하마터면! 슛, 골인.

한국의 네 번째 키커, 안정환.

이탈리아전에서 페널티 킥을 못 넣어 울면서 뛴 반지 키스 사나이.

미국전에서 동점골을 넣고 동계 올림픽 쇼트트랙 안톤 오노의 할리우드 액션을 세리모니로 야유한 사나이.

카시야스, 오른쪽으로 몸을 날렸지만 안정환, 왼쪽으로 강하게 슛, 골인.

스페인의 네 번째 키커, 호아킨.

전후반, 시종 빠른 스피드와 돌파로 한국을 괴롭힌 21세의 팔팔한 신예.

호아킨은 달려들었다.

달려들다가 흠칫했다.

호아킨에게 무슨 마음의 동요가 있었을까?

혹시 신이 호아킨의 귀에다 무슨 말을 속삭인 것은 아니었을까?

호아킨은 멈칫했다. 멈칫했다가 찼다.

슈팅의 방향을 읽은 이운재는 왼쪽으로 몸을 틀며 공을 막았다.

호아킨은 머리를 감싸쥐고 신에게 외쳤다.

이 사기꾼!

호아킨의 슛을 막고 나서 이운재는 어딘가를 바라보며, 비밀스레 짓궂게 웃었다.

싱긋.
그 웃음을 카메라는 놓치지 않았다.

마지막 키커 홍명보.
결연한 얼굴. 공을 향해 달려가는 홍명보.
스페인 선수들은 두 손을 모았다.
주여, 우리에게 자비를 베푸소서.

홍명보의 발에서 공은, 떠났다.
오른쪽 귀퉁이에 화살처럼 날아가 꽂히는 공.

끝났다.
홍명보는 오른팔을 휘저으며 내두르며, 싱그럽게 웃으며, 다시 두 팔을 날개처럼 활짝 펴고 4강의 들판을 향하여 달려나왔다.
황선홍도 홍명보를 향해 4강의 들판을 질주해왔다.
홍명보는 돌고래처럼 솟구쳐 뛰어 황선홍을 끌어안았다.
태극기가 출렁이고 있었다.

카마초 감독은 곧 말을 잃었고 한국의 골대를 맞혔던 모리엔테스는 고개를 떨구었다.
미드필더 엘게라는 펑펑 울었다.
모리엔테스도 결국 참지 못하고 울었다.
실축한 호아킨은 고개를 그라운드에 파묻을 것 같았다.
스페인 선수들은 밀레의 만종에 나오는 농부처럼 고개 숙인 한

폭의 그림으로 돌아갔다.
 스페인 응원단도 그저 그림이었다.

 "형님 형님, 워쩔거나 워쩔거나. 형님 이 일을 워쩐다요?"
 베드로의 실성한 목소리가 술잔을 내밀었다.
 시몬은 차마 보지 못하고 돌아선 채 기도했다.
 텔레비전의 함성을 듣고서야 시몬이 고개를 돌렸다.
 시몬이 외쳤다.
 "아베마리아. 아멘."
 아우구스도 참을 수가 없었다. 그렇지만 스페인 선수들을 보고는 목이 메었다.
 스페인 전력의 20%라는 라울은 부상으로 벤치를 지켰다. 라울도 멍하니 하늘을 우러르다가 고개를 떨구었다.
 스페인은 국민의 90%가 가톨릭 신자다.
 아우구스는 스페인 선수들에게 나직이 중얼거렸다.
 "파쳄 메암 도 포비스! (너희에게 평화가 있기를!)

 태극이여 오늘밤은 독일을 생각하지 말라.
 오늘밤은 어머니의 손을 생각하라.
 오늘밤은 그 누구의 함성도 듣지 말라.
 오늘밤은 아무것도 생각하지 말라.

 그대들에게 칼국수 한 그릇의 안식을 주고 싶다.

### 칼 국 수

찬 없어도 한 술 뜨거라
그 무렵 그저 우리는
짜글짜글 몸살 앓는 투가리가 안쓰러워
시래기 무침에 된장찌개 하나로도
찬밥 한 사발쯤은 너끈하지 않았더냐

그렇게 살아온 날들의 밀가루는 그립다
매화 향 터진 밤에 가슴 다친
사랑의 속앓이도 있었지만
흘러간 젊음일랑 찰지게 반죽하여
방망이로 밀고 가늘게 썰자

국물을 몇 모금 떠 본 뒤에
이제 우리가 찾아야 할
어머니의 손과 밥상의 둘레는
잊었던 갈망의 가닥가닥이거나
한 그릇의 저녁 노을일 것이다.

히딩크는 서서 가만히 바라보고 있었다.
 첫 번째 키커로 나선 황선홍의 공이 카시아스의 옆구리를 스치고 들어갔다. 스탠드의 붉은 악마들은 소스라쳐 일어났다. 다음 순간 붉은 악마들은 킹콩처럼 가슴을 치며 기쁘고 놀란 나머지 기괴한 환호성을 내질렀다.
 히딩크는 뒷짐을 진 채 가만히 서 있었다.

박지성이 골인시키고 스탠드가 술렁여도 히딩크의 뒷모습은 집 떠난 지아비를 기다리는 망부석처럼 그대로였다.

설기현이 골인시키고 스탠드가 깍깍 난리를 쳐도 히딩크는 돌하루방이었다. 가만히 바라보고만 있었다.

이탈리아전에서 페널티 킥을 실패한 안정환이 네 번째 키커로 나서자 스탠드는 행여나 하는 걱정으로 숨을 죽였다. 안정환은 빠르고 정확하게 성공시켰다.
숨죽였던 스탠드는 미친 듯이 열광했다. 그래도 히딩크는 가만히 바라보고만 있었다.

호아킨의 공을 이운재가 막아내고 마지막 키커 홍명보의 공이 그물을 갈랐다.
그 순간 히딩크는, 존재의 가벼움을 참을 수 없다는 듯 격렬한 동작으로 어퍼컷을 먹였다. 누구의 명치끝을 겨눈 어퍼컷이었을까.
누군가가 쓰러져도 개의치 않겠다는 듯이 히딩크는 달려나갔다.
히딩크는 선수들과 엉켰다.
히딩크는 이운재를 부둥켜안았다.

선수들은 태극기를 들고 그라운드로 달려나갔다.
그들은 손에 손을 잡고 그라운드를 꿰뚫고 달렸다.

그들은 붉은 악마들을 향해 일제히 슬라이딩했다.
그라운드의 풀들이 다시 일어나려고 비명을 질렀다.

히딩크는 홀로 그라운드를 걸었다.
주마등처럼 흐른 500일들, 그 동안 참 많은 말들을 했다.

"난, 한국팀이 결승에 오르면 산낙지를 먹겠다."
"내 취미는 음악과 축구다. 남들은 직업이 어떻게 취미일 수 있느냐고 하지만 난 원래 그런 사람이다."
"한국팀도 세계 최강인 프랑스팀을 누를 수 있다. 프랑스를 존경은 하지만 결코 두려워하지는 않는다."
"선수들끼리 형이라는 호칭을 쓰지 말라."
"난 영웅에는 관심이 없다. 나는 내 일을 할뿐이고 내 일을 좋아할 따름이다."
"오늘밤은 와인 한 잔 마시고 푹 쉬어야겠다."

"6월이면 세계가 깜짝 놀랄 일을 하겠다."
그래, 그런 말도 했다. 그건 내 예언이 아니라 내 소망이었다. 지금 이 순간 나는 내 소망의 구름 속을 걷고 있는 것이다.
young dog처럼 싸운 태극선수들, 우리는 앞으로 잃을 게 없다.
우리는 어디에서 출발했던가?
태극선수들이 만약 잊었다면 나, 히딩크는 우리가 어디에서 출발했는지를 생각하도록 해주어야 할 것이다.

잠시 고독의 사색에 잠겼던 히딩크는 다시 힘껏 어퍼컷을 두 번 먹다.

히딩크는 왼손에 피버노바를 들고 붉은 악마가 가득한 스탠드 쪽으로 걸어갔다.

히딩크는 허리를 굽혀 깎듯이 예를 올린 뒤 키스를 보냈다. 그리고 히딩크는 붉은 악마들에게 힘차게, 피버노바를 차서 날려보냈다.

'붉은 악마 당신들은 나에게 말할 수 없는 감동을 주었습니다. 나는 당신들을 영원히 잊을 수 없을 것입니다.'

히딩크는 한 편의 섹스피어 드라마였다.

4강을 이룬 뒤에 그라운드에서 그리고 스탠드를 향하여 보낸, 그것은 축구와 인생을 연기하는 영원한 배우로 사라지고 싶은 히딩크의 몸짓이었다.

4강의 밤이 점점 깊어갔다.
어디에선가 들려오는 소리들, 소리들.
밤이 멈춘 것 같다.
이대로라면 새벽이 올 것 같지 않았다.

그때 티노가, 왔다.
티노가 아우구스 앞에 와서 우뚝 나무처럼 서있었다.
"티노!"
"아우구스!"

누가 먼저랄 것도 없이 둘은 부둥켜안았다.
둘은 비로소 다시 하나가 되었다.

아우구스티노는 5월의 그 어느 날처럼, 일상으로 돌아갔다.

# 제8장  뜨거운 안녕

축구 전문 칼럼니스트 제임스 로턴이 영국 신문 인디펜던트에 독일을 향해 출범한 코리아호의 항해일지에 대하여 칼럼을 기고했다.

"한국, 겁보 축구를 망각의 저편으로 밀어내다"

한국은 용기와 모험과 숨막히는 헌신을 보여줌으로써 세계 축구를 다시 세웠다.

한국은 월드컵 우승에 가장 자격이 있는 팀이다.

한국은 '두려움의 축구, 하다 마는 축구, 치고 빠진 뒤엔 수비만 하는 축구'와 같은 술책을 벗겨 내고 축구에 새 생명과 새 혼을 불어넣었다. 한국은 자신들이 다시 세우려고 애쓴 축구의 세계를 상속할 자격이 충분하다.

나는 축구에서 가장 위대한 상이 가장 자격 있는 팀에게 돌아갔으면 한다. 예컨대 경기의 모든 면에서 정직과 열정, 깨끗하고 양심적인 축구를 보여준 팀에 돌아가길 바란다.

홍명보는 진정한 리더이며 무릎익었고 강인한 선수이다. 이번 우승컵은 홍명보가 들어올렸으면 한다. 그만이 유일하게 '나와 동료들은 조국을 위해서만이 아니라 새로운 피와 가치를 절실히 필요로 하는 축구계를 위해 컵을 받는다'고 말할 수 있기 때문이다.

한국팀은 모험과 용기 그리고 어떤 이득이 걸려 있는 경우에 한해서만 진짜 시합인 것처럼 뛰는 게 아니라 시합 내내 전력을 다하려는 의지, 그런 의지의 가치를 보여줌으로써 축구가 그 뿌리로 되돌아가게 했다.

쓰러진, 세계 축구 열강 이탈리아, 스페인, 프랑스, 아르헨티나, 잉글랜드는 한국이 준결승전에 등장한 의미를 새겨 봐야 한다.

한국팀의 선전은 행운이 아니다. 엄청난 양의 노력과 다섯 게임에서 줄곧 보여준 실력의 결과이다. 히딩크 감독은 18개월 동안 '엄청난 수준의 전력투구가 필요한 체력'을 만들어냈으며 한국 선수들은 그러한 체력 형성과 육체적·정신적인 부담을 견뎌내는 열정을 보여주었다. 한국팀의 선전은 그런 열정 때문에 이루어진 것이다.

히딩크 감독이 바로 1970년대 '토털 사커'로 축구에 다시 활력을 불어넣은 네덜란드 출신이라는 사실은 우연이 아니다. 한국 축구는 근본적으로 공격적인 데다 대충 차는 긴 볼 따위에 틈을 허용치 않는다.

한국은 그 어느 팀에게도 요구해야 할 모든 조건을 보여주었다.

그들은 능력의 절대값에 이를 때까지 뛰었으며 축구의 질 또한 뛰어났다.

낡은 축구의 수구세력은 FIFA가 일본이나 한국 공동 주최국 중에서 한 나라를 통과시키려 했다고 주장한다. 아마도 지단 같은 세계적 스타가 없는 한국의 승리가 축구의 이미지에 도움이 안 된다는 점 때문에 이 같은 불만을 나타냈을 것이다. 축구 역사의 현 시점에서 그것은 어깨 한번 으쓱하고는 무시해도 될 사항이다.

한국은 대회 기간 내내 뛰느라, 게다가 스페인보다 이틀 덜 쉬고 시합을 하느라 지난 주말쯤엔 바닥이 났을 배터리가 아마 충분히 재충전되지 못했을 것이다.

어쩌면 독일이 또다시 요코하마로 향할지도 모른다.

오늘밤 어떤 결과가 나오든 한국인들은 히딩크에게 동상을 세워줄 것이다. 그것은 한 나라를 일깨워준 이에게 바치는 것이 될 것이지만 더 많은 세계의 축구계는 그가 그보다 더 큰일을 했다는 것을 알아야 한다. 더 큰일이란 부자와 가난뱅이. 전통의 강호들과 새로운 도전자들 모두가 자신을 돌아보도록 했으며 지치고 돈 독이 오른 낡은 축구에 새 생명과 새로운 혼을 불어넣었다는 것이다.

한국팀은 아무리 짧은 기간이라도 자신들이 다시 세우려고 그토록 애쓴 축구의 세계를 상속할 자격이 충분하다.

제임스 로턴의 칼럼은 붉은 악마를 비롯한 한국인들이 내색하지 않은 채 간직하기만 했던 월드컵 4강의 의미와 자존심을 객관적으로 쓴 유럽의 논리성이었다. 왜냐하면 한국이 한결같이 유럽의 강호 폴란드와 포르투갈과 이탈리아와 스페인을 하나씩 꺾을 때마다 그들은 이죽거리고 딴죽걸고 비아냥거렸기 때문이었다.

'그이는 나의 등불이에요.' 하고 말해야 할 경우에도 때때로 유럽의 일부 언론들은 그렇게 말하지 않았다.
'그이는 나를 너무 밝혀요.'하는 식이었다.
그런 표현은 아시아의 축구를 깔보는 우월감에서 나온 것임이 분명했다.
한국은 세계 축구의 희망으로 떠올랐습니다. 그처럼 간명하고 소박한 찬미를 아직은 하고 싶지 않은, 유럽 축구의 지존 의식이자 교만이었다.

지면은 그것으로 끝, 16강에 오른 팀들은 탈락하지 않기 위하여 꺼져가는 등잔에 기름을 부었다. 그들은 할 수만 있다면 영혼의 어느 모서리에라도 불을 밝히고 코너킥을 차고 싶었을 것이다.

6월 15일, 독일은 서귀포에서 파라과이를 1-0으로 꺾고 8강에 올랐다.
잉글랜드도 6월 15일, 니가타에서 덴마크를 3-0으로 꺾고 8강에 올랐다.

스페인은 수원에서 아일랜드를 승부차기 3-2로 꺾고 8강에 올랐다.
세네갈은 오이타에서 스웨덴을 연장전 2-1 골든 골로 꺾고 8강에 올랐다.

미국은 멕시코를 비빔밥의 땅 전주에서 2-0으로 꺾고 8강에 올랐다.

한국의 20배나 되는 넓은 땅에서 축구를 사랑하며 살아가는 나라, 멕시코 합중국.

미국이 프로골프와 프로야구와 프로농구에 푹 빠져 오금을 못 쓰는 나라라면 멕시코는 둥근 축구공의 순수성과 원시성 속에 빠져 날마다 죽어도 좋아, 하는 나라다.

화폐는 페소. 미국의 1달러를 얻으려면 9페소가 필요하다.

일찍이 마야, 아스테카, 톨테카 같은 아에리칸 인디오의 찬란한 토착문명이 있었던 나라. 멕시코는 그들의 고대문명을 긍지로 삼는다.

인구는 1억 이쪽 저쪽.

열두 차례나 월드컵 본선에 나갔고 1970년과 1986년 두 번이나 월드컵을 주최할 만큼 멕시코는 북중미 축구의 터줏대감이자 황태자 할 수 있다.

에르난데스, 블랑코가 멕시코의 얼굴 선수이다. 그런데 요즘에 들어 미국과 코스타리카가 북중미 축구 왕좌를 넘보고 있다.

1946년에서부터 1948년까지 2년에 걸친 멕시코전쟁에서 멕시코는 영토의 절반을 미국에게 빼앗겼다. 캘리포니아, 뉴멕시코, 텍사스도 이때 빼앗겼다.

지금 멕시코 사람이 자신들의 땅이었던 캘리포니아나 텍사스에 들어가면 불법이민으로 체포된다. 분통이 터질 일이다.

멕시코는 캘리포니아와 텍사스를 바라보며 미국에 이를 간다.

멕시코는 미국을 생각할 때마다 적대감을 가질 수밖에 없다.

미국은 미국대로 멕시코 사람들을 깔본다. 쥐 같은 놈들 아니면 바보 같은 놈들이라고.

그러니 미국에게, 축구만은 질 수 없다. 멕시코 사람이라면 세 살만 넘어도 누구나 그런 생각을 한다.

국력이 뒤지는 멕시코로서 미국을 능가할 만한 것은 현재로선 아무 것도 없다. 소박한 멕시코인들이 축구로 미국을 극복하려는 것은 어쩌면 당연한 일이었다.

그런데 16강전에서 멕시코는 미국에게 0-2로 졌다.

6월 17일 새벽 한시 반, 멕시코시티의 카페와 식당, 그곳에서 축구를 보던 멕시코 사람들은 너나없이 분해서 울고 울었다.

브라질은 유럽의 붉은 악마 벨기에를 고베에서 2-0으로 꺾고 8강에 올랐다.

한국은 대전에서 이탈리아를 연장전 2-1, 안정환의 골든골로 꺾고 8강에 올랐다.

터키는 미야기 경기장에서 일본을 1-0으로 꺾고 8강에 올랐다.

프랑스 월드컵에서 3진 진패한 이래 두 번째 월드컵에 도전하는 일본.

일본은 조별 리그의 상대팀이 한국보다 수월하다고 판단했다. 이것이야말로 신사에 가서 참배라도 해야 할 행운이다. 일본 열도는 들떠 있었다.

겉으로는 행운이라고 겸손하면서도 일본의 혼네(속마음)는 한국을 앞질러 아시아의 축구 맹주가 되었다는 자부심을 숨겨놓았다.

일본의 조별 리그전은 일본의 산술대로 순항이었다.

벨기에는 유럽의 붉은 악마, 강자다, 그러니 비기자.

일본은 벨기에와 비겼다. 그것도 0-0으로 비긴 게 아니라 2-2로 비겼다. 골 득실을 따지는 상황이 생겼을 때를 생각하면 골을 얻고 비긴다는 것이 한결 유리하다.

러시아는 골키퍼 야신이 있던 그 황금 시절의 러시아가 아니다. 그러니 러시아는 이기자.

일본은 러시아를 1-0으로 눌렀다.

튀니지쯤이야 일본은 튀니지를 2-0으로 꺾었다.

마침내 일본은 그들의 호언장담을 현실로 만들었다.

한국이 16강에 오르자 일본은 오히려 안도의 표정을 지었다.

우리 사꾸라꽃만 16강 나무에 활짝 피면 어쩌노미나 거꾸정(걱정)하던 참이었는데, 한국이노 무궁화도 16강에 피어서 참으로 다행이노므다. 일본은 그렇게 느긋한 모습을 보였다.

일본의 16강 상대는 터키.

터키는 1954년 스위스 월드컵 이후 48년만에 월드컵 본선에 올랐다. 하늘을 찌를 듯이 사기 충천한 일본이 보기에 터키야말로 그 어느 팀보다 만만한 상대였다.

우리 일본 사무라이 전사들은 맹렬히 진격해서 8강으로 간다.

일본의 태양은 일장기에서, 미야기 경기장에서, 선수들의 가슴 안에서 찬란히 떠올라 불탔다.

그러나, 일본은 졌다.

봄이었다면 이날 일본 열도엔 온통 슬픈 벚꽃의 낙화가 후르르 후르르 날렸을 것이다.

독일은 울산에서 미국을 1-0으로 꺾고 4강에 올랐다.
브라질은 시즈오카에서 잉글랜드를 2-1로 꺾고 4강에 올랐다.

터키는 세네갈을 오사카에서 연장전 골든골 1-0으로 꺾고 4강에 올랐다.
한국인 최초로 월드컵 본선 주심이 된 김영주씨의 레드카드 때문에 브라질에게 패했다고 생각하며 울분을 삭였던 터키.
터키는 차근차근 한 걸음 한 걸음 내디디며 마침내 아프리카의 검은 태양 세네갈을 서산에 지게 했다.
100분의 격전 끝에 1-0 승리.
터키는 48년만에 나선 월드컵 본선 나들이에서 싱싱한 월척을 낚아 올렸다.
연장 전반 4분, 일본전 1-0의 주인공이었던 다발라가 세네갈의 오른쪽을 뚫고 질주, 문전으로 쇄도하는 알한 만시즈에게 크로스 패스를 날렸다. 스트라이커 만시즈는 한 번 튀긴 공을 그대로 논스톱 슛, 일진일퇴의 드라마에 마침표를 찍었다.
세네갈의 개인기와 터키의 스피드가 마주쳐 불꽃을 터뜨린, 숨막히는 대접전이었다.
한 쪽이 기회를 잡으면 또 한 쪽이 질세라 기회를 잡았다. 두 팀 다 처음으로 8강에 올랐지만 그들은 축구의 순수성과 과감성을 유감없이 그라운드에 쏟아 부었다.
이긴 팀이든 진 팀이든 그들의 신에게 용서를 청할 일이 없는,

꽃처럼 아름다운 경기였다.

한국은 광주에서 스페인을 승부차기 5-3으로 꺾고 4강에 올랐다.

2002년 6월 25일. 밤. 서울 마포구 상암동 월드컵 경기장.
한국과 독일의 4강 준결승전.

그 밤, 붉은 악마들의 카드 섹션이 말했다.
"꿈★은 이루어진다."

생각하면 긴 항로였다.
 동방의 작은 나라 돛배 한 척, '월드컵 코리아호'는 6월 4일 부산항에서 폴란드를 향해 출항했다. 미국을 거쳐 포르투갈에 머물렀다가 로마의 나라 이탈리아에 도착했을 때는 배도 선원들도 몹시 지쳐 있었다.
 바다는 코리아호를 향하여 허연 이빨을 드러내고 삼킬 듯이 쉴 새없이, 날마다 거센 물결로 달려들었다. 태풍을 맞은 돛대는 활처럼 휘어지고 부러지고 23명의 선원들은 다친 몸을 돌아볼 겨를도 없이 날마다 바다와 맞섰다.
 6월 22일 '월드컵 코리아호'는 겨우 스페인에 도착했다.
 찢어진 돛을 기우고 몸을 추스르는 둥 마는 둥 코리아호는 독일을 향해 다시 출범, 항해를 시작했다. 소망대로라면 독일을 거쳐 6월 30일에 요코하마에 이르러야 했다.
 그러나 6월 25일, 코리아호는 독일 암초에 부딪혀 대서양 한가운데에서 장렬하게 좌초하고 말았다.

한국은 졌다.

독일에게 0-1로 졌다.

요코하마로 가서 결승전을 치르려던 꿈, 한국의 태극선수들은 그 무지갯빛 날개를 비로소 접었다.

태극 선수들은 지쳤다.

42.195 km의 기나긴 마라톤 레이스 2002 월드컵에서 2.195를 앞두고 그들은 바람처럼 달릴 수가 없었다. 슬프고 안타까웠지만 그것은 어쩔 수 없는 극한상황이었다.

상암동 그라운드를 울리는 휘슬소리를 들으며 히딩크는 문득 그렇게 생각했다.

왕피천, 남대천, 오십천에서 태어난 연어들이 동해에 몸을 던져 먼 항해를 시작했다.

자, 가자.

연어들은 분홍빛 알에서 깨어나던 순간과 모천의 냄새를 간직하고 먼바다 오오츠크를 향했다.

쿠릴열도를 지나고 알래스카와 베링바다를 거쳐 캄차카반도 오오츠크해에 이르렀다. 먼 항해의 일생에서 절반이 끝났다. 이제는 다시 남하하여 그리운 고향 모천으로 가야한다. 고향이 최종 목적지이다.

모천에서 태어나 모천을 떠났다가 다시 모천을 최후의 여정에 두는 연어의 일생.

왕피천과 남대천이 고향이라면 너는 울진으로 가라. 내 고향 모천은 삼척의 오십천, 나는 삼척으로 갈 것이다.

  4년만에 돌아가는 고향, 연어들은 그리운 모천을 향하여 다시 몸을 돌렸다.

  연어들은 물살을 가르면서 오로지 죽기 위하여 모천에 오른다.

  몸이 무거워진다.

  연어들은 최후의 곳이 점점 가까워지는 것을 느꼈다.

  모천에 이르면 연어들은 자기를 낳아준 모천의 그 황홀한 물 냄새를 맡으며 바다를 꿈꾸던 날들과 바다를 헤엄치던 날들을 회상한다.

  바다는 거칠고 사나웠지만 바다는 아름다운 곳이었다.

  바다는 우리들의 꿈이었다.

  연어는 모천에서, 몸에 남은 한 방울의 힘마저 다 짜내어 알을 낳는다. 이제 곧 태어날 새끼들에게 전할 침묵의 언어를 남기고서 연어는 죽는다.

  "내 아이들아, 잊지 말고 바다로 떠나거라.

  바다는 우리들의 꿈이란다.

  꿈은 꿈꾸는 사람의 것이란다. 그리고 꿈은 반드시 이루어진단다."

  8강에서 4강으로, 물살을 가르기에 아가미가 가쁘다.

  쿠릴열도를 지나 알래스카와 베링해를 거쳐 오오츠크해에 이르는 바닷길은 정말 길고도 험한 항해였다.

  모천에 이른 태극 연어들은 마지막 기력을 짜내어, 소진한 몸으로 그라운드에 4강의 알을 낳았다.

  분홍빛 알을 낳았다.

한때 사람들은 자니 리라는 가수의 노래 '뜨거운 안녕'을 즐겨 불렀다.
쉰 듯한 음색으로 쥐어짜는 그 고음은 처연한 느낌마저 들었다.

   또 다시 말해주오, 사랑하고 있다고.
   별들이 다정히 손을 잡는 밤.
   기어이 가신다면 헤어집시다.

   아프게 마음 새긴 그 말 한 마디
   보내고 밤마다 울음이 나도
   남자답게 말하리라 '안녕히'라고.
   뜨겁게 뜨겁게 '안녕히'라고.

## 명예국민증

성명 거스 히딩크
국적 네덜란드

귀하께서 대한민국의 국제적 위상을 높인 공로를 기리고, 대한민국과 맺은 인연을 영원히 기억하기 위하여 온 국민의 뜻을 모아 명예국민증을 드립니다.

    2002년 7월 2일 대한민국 법무부장관 ★☆☆

7월 7일, 히딩크는 하멜과 그의 조국 네덜란드로 떠났다.

## 꼬리내리기  벤치는 말이 없다

경기 시작을 알리는 주심의 휘슬이 울렸다.
터키와 3~4위를 다투는 일전이다.
한국의 마지막 경기다.
2002 월드컵의 막이 서서히 내려오고 있었다.
윤정환은 벤치에서 물끄러미 터키를 바라보았다. 서서히 내려오는 월드컵의 막을 바라보았다. 김병지도 최성용도 현영민도 최은성도 말이 없다.
무슨 말이 필요하랴.
말하지 않아도 말한 것보다 더 많이 말하고 있는 것을.
붉은 악마들의 아우성이 들려왔다. 윤정환은 그 소리도 가만히 들었다. 들려오는 소리는 그저 가만히 듣기만 하면 되는 것이다.
박항서 코치와 정해성 코치의 눈길이 얼핏 윤정환에게 온 것 같았다. 윤정환은 뺨으로 그들의 눈길을 받았다. 그들에게 무슨 죄가 있으랴.

뛰고 싶었다. 한 게임만이라도 뛰고 싶었다.
터키전 만이라도 뛰고 싶었다. 3~4위 전이라고는 하지만 3위나 4위가 무슨 의미가 있으랴. 의미라면, 의미는 4강 진출에서 이미 흠뻑 녹아 붉은 악마들의 저 얼굴에 페이스 페인팅으로 그려져 있다. 아니 붉은 악마들의 가슴속에 핏속에 아마 영혼으로 스며들었을 것이다.
뛰고 싶었다.
"나도 그라운드에 있었다."
그 한마디를 아내에게 하고 싶었다.
마음이 아파 몸져누운 아내에게 그 한마디를 하고 싶었다.
내 나라 내 땅에서 열리는 지구의 잔치 월드컵 한 마당에서, 태극선수로 꼭 한 번은 뛰고 싶었다.
날카로운 스루 패스를 하고 싶었다.
나만의 윤정환을 보여주고 싶었다.

4강 신화의 태극 선수들이 눈앞에서 뛰고 있다
송종국이 뛴다. 이영표가 뛴다. 안정환이 뛴다.
이운재가 있다. 모두 모두 그라운드에 있다. 그 자리에 나만이 없는 것이다.

태극선수들이 불굴의 투지로 뛴다. 터키선수들도 용맹스럽게 뛴다.

녹색 그라운드가 아름답게 누워있다.

윤정환은 녹색을, 그들을 물끄러미 바라보았다. 눈에 들어오는 빛깔이며 사람들을 그저 가만히 눈에 담고만 있으면 되는 것이다.

히딩크가 윤정환을 흘깃 바라본 듯한 느낌이 들었다.

아닐 것이다. 히딩크가 나를 바라볼 까닭이 없다. 아마 다른 것을 보느라 고개가 내 쪽으로 돌았을 것이다.

히딩크의 목소리가 들려온다. 그런데 들려온 목소리는 어제의 목소리였다.

"유니!"

히딩크는 윤정환을 그렇게 부른다. 어제도 그렇게 불렀다.

"유니!"

히딩크가 그렇게 부르면 초콜릿처럼 달콤했다. 어제는 특히 더 그런 느낌이 들었다.

어제 히딩크는 미니축구에서 윤정환을 주전으로 뛰게 했다. 그것은 곧 터키전에 기용한다는 것을 의미한다. 김남일의 발목도 좋지 않고 유상철도 정상이 아니다. 더구나 3~4위 전이다. 그런 만큼 윤정환이 뛰어야 할 필요충분 조건은 무르익었다.

드디어, 나도.

내일은, 나도.

4강의 월드컵에서 나도.

미니축구를 뛰면서 윤정환의 가슴은 콩콩 뛰었다.

몸져누웠던 아내도 비로소 웃으리라. 그러고 보니 아내의 웃음을 본 지가 오래 되었다.

언제였더라. 생각은 잘 나지 않지만 벤치만을 지키던 그 언제부터 아내는 웃음을 잃은 것 같았다.
아내의 웃음을 찾아주고 싶다.

그런데.
아니었다.
지금, 나는, 여전히, 벤치에 앉아있다.
윤정환은 물끄러미, 조용히 터키를 바라보았다.
윤정환은 가만히 한국을 바라보았다.
내가 벤치를 지키는 까닭은 무엇일까?

"한 번도 뛰지 않은 배려 때문에 출전시키지는 않을 것이며, 상대와 우리를 분석해 베스트11을 내보내겠다."
그렇다. 히딩크는 그렇게 말했다.
그렇다면 내가 벤치를 지키는 까닭도 그 말속에 들어있을 것이다. 터키와 우리를 분석해본 결과 윤정환은 베스트가 아니다. 히딩크의 판단은 아마 그런 것 같다.
그러나 나나 최용수나 김병지는 3월 27일 독일 보훔에서, 터키와 싸운 평가전의 주역 3인방이 아니었던가. 그때 우리는 0-0으로 비겼고 경기 내용도 좋았다.
아니다. 그건 나 윤정환의 생각일 뿐, 히딩크의 생각은 아니다.

뛰고 싶다.
몸도 영혼도 근질거린다. 뛰고 싶다.
윤정환은 터키를 바라보았다.
다발라도 보고 박박머리 하산 샤슈도 보고 키가 껑청한 쉬퀴르도 보았다. 보이는 그들을 그저 보기만 하면 되는 것이다.

　오로지 팀을 위해서.
　오로지 팀의 화합을 위해서.
　오로지 팀의 사기를 높이기 위하여.
　훈련 때도 평가전 때도 똑같이 땀을 흘리며 똑같이 웃었다. 혹시나 어색한 웃음을 흘리지는 않았나 싶어 조바심을 하기도 했다.
　폴란드에 첫 승을 거둘 때도 환히 웃었고 미국과 비겼을 땐 함께 시무룩하기도 했다. 결코 시무룩한 표정을 연출한 적은 없었다. 저절로 그렇게 된 것이었다. 또 그 무렵엔 언제쯤 뛰게 될까, 하며 기다리는 바람이 있었다. 그 바람은 꼭 이루어지리라고 생각했던 때이기도 했다.

　포르투갈을 이겼다. 16강에 올랐다.
　처음에 첫 승이 목표였는데, 16강에 오르다니. 꿈인지 생시인지 기뻐서 미칠 것만 같았다.
　16강에 못 올랐다면 그것이 마지막 경기였다. 그러면, 나 윤정환은 한 게임도 뛰어보지 못 한 채로 퇴장해야 한다.
　그런데 16강에 오른 것이다.
　그렇다면, 희망은 아직 있다.
　그런데 시간은 마구 흘렀다.
　날짜는 갔고 한국은 이탈리아를 꺾고 8강에 올랐다.
　이탈리아전에서도 못 뛰었다.
　그러나 아직 스페인전이 있지 아니한가.
　며칠 뒤에 한국은 스페인을 꺾고 4강에 올랐다.

윤정환은 여전히 벤치에 앉아있었다.
독일전도 끝났다.
터키전이 남아있었다.
3~4위전이니까, 이번만은 설마.
실낱같은 소망을 품고 가슴을 설레며.
그런데도 이 마지막 역시, 설마는 설마였다.

윤정환은 먼 곳에서 뛰고 달리는 터키와 한국을 바라보았다.
멀리가 아니었는데도 어쩐지 먼 곳을 바라보는 느낌이 들었다.

안정환과 짝을 이루어 뛰던 생각이 났다.
평가전에서 골인시킨 중거리슛 한 방도 생각났다. 그 한 방은 내가 생각해도 꽤 쓸 만한 골이었다.
안정환과 주거니 받거니 한 패스도 그림처럼 떠오른다. 그저 그림일 뿐이지만.

밑도 끝도 없이 온갖 생각과 낱말들이 떠올라 그라운드로 뛰어간다.

그리운 오프사이드.
그리운 오프사이드? 말도 안 돼. 오프사이드가 뭐가 그리워.

붉은 티셔츠 2500만 장. 그렇게 많이 팔렸나?
태극기 2300만 장.
성인용 기저귀. ㅎㅎㅎ.

포상금 차등 지급.

패티김 노래.
어쩌다 생각이 나겠지, 냉정한 사람이지만.

갑자기 붉은 목소리들이 꽈리처럼 터졌다.
그리운 함성들. 내 가슴의 한 켠에 묻고 싶다.
끝났나 보다.

끝, 났, 다.
터키와 어깨동무를 하고 한국이, 윤정환 앞으로 오고 있었다.

윤정환은 벤치에서 일어났다.
벤치는 이제 더 이상 윤정환의 체온을 얻지 못할 것이다.

못 먹는 술이지만 취할 때까지, 오늘밤은, 몸을 못 가눌 때까지, 마, 시, 리, 라.
마, 시, 리, 라.

윤정환은 가만히 벤치를 돌아보았다.
"안녕, 나의 벤치여!"
윤정환은 슬픈 벤치를 떠났다.

끝.

# 유월이 타고 남은 것

초판발행   2002년 12월 15일
초판발행   2002년 12월 25일

지 은 이   김 수 남
펴 낸 이   한 봉 숙
펴 낸 곳   푸른사상사

출판등록   제2-2876호
주    소   100-193 서울시 중구 을지로3가 296-10 장양빌딩 202호
전    화   02) 2268-8706-8707
팩시밀리   02) 2268-8708
이 메 일   prun21c@yahoo.co.kr / prun21c@hanmail.net
편집•김현정／박영원／박현임
기획/영업•김두천／김태훈／곽세라

ⓒ 2002, 김수남
ISBN 89-5640-064-4-03810

정가 9,000원